Tous Continents

De la même auteure

Mademoiselle Tic Tac, Tome 3 – Les Jeux d'adresse, Éditions Québec Amérique, 2014.
Miroirs, collectif, VLB éditeur, 2013.
Les charmes de l'impossible, Éditions Druide, 2012.
Mademoiselle Tic Tac, Tome 2 – Les Montagnes russes, Éditions Québec Amérique, 2010.
Mademoiselle Tic Tac, Tome 1 – Le Manège amoureux, Éditions Québec Amérique, 2009.

TUER LA POULE

Projet dirigé par Marie-Noëlle Gagnon, éditrice

Conception graphique : Claudia Mc Arthur
Mise en pages : Pige communication
Révision linguistique : Isabelle Pauzé
En couverture : © Linh Buitrong

Québec Amérique
7240, rue Saint-Hubert
Montréal (Québec) Canada H2R 2N1
Téléphone : 514 499-3000, télécopieur : 514 499-3010

Nous reconnaissons l'aide financière du gouvernement du Canada par l'entremise du Fonds du livre du Canada pour nos activités d'édition.

Nous remercions le Conseil des arts du Canada de son soutien. L'an dernier, le Conseil a investi 157 millions de dollars pour mettre de l'art dans la vie des Canadiennes et des Canadiens de tout le pays.

Nous tenons également à remercier la SODEC pour son appui financier. Gouvernement du Québec – Programme de crédit d'impôt pour l'édition de livres – Gestion SODEC.

Catalogage avant publication de Bibliothèque et Archives nationales du Québec et Bibliothèque et Archives Canada

Glorieux, Karine
Tuer la poule
(Tous continents)
ISBN 978-2-7644-3304-1 (Version imprimée)
ISBN 978-2-7644-3205-8 (PDF)
ISBN 978-2-7644-3306-5 (ePub)
I. Titre. II. Collection : Tous continents.
PS8613.L67T83 2017   C843'.6   C2016-942113-9
PS9613.L67T83 2017

Dépôt légal, Bibliothèque et Archives nationales du Québec, 2017
Dépôt légal, Bibliothèque et Archives du Canada, 2017

Imprimé au Québec

KARINE GLORIEUX

TUER LA POULE

QuébecAmérique

À ma complice et première lectrice, ma sœur Véro.

« Je refuse de me transformer en personnage de fiction. »

Stephen King, *Misery*

PROLOGUE

Sept heures et demie du matin, dans un chalet au fond des bois. Une femme en tenue sport ouvre la porte patio donnant sur une grande terrasse. Elle fait quelques pas dehors, s'étire, esquisse un ou deux exercices de réchauffement, comme si elle se préparait à une expédition de plein air. Mais les apparences sont manifestement trompeuses puisqu'elle attrape une bouteille de vin et se remplit un grand verre, peu soucieuse des gouttes rouges qui viennent tacher son t-shirt lorsqu'elle avale le contenu à longues rasades assoiffées. Elle essuie la commissure de ses lèvres du revers de la main en observant avec défi le lac, les arbres, la montagne, sans *aucune* étincelle de communion avec la nature dans le regard. Puis, elle s'empare de la paire de lunettes de soleil roses accrochée à une bouteille vide sur la table recouverte d'autres bouteilles tout aussi vides – syrah, bordeaux, chardonnay, les cadavres sont d'origines variées et d'appellations contrôlées. Elle se tape la cuisse pour écraser un insecte, lâche un *Fuck!* bien senti et reprend une gorgée de vin. Elle dépose son verre et lève sa belle jambe bronzée, où la piqûre du moustique a fait une bosse à peine visible, qui la démange horriblement. Un moment, elle semble sur le point de rentrer se mettre à l'abri des bêtes sauvages dans le chalet. Mais elle n'en fait rien. À la place, elle prend une longue inspiration, rejette la tête vers l'arrière, dans une position qui n'est pas sans rappeler celle de la louve. Et elle se met à hurler.

PREMIÈRE PARTIE
Poule aux œufs d'or

1.

Katia de Luca avait une vision très personnelle de la réussite. Enfant, par exemple, elle tenait absolument à montrer qu'elle courait plus vite que les autres – tous les autres. Elle avait ainsi fait suer ses parents, sa sœur et tous ceux qui se croyaient capables de la dépasser. Elle était frêle, mais avait de très longues jambes, une volonté de fer et, si elle perdait l'avantage, n'hésitait pas à se ruer sur ses adversaires qui, à force, lui laissaient le champ libre, ce qui avait fini par la convaincre qu'elle possédait un super pouvoir la rendant invincible.

Cette conviction aurait pu disparaître à l'adolescence, moment dramatique où son super pouvoir fut remplacé par un principe de réalité simple et cruel, mieux connu sous le nom de puberté. Résultat : à treize ans, une force d'apathie supérieure à toute la volonté de son esprit s'empara de son corps, et courir devint quelque chose de très exigeant. Elle réussit tout de même à s'astreindre à un régime minimal d'exercice : vingt tours quotidiens du *split-level* familial, rue Brodeur à Boucherville, terrain plat, gazon dru. Ça pouvait avoir l'air de rien, deux kilomètres, peut-être trois, sauf que dans son état, avec toutes ces hormones qui la faisaient passer sans transition d'hyper émotive à hyper amorphe, ça relevait de l'exploit. Un peu l'équivalent d'un marathon au soleil sans crème solaire, une espèce de torture *auto-infligée* – la preuve éclatante que se battre contre soi-même est toujours le combat le plus douloureux.

Le début de son adolescence remontait à près de deux décennies, Dieu merci, et Katia avait depuis longtemps abandonné le nid familial, troqué les pelouses vertes de la Rive-Sud contre la frénésie des grandes villes, ces lieux où l'ambition de chacun pouvait trouver son chemin. Elle avait aussi réussi à polir cet aspect rugueux de sa personnalité qui l'avait laissée sans véritables amis intimes et, en société, elle passait désormais pour une jeune femme aussi agréable que jolie, plutôt drôle, surtout après quelques verres. Par contre, elle avait gardé certaines habitudes : elle courait encore, tous les jours, trente minutes. Beau temps, mauvais temps, été comme hiver.

Ce matin-là, l'esprit occupé par toutes sortes de tracas professionnels et amoureux, elle ne regarda pas le ciel avant de partir et ne remarqua donc pas la grosse bande de nuages gris, à l'horizon. Elle s'empara d'un manteau léger, y glissa son téléphone et partit au petit trot, frissonnant dans le printemps montréalais.

Dix minutes plus tard, une pluie violente et glacée s'abattait sur ses minces épaules.

Katia fit encore quelques enjambées en se demandant par quelle logique absurde elle avait décidé, après deux ans passés à New York, de revenir vivre à Montréal, au lieu d'aller à Rome ou à Barcelone, capitales ensoleillées où il aurait été si simple d'oublier ses problèmes. Trempée et frustrée, elle augmenta la cadence mais, comme pour lui montrer qui était le plus fort, l'orage redoubla d'ardeur. Elle lâcha quelques jurons avant de se réfugier sous le premier porche croisé, hésita un instant en remarquant qu'il s'agissait de la bibliothèque locale, jeta un coup d'œil rapide autour d'elle sans apercevoir d'asile plus accueillant. Alors, sans plus se questionner, elle ouvrit la porte et pénétra à l'intérieur.

Dans le hall d'entrée, Katia se retrouva nez à nez avec une affiche suspendue au-dessus de deux chariots à roulettes garnis de livres, placés bien en évidence entre la poubelle et le bac de recyclage, où l'on annonçait, en gros caractères «LIQUIDATION, 2 POUR 1 $». Des romans qui ne trouvaient plus lecteurs avaient été placés là dans une ultime tentative pour leur éviter de finir, à droite ou à gauche, du côté des déchets. La première pensée peu charitable de Katia fut que ces livres ressemblaient à de vieilles putes, condamnées à travailler dans les rues périphériques du Red Light. Dans les allées de la bibliothèque, bien classées, bien traitées : les belles putains, attirantes, jeunes. Dans les chariots à rabais : les oubliées, laides ou syphilitiques, qu'on pouvait s'offrir pour presque rien, mais qu'on ne prenait même pas la peine de regarder. Valait mieux mourir que finir là, se dit la jeune femme en ébouriffant ses cheveux détrempés.

Katia n'avait pas mis les pieds dans une bibliothèque depuis un bon moment, n'étant pas de ces auteurs qui se plaisent à rencontrer des lecteurs sans-le-sou attirés par la possibilité d'un tirage ou d'un café gratuit. Elle n'aimait pas non plus feuilleter des livres *publics*. Pas qu'elle soit particulièrement dédaigneuse, mais elle avait lu *Le Nom de la rose* et, de cette lecture qui l'avait ennuyée beaucoup plus que le film, elle avait surtout retenu la fin, où l'on découvre que les moines scripteurs meurent à cause d'un poison répandu sur les pages des manuscrits qu'ils feuillettent toute la journée. Ça l'avait perturbée et, depuis, elle évitait de toucher des œuvres qui avaient été en contact avec la salive d'inconnus – on n'est jamais trop prudent. Quand elle avait envie d'un bon roman, elle le téléchargeait sur sa liseuse ou passait à la librairie, en profitant pour vérifier l'emplacement de ses propres livres, payant toujours comptant pour ne pas devoir présenter sa carte de crédit et risquer d'entendre le caissier demander :

— Excusez-moi mais… Êtes-vous Katia de Luca ? L'écrivaine ?

Katia entretenait une relation ambiguë avec le succès, le cherchant autant qu'elle le craignait – et les dernières années l'avaient forcée à développer des mécanismes de défense pour protéger autant que possible son intimité. C'est pourquoi son premier réflexe, une fois dans la bibliothèque, fut de rabattre la capuche de son manteau sur sa tête. Ainsi dissimulée au regard des curieux, elle se mit à chercher des yeux la section débutant par la lettre D. Puisqu'elle était bloquée là par l'averse, valait aussi bien s'assurer qu'aucun de ses livres ne reposait sur les tablettes. Constater leur absence la rassurerait. Ce serait le signe, réconfortant, que quelqu'un les avait empruntés, les lisait. Que

ses personnages vivaient. Elle fit trois pas en direction de la section
«Adulte, fiction», mais une tache rose dans le deuxième chariot de
liquidation attira son regard.

Une petite tache rose au milieu d'une multitude de couleurs.

Elle aurait pu ne pas la remarquer, passer son chemin. Sauf qu'elle
avait développé avec le temps un sixième sens pour repérer ces petites
taches roses sur les couvertures des livres, qui indiquaient, aussi sûrement qu'une enseigne bleue, rouge et blanche annonce un barbier, un
certain *genre* de livres. Le genre de livres qu'elle écrivait. Mue par une
curiosité irrépressible – malsaine, aurait dit sa mère; stupide, aurait
renchéri sa sœur – elle rebroussa chemin et s'avança vers les chariots.
Cette tranche de livre rose était sans doute celle d'une de ces auteures
qu'elle appelait *collègues* dans les lancements et les entrevues, mais
auxquelles elle pensait en réalité en termes de *compétitrices*. Laquelle
d'entre elles avait fini du côté des vieilles putes? Mylène Royer, peut-
être? Sophie Steele? Il fallait qu'elle le sache. Elle jeta un coup d'œil à
droite, à gauche, comme si elle était sur le point de commettre un
crime, et s'approcha du chariot.

Sur la rangée du haut, elle reconnut tout de suite le nom d'un ami
d'ami, écrivain français vaguement engagé et franchement prétentieux qui l'avait draguée quelques années plus tôt lors d'une foire du
livre internationale, alors qu'elle amorçait sa carrière et se laissait facilement intimider par les auteurs plus expérimentés. Ils avaient tous les
deux discuté littérature, parlé des nouveautés et critiqué la qualité des
matelas de leur hôtel respectif. Il était sur le point de l'inviter à venir
tester elle-même les ressorts, elle le sentait, sauf qu'il lui avait alors
demandé ce qu'elle écrivait, *elle*. Dès qu'elle lui avait donné le titre de
ses œuvres, il avait levé son grand nez de révolutionnaire.

— C'est de la littérature pour enfants?

— Euh… Non.

— Ah non? Alors, c'est… *quoi*?

— Des comédies romantiques.

À ces mots, il avait secoué la tête, comme s'il ne saisissait pas le sens de ce qu'elle venait de dire. C'était peut-être son accent ? Supposant que, de toute manière, un Français comprendrait mieux l'expression anglaise, elle avait précisé, en appuyant bien sur chacune des syllabes :

— De la *chick lit*. Tu connais ?

Un silence inconfortable avait suivi cette question, durant lequel son interlocuteur avait pris un air aussi consterné que si elle lui avait demandé s'il se masturbait en regardant des photos de nains nus – quelque chose de vraiment obscène. Elle y avait mis fin en annonçant d'un ton détaché, comme si ça justifiait quoi que ce soit :

— Bon, de toute façon, mon lectorat est surtout féminin.

Ça avait été le coup de grâce. Son ex-futur *prospect* s'était discrètement touché le sexe, peut-être pour s'assurer que cette discussion n'était pas en train de lui faire perdre sa virilité, puis il avait hélé un jeune poète qui passait justement par là et avait disparu. Elle ne l'avait plus revu de tout le voyage. C'était aussi bien comme ça.

Pas étonnant cependant qu'après cette rencontre foireuse, Katia ait lâché un petit grognement de satisfaction en constatant que ce n'était pas un, mais bien deux des romans du prétentieux qui avaient été mis dans le chariot des vieilles putes. *Mort aux dictateurs* et *Le Résistant*, des titres à vous donner des envies de suicide. Elle haussa de nouveau les épaules, puis tenta de retrouver la tache rose. Elle la repéra facilement, et sa petite joie passagère fit aussitôt place à une sensation désagréable.

Non.

Impossible.

Katia ferma les yeux et arrêta de respirer, souhaitant de toutes ses forces être victime d'une hallucination. Sa pression était basse, elle voyait parfois apparaître des éclats de lumière colorés quand elle se redressait trop vite. Oui, ça devait être sa basse tension. Ou n'importe quoi d'autre – une tumeur au cerveau, s'il le fallait. Assurément, elle s'était trompée.

Pourtant, quand elle rouvrit les yeux, rien n'avait changé.

La tache était toujours là. Bien rose. Bien en vue. Le problème, c'est que le nom d'aucune de ses rivales ne figurait sur le dos du livre. Son nom à elle, par contre, s'y trouvait en belles lettres noires, chapeauté d'un petit autocollant rouge vif « 2 pour 1 $ ». Du bout des doigts, Katia fit basculer le livre.

Pas de doute, c'était bien son dernier roman.

Sur la page couverture, une illustration représentait son personnage principal, Nadia, dans sa tenue d'agent de bord, les pieds sur un globe terrestre qui semblait tourner à toute vitesse. En quatrième de couverture, une photo la montrait, elle, l'auteure, souriante. Mature, mais pas vieille. Quelques rides de rire au coin des yeux, mais pas de traces de fatigue ou de déprime. Son visage portait l'empreinte d'une vie heureuse, marquée par la réussite. D'ailleurs, la biographie, qu'elle connaissait par cœur, confirmait ce que la photo montrait déjà :

« La réputation de Katia de Luca n'est plus à faire. Depuis cinq ans, elle fait rire et pleurer un nombre sans cesse grandissant de lectrices. Ses romans connaissent un immense succès. »

Une main posée sur le livre, l'autre sur son cœur, Katia chercha son souffle. Elle manquait d'air, son visage brûlait – c'était pire que l'effet d'une gifle. Elle tenta de se rappeler ce que lui avait conseillé son prof de yoga pour ne pas succomber aux crises de panique, mais c'est plutôt un message affiché sur un site de discussions littéraires qui lui revint en tête. Il se terminait par une note dont Katia aurait voulu ne jamais prendre connaissance :

Je constate que Katia de Luca n'écrit plus. Bon débarras.

C'était signé Chichi ou Chipie, et Katia s'était dit que si ce critique amateur avait eu le courage de révéler sa véritable identité au lieu de se cacher derrière un pseudo débile, elle aurait pu se venger, trouver son adresse, crever ses pneus ou lui faire des appels anonymes à minuit au lieu de rester là, rageuse, condamnée à l'impuissance.

Elle jeta un coup d'œil désespéré autour d'elle. Depuis combien de temps était-elle plantée dans l'entrée, la tête cachée sous un capuchon? Quelqu'un avait-il remarqué son attitude déplacée? Apparemment, non. Le gardien de sécurité, assis un peu plus loin, était en grande discussion avec une vieille femme dont le parapluie s'égouttait sur le tapis rêche et gris. Au comptoir des prêts, une bibliothécaire scrutait l'écran de son ordinateur, tandis qu'une autre classait des livres. Un quatrième employé répondait à un client chauve, qui refusait de payer ses frais de retard et affirmait avec conviction ne jamais avoir emprunté l'ouvrage que lui réclamait le jeune homme.

Katia se rappela sa dernière conversation avec Marie-Andrée, son éditrice, à qui elle avait demandé une avance pour son prochain roman. «J'ai besoin d'avoir ton manuscrit en main, avait tranché l'éditrice. C'est la nouvelle politique de la maison.» Sur le coup, bien qu'elle aurait vraiment eu besoin de cette avance, Katia ne s'était pas inquiétée: après tout, Marie-Andrée l'avait toujours soutenue, même dans les moments les plus difficiles. Par contre, maintenant, seule face à son livre vendu à rabais, le doute l'assaillait…

Elle regretta d'être partie de chez elle en habit de jogging. Ultimement, ça n'aurait rien changé, mais en robe ou en jeans, elle aurait eu un peu de dignité. Alors que là… Elle devait ressembler au membre d'un gang de rue sur le point de cambrioler un dépanneur ou d'assassiner son voisin. Ceci dit, c'est sans doute grâce à cet accoutrement qu'elle céda à la tentation et fit la première chose qui lui vint en tête pour garder sa réputation intacte, un geste irréfléchi, qui tenait du réflexe de survie autant que de la pulsion de mort. Elle s'empara du livre rose, le cacha rapidement sous son manteau de Gore-Tex moulant et, d'un pas rapide, elle franchit le seuil de la bibliothèque. Elle ne se retourna pas quand l'alarme sonna, ne se retourna pas quand le gardien la héla, et disparut en courant sous la pluie torrentielle, son roman bien au chaud contre son ventre.

Désormais, personne ne pourrait être témoin du fait que, sur le marché très volatil de la littérature populaire, elle ne valait pas plus de cinquante sous.

Son honneur était sauf.

2.

Cinq ans plus tôt, Katia de Luca était au sommet.

Elle avait bûché fort pour y parvenir. Elle n'avait pas connu le triomphe instantané, n'avait pas de parents dans le milieu, pas d'amant éditeur, pas de fortune personnelle lui permettant de poser des affiches promotionnelles à la sortie des ponts. Elle ne s'était jamais droguée ni prostituée dans un ghetto berlinois à treize ans, n'avait pas fréquenté de vedettes et n'avait pas assez d'imagination pour rédiger sept livres sur une école de magiciens. À vrai dire, elle aimait écrire parce qu'elle ne savait rien faire de mieux.

À ceux qui lui diraient plus tard que le succès, c'était dix pour cent de chance et quatre-vingt-dix pour cent de sueur, elle se plairait à répondre que, pour elle, ça avait plutôt été un pour cent de hasard et quatre-vingt-dix-neuf pour cent de défoulement.

Le hasard ?

Une amie lui avait parlé d'une offre d'emploi dans un festival de l'humour, alors qu'elle tentait désespérément de terminer la partie théorique de son mémoire de maîtrise en création littéraire, incapable de pondre les cent pages exigées sur sa « démarche artistique » et de plus en plus angoissée à l'idée que des études en génie ou en marketing auraient été plus adaptées au monde cruel qui l'attendait de l'autre côté des murs de l'université. Ses prêts, dilapidés en un rien de temps, et ses bourses, qui avaient à peine servi à payer de quoi boire son anxiété et écrire quelques pages inspirées mais incohérentes, appartenaient à un passé déjà lointain. Son directeur de maîtrise avait pris sa retraite et l'université refusait de lui accorder la prolongation sans frais qu'elle avait demandée. Il fallait désormais soit 1) qu'elle change de programme ou 2) qu'elle se trouve un boulot. Dans le premier cas, elle aurait la désagréable impression de régresser ou d'avoir échoué, ce qu'elle détestait, et s'endetterait encore plus. Dans le deuxième cas…

— Assistante de production, ça te tente pas?

La proposition avait été faite à deux heures du matin dans un bar du centre-ville et, à cette heure-là, dans ce lieu-là, tout tentait Katia.

— Ça prend une maîtrise?

— Une maîtrise? Es-tu malade? Tu sais taper à l'ordinateur pis servir des cafés?

— Euh… Ouais.

— T'as la job, c'est sûr!

— J'ai la job, c'est sûr! avait répété Katia, avant de commander quatre shooters de B-52 pour célébrer l'occasion.

Un mois plus tard, de la fenêtre de son bureau au huitième étage, elle contemplait le sommet enneigé des édifices du boulevard Saint-Laurent en se demandant si elle n'aurait pas dû, finalement, s'inscrire au bac en génie civil. Assistante de production, c'était la galère. Chaque matin, dès que sa patronne mettait les pieds au bureau – à dix heures –, elle demandait:

— Ma petite Katia, tu peux aller me chercher un café?

La journée commençait lentement, un café à la fois. Puis, en début d'après-midi, la patronne de Katia se rendait soudain compte de la réalité du Temps qui passe et ne revient pas, se rappelait qu'il y avait un festival à préparer et, sans qu'il soit possible de comprendre exactement quel fil de son cerveau disjonctait tout à coup, elle passait du

Dr. Jekyll zen au monstrueux Mr. Hyde. Suivaient des après-midis surchargés, où les ordres farfelus succédaient aux demandes irréalistes.

— Katia! Il faut envoyer d'urgence une invitation à la compagnie des clowns de rue norvégiens!

— Mais... Vous m'avez dit hier qu'on avait dépassé notre budget. Et...

— Tu vas te débrouiller, c'est pour ça qu'on t'engage. Trouve-nous un petit programme de subvention quelque part, je suis sûre que ça existe!

— Mais je...

— Tu es capable de faire la job ou j'embauche quelqu'un d'autre?

Katia était encore en probation, mais elle détestait déjà son travail, mal payé, stressant, très peu valorisant et si bas dans l'échelle hiérarchique qu'il lui semblait qu'en matière d'élévation, elle devrait se contenter du huitième étage où se trouvait son bureau. Parce qu'à moins de vivre centenaire, il y avait peu de chances qu'elle obtienne jamais un poste intéressant. Elle trouvait d'ailleurs profondément injuste que sa patronne, femme du président-fondateur, gagne dix fois son salaire et porte le titre de directrice du festival alors qu'elle était fantasque et désorganisée. Pour Katia, c'était là le signe flagrant du déclin de l'humanité.

Durant les jours précédant son embauche, Katia avait envoyé les trois manuscrits écrits pendant ses cinq années d'université à des éditeurs, croisant les doigts pour que l'un d'eux la rappelle. Le premier manuscrit racontait l'histoire de son père, fauché par un cancer colorectal alors qu'elle entamait ses études. Il était d'origine sicilienne, mais n'avait gardé des coutumes de son coin de pays que l'habitude de manger ses pâtes al dente et la facilité de faire les choses à sa tête, sans respect des lois ni des conventions. Il avait abandonné sa famille à la naissance de sa deuxième fille, quand Katia avait deux ans, réapparaissant seulement dix ans plus tard, et s'installant de façon quasi permanente dans le sofa du salon, qu'il ne quittait que pour aller gérer l'immeuble à logements dont il était devenu propriétaire entre-temps, allez savoir comment. La mère de Katia, qui avait rayé son nom de leurs papiers d'identité avec autant d'efficacité qu'il les avait éliminées de sa vie pendant une décennie, se plaisait à lui répéter :

— Si tu bouges pas de là, Johny, tes fesses vont devenir carrées !

Son père ne s'appelait pas Johny, mais Tonio, et Katia avait toujours cru qu'en l'affublant d'un prénom qui n'était pas le sien, sa mère exprimait sa colère d'avoir été abandonnée. Il n'avait plus voulu d'elle ; elle ne voulait plus de lui, même si elle l'acceptait dans son salon et lui faisait à manger.

Bref, le premier manuscrit de Katia racontait l'histoire de son père, à moitié inventée parce qu'il lui en manquait des bouts. Elle y exposait les blessures de son enfance, c'était un peu son cri du cœur, une psychanalyse à peu de frais. Selon ses plans, ce roman devait à la fois lui permettre :

a) d'obtenir son diplôme de maîtrise (quitte à payer quel-qu'un pour rédiger la foutue partie théorique) ;

b) d'être la révélation littéraire de la décennie (ou, le cas échéant, de l'année) ;

c) de devenir riche (particulièrement grâce à la vente de ses droits à un cinéaste de renom, si possible établi à Hollywood ou dans une autre ville avec vue sur le Pacifique).

Pendant ses premières semaines au festival du rire, dans l'attente d'une réponse enthousiaste d'un éditeur, Katia s'était préparée aux entrevues à venir, avait pratiqué son sourire, la tête légèrement baissée, le regard pénétrant fixé sur une caméra imaginaire. Hélas, son manuscrit avait été poliment refusé par toutes les maisons d'édition pour diverses raisons. Certains éditeurs avaient noté le manque de maturité de l'écriture ; d'autres avaient manifesté un certain intérêt pour l'écriture, *mais* avaient souligné le manque d'originalité du sujet.

Quelques-uns avaient avoué ne pas être en mesure de publier de nouveaux auteurs. Tous avaient conclu que Katia et son roman «ne correspondaient pas aux critères éditoriaux de la maison».

Quant à ses autres manuscrits...

Le deuxième était un recueil de poésie. Inutile d'en parler plus longtemps.

Le troisième était un livre révolutionnaire, sans histoire, sans ponctuation, écrit dans plusieurs langues qu'elle maîtrisait mal et inspiré de son professeur de *Modernités et contemporanéités*, pour qui elle avait eu un fort mais éphémère béguin. Il reçut le même refus que les autres, pour une raison plus simple : il était incompréhensible.

Bref, lorsqu'elle se remit à l'écriture, Katia de Luca avait déjà une certaine expérience dans le domaine.

Par contre, c'est le mépris pour son travail qui lui fournit les quatre-vingt-dix-neuf pour cent de défoulement nécessaires à la création d'une œuvre qui fut, étrangement, drôle et, plus étrangement encore, publiée.

$$O$$

Le jour où elle décida d'abandonner son poste d'assistante de production, quatre mois seulement après son embauche, désormais convaincue que ce boulot ne la mènerait nulle part, Katia déclara à ses collègues les plus proches qu'elle allait «écrire» – avec des guillemets et sans majuscule. Dans le domaine de la culture, écrire était un passe-temps reconnu, assez courant, particulièrement si on était une personnalité publique et que le titre de l'Œuvre contenait les mots «Ma vie», «Mon histoire» ou «Comment j'ai vaincu mon cancer». Le projet de Katia ne correspondait pas tout à fait à ces critères, mais comme excuse pour démissionner, ça lui paraissait certainement mieux que de dire l'*autre* vérité et de provoquer un malaise chez ses collègues en criant : «Vous me faites tous chier avec votre festival !» Ils étaient sympathiques, après tout, et ce n'était pas leur faute. En plus, elle avait bien aimé manger son sandwich avec eux le midi. Sa patronne, par contre... Katia ne lunchait jamais avec sa patronne – qui préférait les restaurants du boulevard Saint-Laurent et éprouvait une vague indifférence à l'égard de son employée, bien trop proche de la condescendance pour qu'elle passât plus de deux minutes en face-à-face avec elle. En prenant note de la démission de Katia, du fond de son grand bureau vitré, elle avait lancé, d'une voix qui ne laissait paraître aucune trace d'envie :

— Les livres sont une relique du XXe siècle, ma petite Katia. Tu perds ton temps : c'est fini, la littérature.

Pourtant, si elle avait dîné avec Katia dans un bon resto, elle se serait laissée aller, lui aurait confié devant un calvados qu'elle aussi, elle écrivait en secret. De la science-fiction, des histoires incroyables où les femmes prenaient le contrôle de la société et portaient des vêtements spécialement conçus pour combler tous leurs besoins. Mais son employée n'étant déjà plus là pour l'entendre, elle garda donc cette grande confidence pour elle, haussa les épaules et alla piger dans la grosse pile de CV qui n'avait pas eu le temps d'accumuler la poussière. Elle choisit presque au hasard – elle n'attendait pas grand-chose d'une assistante de production, à part qu'elle puisse taper à l'ordinateur et servir du café. D'ailleurs, elle était convaincue que Katia reviendrait gratter à sa porte le mois suivant : ces étudiantes en littérature, elles n'avaient aucune perspective d'avenir.

Mais Katia savait qu'elle ne reviendrait jamais.

La tête haute, elle quitta les bureaux du festival de l'humour, un endroit où, malgré ce qu'on aurait pu croire, elle avait très peu ri, à part peut-être les jours où elle recevait son salaire minable. Cette parenthèse était derrière elle, fermée, une tentative ratée. Elle avait vingt-six ans et, dorénavant, elle avait l'intention de faire quelque chose de significatif de sa vie, même s'il fallait pour cela sacrifier son confort et augmenter ses dettes. Écrire, c'était exaltant. Désormais, elle serait son propre patron. Elle n'attendrait pas le jeudi, jour de paie, pour se saouler. Elle vivrait à sa manière, dirait tout ce qui lui passerait par la tête, sans censure, sans personne pour l'empêcher de s'exprimer. D'ailleurs, sa première impulsion, en sortant des bureaux du boulevard Saint-Laurent, fut de changer son statut Facebook. Elle écrivit : « Libre. » C'était vague, mais court – il faisait froid.

Elle remonta le boulevard Saint-Laurent le cœur léger et se paya un chocolat chaud avec crème fouettée dans un café bourré d'étudiants. Elle pensa à ses dettes d'études, regretta une fraction de seconde d'avoir démissionné, mais se rappela la sensation de vide qui l'habitait quand elle rentrait du travail après une journée passée à obéir aux ordres farfelus de sa patronne. Elle ne voulait pas de cette vie de subalterne. Par contre, ses quatre mois au festival de l'humour lui avaient donné matière à écrire. Elle s'en servirait et tournerait l'aventure à son avantage. Elle allait raconter ce qu'elle avait vu, elle retoucherait un peu la réalité pour la rendre plus attrayante, ses ex-collègues se métamorphoseraient en personnages. La graphiste qui restait travailler tard le soir et faisait monter des garçons une fois tous les employés partis. La directrice des ressources humaines, dernière-née d'une famille ultra-connue dans le show-biz, qui avait renvoyé tout le personnel pour engager une nouvelle cohorte payée moitié moins que l'ancienne. Le président, dont les mains baladeuses avaient tendance à s'égarer sous les jupes des jolies employées. Sa patronne, bien entendu, et sa fixation sur les clowns d'Europe du Nord. Ce serait drôle, grotesque, bourré de sexe et de scandales. Katia ne voulait plus écrire de la poésie torturée, elle ne voulait plus remettre en question la forme et la couleur du roman contemporain, elle n'avait plus envie d'écrire la vie de son père.

Katia écrirait de la *chick lit*.

Elle sentait déjà, d'une manière vague et enivrante, que le succès lui irait bien.

Son premier livre, d'abord imprimé à mille exemplaires par une petite maison d'édition, s'était bien vendu. On l'avait réimprimé, et réimprimé de nouveau. C'était devenu un best-seller, à la façon québécoise, assez humblement. La mère de Katia, qui luttait encore contre son rêve de la voir devenir médecin – «Ou au moins vétérinaire, comme ta sœur!» – était soulagée de comprendre que son aînée ne souffrait pas d'une maladie dégénérative sévère. Si elle avait passé les derniers mois immobile sur son divan, c'est qu'elle avait eu une raison. Le teint blême, l'œil cerné, solitaire et renfrognée, piochant sur son ordinateur nuit et jour, elle avait écrit un *vrai* roman, maintenant imprimé sur du papier et vendu dans les librairies de Boucherville. Ses anciens collègues lui pardonnaient les invitations refusées à leurs 5 à 7 inoubliables. Sa sœur avait renoncé à mettre des antidépresseurs dans son jus d'orange.

Katia était désormais une auteure publiée. Ça ne remboursait pas ses dettes, mais ça avait un certain prestige.

Forte de cette réussite, elle écrivit un deuxième roman, publié par une maison d'édition beaucoup plus connue que la première. Puis un troisième. Une série, mettant en vedette Nadia, une agente de bord aux mœurs légères. Katia n'avait aucune connaissance particulière du monde des hôtesses de l'air, qu'elle avait découvert pendant son enfance en lisant les bandes dessinées *Natacha* et, sans grande curiosité, en prenant l'avion. Mais peu importait. Elle avait flairé l'intérêt des lectrices pour l'exotisme et les coucheries d'un soir, et elle savait piger dans divers épisodes de sa vingtaine pour rendre l'histoire crédible. Son premier roman lui avait appris une leçon qu'elle se promit d'appliquer de façon systématique dans toute son œuvre : l'essentiel, c'était de bien équilibrer humour et romance, réalisme et fantasme – et d'ajouter une dose de sexe. Le reste, c'était des détails. Sa nouvelle éditrice, Marie-Andrée, aimait sa plume et lui faisait confiance.

— Tu m'écris un roman comme ça tous les six mois et on est en business, avait-elle lancé avec un clin d'œil à la signature du premier contrat.

Katia venait tout juste de réussir à convaincre sa mère de lui prêter de quoi amortir le coût de ses dépenses pendant un an ou deux, quand sa sœur, scandalisée, s'y était objectée :

— Quoi ? Tu vas gruger l'héritage de papa et la retraite de maman parce que t'as pas envie de travailler ? *No way!* Trouve-toi une job, Katia !

— Écrire, c'est travailler.

— Je te parle d'une *vraie* job. Pourquoi tu deviens pas prof ? Comme ça, tu pourrais écrire pendant l'été.

Valérie avait une vraie job. Elle avait un bon salaire, un bon conjoint, une belle maison. Elle attendait ses trente ans pour avoir un premier bébé. Elle connaissait le sens du mot *responsabilité* et l'utilisait souvent. Le jour même de cette discussion, la mère de Katia l'avait rappelée :

— Valérie a raison. Il faut que tu trouves un vrai travail. Katia, fais au moins un petit effort pour sortir. Tu veux pas devenir comme ton père, hein ?

Katia ne voulait pas devenir comme Tonio, évidemment – il était *mort.* Cédant temporairement à la pression familiale et sachant que montrer sa bonne volonté était la seule façon de convaincre sa sœur qu'elle n'était pas une profiteuse, elle s'était inscrite sur une liste de remplaçants de professeurs au secondaire. C'était sa deuxième tentative d'entrer dans le monde adulte – et ça ne fonctionna pas plus que la première fois. Elle réussit à tenir deux heures dans une classe de secondaire quatre, mais quand un grand maigre au visage parsemé d'acné lui demanda si elle savait faire des fellations, elle décida de revenir à l'écriture. L'enseignement, c'était beaucoup trop dangereux.

Katia conclut qu'elle n'était pas faite pour les « vraies jobs ».

Contre l'avis de sa famille, mais soutenue par son éditrice, elle écrivit un autre roman, le quatrième en deux ans. Elle avait usé toutes ses anecdotes, les avait travesties pour les réutiliser et savait qu'elle commençait à se répéter dangereusement ? Peu importe. Ses lectrices ne sentirent pas le réchauffé et, alors qu'elle n'y croyait plus vraiment, elle rencontra enfin le Succès. Le vrai. Un réalisateur dans le vent décida d'adapter sa série à la télévision et en fit l'annonce à tous les médias. L'information fut relayée sur Facebook et Twitter. Du coup, les ventes, déjà satisfaisantes, bondirent. Le reste suivit naturellement. Entrevues. Tournées promotionnelles. Séances de photos. Katia adorait les séances de photos. Elle aimait qu'une maquilleuse professionnelle rehausse l'éclat de ses yeux verts et lui dise :

— Tu as vraiment de beaux yeux !

Elle adorait qu'une coiffeuse passe un fer dans ses longs cheveux blonds en s'exclamant :

— J'ai rien à faire, on dirait qu'ils ont déjà été placés !

Et elle était aux anges quand le photographe remarquait :

— Tu es tellement photogénique ! On t'a déjà dit que tu ressemblais à Jennifer Aniston ?

Elle qui s'était trouvée nulle, moche, qui avait traîné pendant des mois entre son lit, son ordinateur et sa machine à café, errant dans les brumes de la création, voilà qu'elle accédait enfin à sa place au soleil. Désormais, on la félicitait, on approuvait ses choix, on lui souriait, on ne s'inquiétait plus de son sort. Ses deux années qu'elle avait appelées de «ressourcement», expression ayant inquiété unanimement sa mère *et* sa sœur, avaient porté fruit. Elle s'était endettée, avait tout risqué pour un rêve fou auquel personne n'avait vraiment cru, mais elle faisait maintenant la couverture du *Châtelaine*. Elle disait : «Un pour cent de hasard, quatre-vingt-dix-neuf pour cent de défoulement» et on prenait des notes.

Le succès entraîne le succès, c'est bien connu. Le reste s'enchaîna... comme dans une comédie romantique.

Elle rencontra l'homme de sa vie dans un lancement. Il s'appelait Alex, était directeur des communications pour une maison d'édition américaine spécialisée dans les livres de recettes, beau comme une vieille Jaguar bien entretenue : style, panache, puissance au démarrage, souplesse dans les courbes. Quinze ans de plus qu'elle. Pendant les jours qui suivirent, leurs rencontres ressemblèrent à ces moments, dans un film, où les dialogues laissent place à une musique un peu *cheesy* et où l'on voit les personnages, toujours souriants, au resto, au lit, en chaloupe sur un lac. Alex vivant à New York, ils avaient vite pris l'habitude des allées et venues, la 89 pendant sept heures, champs, montagnes, champs, ville. Ça avait duré trois mois, puis huit, puis douze. Un an. Ils avaient fêté leur premier anniversaire dans un hôtel en bordure de l'autoroute, un endroit plein de tapis beige dont ils ne retiendraient pas grand-chose – le souvenir d'avoir fait l'amour au son des voitures filant à toute allure, peut-être.

Au matin, elle repartit au nord et lui, au sud.

Parfois, la nuit, ils fumaient une cigarette comme dans un film français et faisaient des projets, sans se prendre trop au sérieux. Alex se disait prêt à tout laisser pour elle, il s'imaginait bien ouvrir sa propre boîte de relations de presse dans le Mile End, où les bagels étaient meilleurs qu'à New York, *no offense*. Katia l'assurait qu'elle n'aurait aucune difficulté à survivre dans les boutiques de New York. Elle parlait assez bien l'anglais pour écrire dans cette langue, ce ne serait pas simple mais elle y arriverait, et c'était la ville de *When Harry Met Sally*, après tout. Mais…

Non.

Finalement.

Ou peut-être l'an prochain.

Il fallait y penser encore un peu.

Ils étaient si bien comme ça.

— D'ailleurs, tu dis seulement ça pour me faire plaisir.

— Bien sûr. Pas toi ?

— Évidemment.

— *New York is so great.*

— *Montreal is the best.*

— Oh *shit*, il est quelle heure ?

— Huit heures.

— *I have a meeting in an hour.* À la semaine prochaine ?

— *Of course.*

Quand elle n'était pas à New York, Katia écrivait et s'occupait du développement de sa carrière. Elle rencontrait des gens importants du milieu, dont David Vanderman, un homme bavard au compliment facile qui voulut bien prendre en charge le déploiement de son œuvre et qui, moyennant un pourcentage de ses droits d'auteur, devint son agent. Elle était heureuse qu'il accepte de la prendre sous son aile protectrice, la débarrassant du même coup de toutes les tâches fastidieuses de lecture de contrats et de gestion de droits d'auteur.

— Dorénavant, je gère et tu dépenses, avait-il résumé à la signature de leur entente.

Ils s'étaient laissés avec une bise, déjà bons amis, complices. Et, même si Katia avait toujours l'impression que David gérait moins vite qu'elle dépensait, cette alliance porta fruit rapidement. Dès les premiers mois, il la mit en relation avec l'animatrice d'une émission de variétés qui l'embaucha pour faire des chroniques littéraires. Il lui trouva aussi une maison d'édition française, qui lança sa série dans l'Hexagone. Bientôt, on retrouva ses romans dans des bourgades aux noms exotiques, Villard-de-Lans ou Montbrun-les-Bains. Et un matin, un réalisateur parisien, inconnu mais prometteur, l'appela. Il était intéressé à acheter les droits de son premier roman, qu'elle croyait voué à l'oubli. Paris, ce n'était pas Hollywood, mais c'était plus proche de Cannes : elle accepta.

— Vous n'avez qu'à appeler mon agent pour régler les détails, lança-t-elle au téléphone.

Cette phrase était du bonbon, du champagne, elle glissait si bien sur sa langue que Katia la répéta toute la journée. Peu après, elle fut invitée au Salon du livre de Paris, où un journaliste la décrivit comme le nouveau phénomène littéraire québécois. Elle adorait l'expression et n'avait jamais mangé d'aussi bons croissants que ceux qu'elle commandait à sa chambre tous les matins.

Katia n'avait pas encore trente ans, et sa vie était parfaite.

Si parfaite qu'elle en oubliait qu'une fois au sommet, on ne peut que redescendre.

3.

— T'aurais pas dû partir si longtemps aux États, Katia, c'est tout ce que je te dis.

— Il me semble qu'on était toutes les deux d'accord sur le fait que disparaître pendant un moment était la meilleure des choses à faire…

— Oui, OK. Mais pendant deux ans? Et sans publier un seul roman? C'était pas ça, le deal.

Assise dans le bureau de son éditrice, Katia jouait nerveusement avec son foulard. Les lèvres serrées, l'estomac noué, elle essayait de concentrer son attention sur la mèche de cheveux frisée, d'un roux presque rouge, qui s'enroulait autour d'une des gigantesques boucles d'oreilles de Marie-Andrée. Celle-ci poursuivit:

— Tu veux que je sois franche?

Katia haussa les épaules, ce que Marie-Andrée considéra comme une réponse positive.

— D'un point de vue marketing, tu as tué ta carrière avec autant d'efficacité que tu as tué ton personnage.

— Mais j'ai *jamais* tué Nadia!

— *Come on*, Katia. Tu l'as rendue paraplégique à la fin de la série. Je vois pas la différence.

— Symboliquement, c'est différent.

— Symboliquement ? Tu écris des comédies romantiques, ma grande, pas des tragédies grecques ! T'as pas à donner un sens symbolique à ton œuvre !

Katia soupira. Si elle était venue rencontrer son éditrice, c'était dans l'espoir d'avoir de bonnes nouvelles. Or, Marie-Andrée venait de lui confirmer ce qu'elle savait déjà et que son aventure humiliante à la bibliothèque lui avait cruellement rappelé : les ventes de son dernier roman avaient été lamentables. Pire, un an après sa parution, on l'avait retiré des librairies et des milliers d'exemplaires avaient été rapportés dans les entrepôts de la Maison, où ils restaient depuis en attendant le pilonnage, ce traitement réservé aux livres en trop qu'on devait se résoudre à déchiqueter faute de pouvoir les vendre. Autrement dit, il était grand temps qu'elle reprenne sa place, sans quoi elle finirait, comme ses livres, par être jetée aux oubliettes.

— *Adieu Nadia* a été une erreur, Katia, dès le début. Ne serait-ce que pour la question du *happy ending*…

— Ah non, pas le…

— Tu le sais autant que moi : le *happy ending*, c'est le b.-a.-ba de la comédie romantique ! Tes lectrices s'attendaient à un *happy ending* comme dans les autres tomes. Elles aimaient Nadia. Une fin heureuse aurait pu tout rattraper… Faire oublier le reste…

Marie-Andrée fit une pause pour bien marquer ce que signifiait *le reste*, et Katia serra tant sur son foulard que ses jointures tournèrent au rouge vif. Elle n'avait pas envie de revenir sur les erreurs passées, pas envie de faire son mea-culpa. Heureusement, son éditrice semblait aussi désireuse qu'elle d'éviter le sujet. Elle toussota et ses lèvres se retroussèrent en un sourire dont la courtoisie semblait démentie par le sérieux du regard. Mais c'était ce qu'elle pouvait faire de mieux pour détendre l'atmosphère. Elle ajouta même, du ton léger des bons jours de leur relation :

— Tu leur as donné un très très *sad ending*, à tes pauvres lec-trices! Un accident, des enfants malheureux, un mari malheureux... Mettons que tu y es allée fort sur le malheur! C'est normal qu'elles aient trouvé le choc raide. Ton dernier tome était... Disons, un peu moins olé olé que tes autres histoires fofolles d'hôtesse de l'air céliba-taire.

Katia avait toujours aimé le son de ces mots: *hôtesse de l'air céli-bataire*, et se retint pour ne pas les répéter en fredonnant, comme un mantra ou une comptine. C'était enfantin, une pulsion puérile, mais si forte qu'elle dut tirer encore plus fort sur son foulard pour y résister. Elle aurait tellement voulu retrouver une certaine légèreté, et l'inno-cence qui serait venue avec! Mais le temps était plutôt aux grince-ments de dents qu'à la chanson. Quoi d'étonnant? Depuis la parution d'*Adieu Nadia*, tout s'était mis à aller de mal en pis. Le flot de sollici-tations pour des entrevues ou des participations à des évènements mondains s'était tari. On avait commencé à oublier de l'inviter dans les lancements. Le niveau moyen d'appréciation de ses statuts Face-book avait substantiellement baissé et s'était mis à passer de temps en temps sous la barre des 100 mentions «*J'aime*». Même son contrat pour la série télé avait soudainement été suspendu après qu'on lui ait fait comprendre qu'il serait peut-être plus difficile que prévu de trou-ver le budget nécessaire pour filmer les déplacements de son héroïne dans les grandes capitales du monde. La dernière fois qu'elle avait parlé au réalisateur, il lui avait dit: «C'est comme ça, au Québec. On peut tourner des séries qui se passent dans des écoles ou des prisons. Mais autour du monde... Tu aurais dû penser à ça quand tu écrivais tes livres.» Elle aurait voulu répondre que l'avantage d'être écrivaine, c'était justement qu'on n'avait pas à se soucier de budget. Mais elle avait la gorge trop serrée pour entamer ce genre de discussion qui, inévitablement, l'aurait amenée à demander *pourquoi* la question du budget n'avait pas été abordée avant, quand tout allait bien pour elle, quand sa réputation était intacte. Elle avait raccroché sans un mot.

Et maintenant, face au gros bureau en bois qui semblait servir de rempart à Marie-Andrée contre les écrivains agressifs, elle n'avait pas le choix de se rendre à l'évidence.

Elle n'était plus la saveur du jour.

Son petit feu de paille avait brûlé et, désormais, on l'ignorait.

Elle avait cru trouver sa place pour toujours en s'extirpant de la masse des *wanna be* pour accéder au convoité statut d'*incontournable*; elle savait maintenant qu'il était très facile de disparaître du côté des *has been*, ce lieu dont personne ne revenait – à part les Rolling Stones ou les zombies. Le plus ironique, c'est que son dernier roman l'avait éjectée encore plus rapidement du sommet que si elle n'avait rien écrit du tout. Et ses deux années à New York? Un suicide.

Marie-Andrée toussota, tirant Katia de ses pensées :

— Je veux pas revenir sur le sujet, mais…

Elle marqua une pause, de nouveau.

— Katia, tu sais aussi bien que moi qu'il y avait trop de problèmes avec ce roman. Il fallait qu'il disparaisse…

Katia fixait sa main droite, dont la circulation sanguine avait tant ralenti depuis qu'elle enroulait le foulard autour de son poignet qu'elle était maintenant pâle et engourdie. S'engourdir… C'est ce qu'elle aurait voulu. S'engourdir une saison ou deux, au fond d'une caverne, collée contre la fourrure chaude d'une maman ourse, et revenir plus tard. Mais ce n'était pas possible. D'ailleurs, le printemps était arrivé et la bête affamée l'aurait dévorée – c'est d'un Calinours en peluche dont elle avait besoin, pas d'un ours. Elle chassa l'animal de ses pensées d'un vigoureux hochement de tête. Il fallait assumer la conséquence de ses gestes. Ce qui ne voulait pas dire parler du *reste*. Pas aujourd'hui. Pas encore.

— *Please*, Marie. On va pas recommencer cette discussion-là. Je t'ai déjà expliqué que…

— Je sais. Sauf qu'on a pas le choix de vivre avec ce qui est arrivé. Et maintenant que tu es de retour… Tu vas devoir prendre des décisions.

Marie-Andrée la dévisagea quelques secondes sans un mot. Cette histoire avait aussi entaché sa réputation, à *elle*, et Katia ne savait pas si elle lui en avait voulu – ou si elle lui en voulait encore. Mais si c'était le cas, l'éditrice n'en laissa rien paraître.

— Katia. La Maison te soutient, elle t'a toujours soutenue. Mais c'est toi, l'auteure. C'est à toi de reconquérir les lectrices.

Le visage impassible, elle se cala dans son fauteuil, dont le ressort émit un grincement sec – une porte qu'on claque derrière un collaborateur indésirable – et elle secoua la tête d'un air qui disait : « Je t'avais avertie ! » Même avant que le scandale éclate autour du livre de Katia à cause *du reste* dont il valait mieux ne plus parler, Marie-Andrée avait émis de nombreuses réticences sur l'opus qui devait clore la série *Nadia* et ce n'est qu'au bout de longues discussions, parfois enflammées, qu'elle avait accepté, de guerre lasse, de laisser plusieurs passages intacts, dont l'accident tragique de l'héroïne et ses funestes conséquences. Évidemment, Marie-Andrée aurait préféré que son auteure termine sa série avec un beau feu d'artifice ou une scène de baise torride, pour offrir à ses milliers de lectrices, qui s'étaient tant identifiées au personnage de Nadia, une finale capable de les faire rire et rêver une dernière fois. Sauf que Katia s'était mise en tête de rendre son œuvre plus « profonde », de toucher aux « vérités humaines », de « transgresser les règles liées à la comédie romantique ». Bref, elle avait voulu être originale, ce que personne ne lui avait demandé.

Et quand elle avait constaté qu'elle n'y arrivait pas, elle avait cherché un moyen de se rattraper, avait trouvé une solution ahurissante et absurde, dont elles subissaient depuis toutes deux les contrecoups.

L'éditrice aurait-elle pu éviter la chute de son auteure-vedette ? Peut-être, mais elle en doutait fort. Marie-Andrée n'avait rien vu venir et n'avait pas pu éviter le drame, malgré ses vingt ans d'expérience dans le métier. Il faut dire que ses rapports avec Katia avaient rapidement dégénéré dès la remise du manuscrit. Quand l'éditrice s'était attaquée aux faiblesses du récit, reprochant à Katia de mettre beaucoup trop l'accent sur la douleur de ses personnages, elle s'était tout de suite fait rabrouer :

— C'est justement ça, l'intérêt! J'ai assez vendu de rêve et d'histoires de prince charmant. Maintenant, j'ai envie de parler des vraies choses de la vie. La douleur, la souffrance, la mort…

— OK. J'ai pas de problème avec l'idée que tu écrives autre chose que des comédies romantiques traditionnelles. Mais fais attention : la-douleur-la-souffrance-la-mort, ça peut donner un chef-d'œuvre ou un livre complètement raté.

Elle avait voulu ajouter que ce manuscrit penchait malheureusement du mauvais côté, mais elle avait gardé ses pensées pour elle. La date de parution avait déjà été annoncée depuis longtemps et, Katia ayant remis son manuscrit beaucoup plus tard que prévu dans le contrat, elles n'avaient pratiquement plus le temps de retravailler le contenu du texte avant de l'envoyer à l'impression. À moins de remettre la parution à la saison suivante, ce qui aurait été financièrement désastreux : il fallait profiter de l'engouement autour de *Nadia* avant qu'une série rivale s'impose. L'éditrice commençait malgré tout à revoir son calendrier quand, à la dernière minute, Katia avait ajouté quelques chapitres rythmés, drôles, qui allégèrent l'ensemble du roman. Ça n'enlevait rien au mélo de la fin, ça ne transformait pas l'œuvre en chef-d'œuvre, mais Marie-Andrée jugea que ces modifications rattraperaient certaines des lacunes de l'ensemble. Elle fut reconnaissante à Katia de ces compromis et, à partir de ce moment-là, elle se consacra entièrement à la mise en vente.

Pour faire oublier les défauts de l'œuvre, il faudrait mettre le paquet sur le merchandising : une quatrième de couverture punchée, une jaquette aux couleurs attrayantes, une photo sexy de Katia, qui permettrait facilement aux lectrices d'associer personnage et auteure – très vendeur, l'aspect *vécu*. Il faudrait encourager les achats compulsifs dans les grandes surfaces. Faire une campagne promo efficace. Miser sur l'implication de Katia, aussi. Multiplier ses apparitions publiques. Lui trouver une maladie à défendre, un organisme à représenter. Les accidentés de la route, ce serait l'idéal, mais une publicité de voiture, bien qu'un peu déplacée dans le contexte, lui donnerait plus de visibilité. Évidemment, cela demanderait l'entière collaboration de l'auteure : le pire qui puisse arriver à ce stade était qu'elle refuse de s'impliquer, ce que Marie-Andrée redoutait plus que tout. Katia, qui ne s'était jamais fait prier pour participer à la promotion de ses livres, était devenue plus taciturne depuis un moment. Les conflits entre l'auteure et l'éditrice y étaient pour beaucoup, bien sûr, mais Marie-Andrée soupçonnait que ce n'était pas la seule raison. Y avait-il un problème de couple dans l'air ? Dans le stationnement de la Maison, l'éditrice avait surpris une discussion agressive entre Alex et Katia. Elle s'était éclipsée subtilement pour ne pas être prise à partie. Elle en avait déduit que Katia avait peut-être détruit le bonheur de son personnage parce que son propre conte de fées lui échappait. Malheureusement, les histoires de cœur de ses auteurs ne la concernaient pas et elle espérait que celle de Katia n'allait pas lui nuire au point de lui faire perdre ce qui avait fait sa griffe et sa renommée : un humour caustique et des intrigues rythmées. Katia de Luca n'était pas une grande auteure, mais elle savait distraire. Si elle se mettait aux psychodrames existentiels, sa carrière était finie, c'était garanti. *Adieu Nadia* laissait craindre le pire. Vu la situation personnelle de Katia, c'était peut-être compréhensible. Sauf que Marie-Andrée ne vendait *pas* des situations personnelles.

Deux jours avant l'impression, l'éditrice était revenue une dernière fois sur ce qui restait, à ses yeux, le principal problème d'*Adieu Nadia* :

— Tu es sûre que tu veux pas changer la fin ? Pense à tes lectrices.

Katia avait grimacé et, d'un ton de grande tragédienne, comme si on venait de lui demander de se déguiser en banane géante pour plaire à ses fans, elle avait gémi :

— Et pourquoi pas à moi ? Est-ce que je peux penser à moi ?

Puis, elle s'était lancée dans une longue défense de sa démarche artistique, répétant le discours qu'elle avait déjà servi à plusieurs reprises à son éditrice – et sans doute aussi à Alex, à sa famille, à tout le monde. Marie-Andrée l'avait dévisagée, perplexe et désabusée. Il y avait quelque chose d'étrange et de malheureusement inéluctable avec ces auteurs qui connaissaient le succès. Souvent humbles au départ, très critiques de leurs écrits, ils finissaient par se laisser porter par la vague du succès et perdaient en cours de route toute capacité d'analyse. Ils devenaient inévitablement paranoïaques, légèrement mythomanes, souvent assez désagréables quand on émettait des commentaires sur leur œuvre, des bulles d'hypersensibilité, prêtes à éclater à la moindre critique. En général, ils vieillissaient mal, surtout s'ils n'obtenaient pas la reconnaissance éternelle d'une institution quelconque. C'était peut-être ça, la rançon de la gloire. Marie-Andrée en avait vu d'autres, et d'autres viendraient.

$$\bigcirc$$

Beaucoup d'eau avait coulé sous les ponts depuis la parution d'*Adieu Nadia* et, deux ans plus tard, l'éditrice observait son ex-auteure-vedette, le teint pâle, des cernes sous les yeux, entortillant un foulard autour de ses mains comme si elle cherchait à se rappeler comment faire le bon nœud pour se pendre. Katia l'avait payée, la rançon de la gloire. Mais Marie-Andrée ne pouvait rien pour elle. Il était temps de tourner la page et de se concentrer sur les projets futurs. Ce qui, pour l'éditrice, n'incluait pas *nécessairement* Katia de Luca. Du bout des doigts, elle tâta le manuscrit qu'elle venait tout juste de terminer. Elle avait hâte de faire la connaissance de cette auteure, une nouvelle venue. La plume était remarquable de maturité pour un premier roman et le livre ferait fureur. Sulfureux, audacieux, inspiré, il avait tous les éléments nécessaires à un grand succès commercial – et se mériterait peut-être même une reconnaissance du milieu littéraire. Marie-Andrée s'éclaircit la gorge. Le temps passait et elle avait une journée chargée.

— Comment avance ton nouveau manuscrit?

— Super bien.

Katia avait répondu trop vite, mais l'éditrice ne s'en formalisa pas.

— Tant mieux! La dernière fois qu'on s'est parlé, tu m'avais dit que c'était plus difficile que prévu.

— Maintenant que je suis de retour au Québec, ça va beaucoup mieux. Ça a pris du temps, mais ça valait la peine. C'est une œuvre beaucoup plus… mature.

Les signaux d'alarme de Marie-Andrée s'allumèrent. *Chick lit* et *maturité*? Encore? Elle préférait le traditionnel combo *chick lit* et légèreté. Elle passa à un poil de demander des nouvelles d'Alex, mais se retint. Pourquoi poser la question? Si son auteure rentrait au bercail, c'était évidemment parce que les choses n'avaient pas tourné comme prévu à New York – ni la carrière, ni les amours. Elle se concentra sur l'aspect professionnel:

— Tu m'écris pas quelque chose de trop triste, j'espère?

— Non, non. C'est super drôle. Une vraie comédie.

— Avec une histoire d'amour?

— Oui.

— Des rivalités entre filles?

— Absolument.

— Un *happy ending*?

— Bien sûr.

Marie-Andrée sourit. Après tout, Katia allait peut-être la surprendre. Elle ne demandait que ça.

— Tant mieux!

Elle jeta un coup d'œil à l'écran de son ordinateur.

— Tu as une date de remise en tête?

— Je…

— La fin de l'été, ça te semble possible ?

— Oui, la fin de l'été. Ce sera parfait.

Ce sera parfait.

Bien sûr.

O

Katia sortit des bureaux de la Maison et marcha pendant un moment au bord du fleuve. Le vent était frais, malgré le mois d'avril censé annoncer le printemps. Elle coupa vers la ville, déterminée à continuer de marcher, ce serait son chemin de croix, jusqu'à ce qu'elle trouve une idée pour son prochain roman. Parce qu'elle avait menti à Marie-Andrée. Il n'y avait pas de projet en cours, il n'y avait pas d'œuvre mature, d'histoire d'amour et de *happy ending*. Depuis son départ aux États-Unis, Katia n'avait rien écrit de valable. Elle aurait dû l'expliquer à son éditrice, lui avouer qu'elle avait accumulé les cahiers remplis de griffonnages plus ou moins clairs mais que, concrètement, elle n'avait rien produit de cohérent en deux ans. Elle aurait pu s'ouvrir le cœur, raconter ses déboires des derniers mois, demander de l'aide. Marie-Andrée aurait compris, elle était son éditrice, oui, mais aussi une femme sensible. Presque une amie. Katia aurait pu tout lui avouer. Sauf qu'elle n'y arrivait pas. Admettre ses problèmes serait un aveu d'échec, la preuve honteuse de sa faiblesse. Elle ne se résoudrait jamais à ça.

Comment, mais *comment* donc avait-elle pu perdre sa bonne étoile si facilement ? Elle ne le comprenait pas. Depuis le début de sa carrière, pourtant, tout lui avait souri.

Elle avait fait de l'argent, beaucoup plus d'argent que tous les artistes de son entourage.

Elle s'était promenée au bras d'un homme riche et séduisant.

Elle avait été populaire, indépendante, constamment entourée d'une foule d'amis, Antoine, Mathilde, William, Sarah-Jeanne, des gens dont elle oubliait parfois le nom, mais peu importe, puisqu'ils étaient régulièrement remplacés par d'autres qui leur ressemblaient.

Son éditrice, qui la pressait toujours de publier d'autres romans, lui avait dit plusieurs fois :

— Avec la *chick lit*, Katia, oublie pas qu'il faut garder le *beat*. La compétition est féroce et les lectrices ont la mémoire courte. Tu viens de finir un livre ? C'est le temps d'en démarrer un nouveau. Tout de suite. Si tu laisses passer un an, on t'oubliera et te remplacera.

Chaque fois, Katia avait répondu avec assurance, convaincue d'être capable de remplir le contrat :

— Ça arrivera jamais. J'ai plein d'idées et j'écris vite.

Et voilà qu'après *Adieu Nadia*, les choses avaient déraillé.

Pourtant, Katia ne l'avait pas tout de suite réalisé. Comme à chaque lendemain de publication, elle s'était d'abord lancée dans l'élaboration de plans divers, l'esprit en ébullition, avec l'envie d'écrire trois romans à la fois, de mettre K.-O. toutes ses rivales potentielles pour se tenir seule sur le ring, les bras en l'air, ses doigts formant le V de la victoire.

Le problème, c'est qu'elle s'était rapidement mise à faire du surplace. Elle avait beau écrire et écrire, passées les premières phrases, elle s'éloignait du sujet, indistinctement, comme un peintre qui suivrait une ligne de crayon dessinée par erreur. Le personnage qu'elle créait perdait son contour précis. L'histoire devenait de plus en plus alambiquée. Elle s'égarait. Elle changeait d'idée. Elle abandonnait.

— Tu souffres peut-être de déficit d'attention, diagnostiquait sa sœur.

— Tu devrais boire plus de Perrier et moins de prosecco, conseillait sa mère.

— T'as peut-être plus la flamme, constatait Alex. Tu connais le syndrome de la page…

— Il faut que je coure plus, l'interrompait Katia.

Elle enfilait ses *running shoes*, partait au petit trot et la magie revenait. Quand elle courait, elle avait dix ans de nouveau : elle était invincible. Dès le moment où la sueur commençait à mouiller son cou et à couler entre ses seins, elle trouvait un nouveau filon, toujours meilleur que le précédent. Elle revenait chez elle emballée, pressée de griffonner quelques notes sur un bout de papier. Elle voulait écrire un guide sur le bonheur, un recueil de nouvelles érotiques, l'histoire d'une fille qui tombe en amour avec son voisin gay, l'histoire d'un gars qui tombe en amour avec sa voisine mariée, l'histoire d'une bande de filles qui découvrent le cadavre d'une de leurs amies. Le problème, c'est que toutes les idées qui lui venaient pendant sa demi-heure de jogging, et semblaient chaque fois géniales quand elle avait le corps bourré d'endorphines, ne passaient pas le cap de la douche. Il suffisait d'un coup de savon et d'un séchage rapide pour qu'elle constate l'évidence : ses histoires étaient nulles. Ou avaient déjà été écrites. Trop souvent, elles étaient nulles *et* avaient déjà été écrites.

Cinq ans après le début de sa fracassante carrière d'écrivaine, Katia semblait se diriger vers la zone critique du « Si tu laisses passer un an, les lectrices t'oublieront et te remplaceront ».

Et même si elle ne l'avouait à personne, elle savait, au fond, ce qui la bloquait : elle avait triché et craignait, un jour ou l'autre, d'avoir à en payer le prix. Depuis *Adieu Nadia*, une épée de Damoclès pendait au-dessus de sa tête et elle ne savait pas si elle serait assez habile pour l'éviter le jour où elle lui tomberait dessus.

4.

Comme l'avait craint Marie-Andrée, *Adieu Nadia* fut un échec. Contrairement aux autres tomes de la série, le roman ne demeura pas longtemps en première place du palmarès des meilleures ventes – un petit mois à peine. Il fut rapidement déclassé par un guide d'entraînement abdos-fessiers, puis par un livre de recettes de smoothies, ce à quoi Katia réagit en jetant son *blender* par terre, incapable d'accepter l'idée que, dans la compétition entre son œuvre et les boissons au kale, c'était ces dernières qui gagnaient. Elle perdit ainsi la possibilité de se faire des margaritas et se trancha un bout d'orteil en marchant sur un éclat de verre, mais ne tira aucune leçon particulière de cet excès de colère. Elle continua à suivre le déclin d'*Adieu Nadia* jusqu'à ce que, deux mois après sa parution, le roman de Mylène Royer, qui racontait les histoires d'amour d'une infirmière délurée, prenne la première place et s'y installe confortablement, comme si le podium lui appartenait.

« J'ai plus de talent qu'elle ! se répétait Katia. Tôt ou tard, les lectrices vont s'en rendre compte. »

Si les lectrices s'en rendirent compte, elle ne le sut jamais, puisque peu de temps après, un journaliste, alerté par Dieu sait qui, publia un article pour « rétablir la vérité sur le roman de Katia de Luca », et son univers s'écroula. Le journaliste fit allusion à une auteure américaine dont elle se serait inspirée, ne donna pas de preuves concrètes, mais voilà, la rumeur était lancée.

Katia de Luca était soupçonnée de plagiat.

Tout le monde mit la main sur sa bouche pour retenir un « Oh ! » stupéfait, affirmant que ce n'était pas possible, mais espérant secrètement que ce soit vrai. Quoi de mieux qu'un petit scandale pour meubler les conversations, particulièrement dans le milieu de la littérature où il se passait rarement grand-chose d'excitant ? Où les vedettes étaient peu nombreuses et les jalousies, féroces ? La Maison nia évidemment ces rumeurs et défendit l'intégrité de son auteure qui, elle, ne répondit pas aux attaques. Elle était à New York et rédigeait son nouveau roman, annonça son éditrice par voie de communiqué. En vérité, Katia avait éteint son téléphone et semblait avoir disparu de la surface de la Terre. Même Alex ne savait pas où elle se trouvait. Il annonça cependant à Marie-Andrée, d'une voix sombre qu'elle trouva de très mauvais augure, que Katia avait tendance à se laisser « influencer » par ce qu'elle lisait et qu'il n'était pas *si* étonné qu'on fasse des liens entre son livre et d'autres romans. Quand Marie-Andrée lui demanda de préciser ce qu'il entendait par là, il dut comme par hasard raccrocher, promettant néanmoins de la rappeler plus tard – ce qu'il ne fit jamais. L'éditrice se jura de mener sa petite enquête. En attendant, comme pour un accident, cette vague de rumeurs avait attiré son lot de curieux, et les ventes d'*Adieu Nadia* grimpèrent en flèche pendant une brève période. L'éditrice ne pouvait que s'en réjouir – en croisant les doigts pour que toutes ces allégations soient oubliées dès que possible.

Hélas, quelques jours après le premier article, le journaliste s'acharna. Il revint à la charge, avec des preuves plus accablantes cette fois. Il donna le nom de l'auteure plagiée, il cita deux passages si semblables qu'il était difficile de croire à une simple coïncidence. Alors, tadam, Katia réapparut dans le décor. Pourquoi n'avait-elle pas réagi plus tôt ? Parce qu'elle avait autre chose à faire que prêter l'oreille aux ragots d'un critique littéraire en mal d'attention. Mais elle était de retour, prête à se défendre. Elle se dit surprise qu'on s'acharne sur son cas, accusa le journaliste d'avoir volontairement traduit les extraits présentés pour faire ressortir des similitudes qui n'existaient pas avec la version anglaise originale. La Maison continua à la soutenir. Dans la foulée, quelques intellectuels en profitèrent pour se désespérer de l'uniformisation de la culture et du manque d'originalité des œuvres populaires québécoises – mais personne ne les écouta, comme d'habitude. L'auteure américaine prétendument plagiée par Katia ne retourna aucun appel des journalistes et ne sembla pas du tout intéressée à se mêler de cette bagarre se déroulant dans une langue qu'elle ne parlait pas, dans un pays qui ne l'intéressait pas. Elle n'entama aucune poursuite, il n'y eut pas de procès. Que faire quand la supposée victime ne porte pas plainte ? Faute d'être alimentée, la grande machine à rumeurs s'arrêta. L'histoire tomba à plat, un coït interrompu, et on cessa de parler de cette affaire. D'une certaine manière, c'était comme s'il ne s'était rien passé.

Et pourtant.

Pendant cette période, Katia perdit des plumes. Beaucoup de plumes – assez pour se sentir aussi ridicule qu'une petite poulette déplumée.

Première plume perdue ?

Celle de la réputation, cette chose subtile, qui tient à presque rien et garantit le respect des autres, l'ouverture des portes, les piles de livres dans l'îlot central d'une librairie, les compagnons journalistes d'un 5 à 7 branché et, surtout, la progression d'une carrière. Sa cour, autrefois si nombreuse, se volatilisa – qui veut se faire voir aux côtés d'une accusée, même innocentée ? Sa chronique littéraire disparut de la grille horaire sans qu'on juge nécessaire de lui donner d'autres explications que des regards embarrassés et des haussements d'épaules. Son nouveau roman passa discrètement de la vitrine des librairies aux bas des étagères.

Deuxième plume ?

Celle de la confiance des gens qui l'entouraient. Entre elle et les autres, il y avait maintenant la question du doute. Désormais, on chuchotait sur son passage, on l'écoutait les sourcils levés, sans trop savoir quel crédit accorder à ses paroles. Marie-Andrée aussi perdit son enthousiasme. Elle finit même par recommander à Katia de réfléchir avant de se lancer dans de nouveaux projets :

— Prends ton temps. Reviens-nous en forme avec de bonnes idées. Avec *tes* mots à toi.

Elle lui fit ainsi bien comprendre que si elle l'avait défendue, elle ne l'avait pas nécessairement crue. Et Katia sut que son éditrice ne l'encouragerait plus à écrire. Ce serait dorénavant à elle de prouver que ses romans valaient la peine d'être publiés.

Troisième plume?

Celle de l'admiration des lectrices. Katia avait confiance en leur jugement et se disait que les rumeurs ne les affecteraient pas long-temps. Elles aimaient ses histoires et se fichaient des mauvaises langues. Mais quelques blogueuses s'empressèrent de commenter ce qui s'était passé, et, cela ajouté aux mauvaises critiques que reçut son livre, sa cote de popularité finit par baisser avec une régularité alarmante. En-suite, comme l'avait prédit Marie-Andrée, de nouvelles auteures la remplacèrent, de nouvelles séries connurent le succès.

Puis, il y avait une autre plume, la quatrième…

Celle de l'amour.

Oh, l'amour.

5.

Au moment où les rumeurs de plagiat éclatèrent, Katia et Alex n'étaient plus depuis longtemps le petit couple parfait des premiers mois. Ils avaient désormais leurs sujets de conversation à éviter, quelques souvenirs de bras croisés et de portes claquées. Ils s'étaient disputés entre Montréal et New York en se trompant de sortie malgré le foutu GPS, ils avaient eu leur lot d'engueulades à propos de l'argent – qu'il avait, qu'elle n'avait pas toujours. Bref, ils étaient ensemble depuis deux ans.

Les premiers sujets de discorde autour de l'œuvre de Katia, par contre, étaient arrivés assez tard dans leur relation. Ils débutèrent le jour où Katia termina la rédaction d'*Adieu Nadia*. Quand elle annonça à Alex qu'elle achevait le dernier tome de sa série, il ne réagit pas comme elle l'aurait espéré, avec des « Bravo ! » et des « Fantastique ! » Au contraire.

— *Why are you doing that ?* Tes lectrices sont accros ! Personne te demande d'arrêter maintenant.

Katia répéta qu'il était temps pour elle de passer à autre chose, que ce livre était différent des précédents, qu'elle avait enfin écrit une œuvre qui n'était pas seulement l'équivalent romanesque d'un cocktail sucré dans une noix de coco. Mais Alex, qui adorait les cocktails exotiques, grimaça, et, en vrai directeur des communications, rétorqua :

— *It's nonsense, Kate.* Tu as trouvé une recette qui marche. Pourquoi mettre du sel à la place du sucre, maintenant ? Tu devrais écrire un tome 4, un tome 5, 10 tomes, *why not ?* Continue à écrire et fais de l'argent !

Katia s'offusqua, clama qu'elle n'avait jamais écrit pour l'argent, franchement, que ses ambitions n'étaient pas aussi bassement mercantiles – même si, au fond, elle était bien heureuse de pouvoir « vivre de sa plume », expression plus noble voulant pourtant dire exactement la même chose. Elle la joua artiste incomprise, ce à quoi Alex réagit par plusieurs « *Nonsense* » d'affilée, avant de conclure, catégorique :

— Écrire, *Kate*, c'est un business. *Nobody gives a shit about the emo.*

— Tu peux bien dire ça ! Tu vends des livres de recettes ! Ce que je fais, c'est… C'est pas pareil.

— Je vends du papier avec des mots imprimés dessus, et toi aussi. *It looks exactly the same to me.*

La discussion s'était arrêtée là et, finalement, Katia n'avait jamais véritablement expliqué à Alex pourquoi elle avait décidé d'en finir avec sa série. Elle l'avait regardé se faire un autre espresso, nouer sa cravate, boucler sa valise, repartir vers New York et, toute la journée, tandis qu'il roulait, seul, en direction de son appartement de Manhattan, elle s'était joué la scène qui n'avait pas eu lieu.

Ce qu'elle aurait voulu expliquer à Alex, c'était son désir, fort comme une envie de steak un jour de jeûne, de *tuer* Nadia.

De la détruire.

De l'écrabouiller.

De la réduire au silence.

À force de passer ses journées avec son héroïne, cette espèce de double d'elle-même, elle avait développé avec elle une relation insoutenable, à la fois de l'ordre de l'admiration et de la compétition. Nadia ressemblait à Katia, avec ses cheveux pâles, ses yeux verts, son goût de l'aventure et son penchant pour le prosecco frais. Et puisque les romans étaient à la première personne, tout le monde finissait par confondre auteure et personnage. Un journaliste avait même écrit tout un article où, du début à la fin, il se mêlait entre le prénom de l'auteure et celui de son héroïne. Pourtant, plus le temps passait, plus Katia avait l'impression que son alter ego de papier lui renvoyait ses propres faiblesses. Nadia était beaucoup mieux que sa créatrice – aussi distincte d'elle qu'une Barbie peut l'être d'une vraie femme. Elle était plus impulsive, mais capable de se rattraper avec élégance, toujours, grâce à la magie de la création. Elle avait des sautes d'humeur contrôlées et pertinentes, ne se mettant en colère que lorsque d'autres personnages, souvent masculins, le méritaient, et ses élans s'exprimaient par de bonnes répliques. Elle n'était pas rancunière, contrairement à Katia. Elle aimait sa mère, qui s'occupait trop d'elle, et son père, un homme rempli de sagesse qui n'avait rien, mais alors là rien à voir avec le père absent de Katia, mort au moment où elle aurait enfin pu lui parler en adulte. Nadia avait un quotidien plus enviable que celui de Katia. Dans la vie de l'hôtesse de l'air, il n'y avait pas ces moments mornes où rien d'excitant n'arrivait, ces moments inutiles où il fallait faire du lavage, s'épiler les sourcils, nettoyer les éclaboussures de dentifrice sur le miroir de la salle de bain, vaquer à des occupations ennuyeuses mais nécessaires.

Mais ce qui embêtait le plus Katia à propos de Nadia, et qu'elle ne pouvait absolument pas contrôler, concernait ses lectrices.

Les attentes de ses lectrices.

Au fil des ans, Katia avait remarqué que ses lectrices ne souhaitaient pas la rencontrer, elle, *l'auteure*, mais plutôt rencontrer celle avec qui elles avaient voyagé pendant des pages et des pages. Elles ne connaissaient *pas* Katia de Luca ; par contre, elles étaient très proches de Nadia. Elles avaient partagé ses chagrins, elles avaient été témoins de ses conquêtes. Elles l'avaient accompagnée au lit avec de charmants étrangers et avaient détesté avec elle la méchante Julianne, l'horrible Grégory, ces collègues qui lui mettaient chaque fois des bâtons dans les roues. Elles s'étaient peut-être empiffrées avec elle – en bonne héroïne de *chick lit*, Nadia avait un faible pour le sucre, particulièrement pour les Carambar au nougat. Avec le temps, Nadia et ses fans étaient devenues des *amies*. Quand celles-ci se trouvaient face à Katia, elles cherchaient les traces de l'hôtesse de l'air, elles attendaient la répartie cinglante, elles espéraient les clins d'œil complices.

Alors, pour ne pas les décevoir, Katia finissait par jouer le rôle de Nadia. Elle souriait de toutes ses dents, riait trop, imitait les expressions faciales qu'elle donnait à son personnage… Quand elle était particulièrement en forme, elle forçait la note jusqu'à lancer des répliques de Nadia directement tirées de ses romans. La magie fonctionnait presque aussitôt. Une connivence s'établissait entre les lectrices et elle, elles n'étaient plus au Salon du livre de Montréal, ou de Québec, ou de Gatineau, elles étaient ensemble dans un Boeing 747 à destination d'Honolulu.

Par contre, à certains moments, Katia se sentait comme une caricature de son personnage, et donc d'elle-même, et cela la rendait si perplexe qu'elle oubliait le prénom de sa lectrice et la dédicace qu'elle voulait lui écrire, gribouillait une phrase inintelligible, tentait de se rattraper en dessinant un *happy face* à côté, ou une petite fleur, et lançait un regard désespéré à Marie-Andrée, qui lui apportait un verre de Perrier. Le Perrier, ce n'était pas du champagne, mais ça aidait à attendre l'heure de l'apéro et ça pétillait assez pour lui donner l'impression de stimuler ses neurones. À la fin d'une journée de dédicaces, Katia était complètement brûlée. Pour se replacer les esprits et retrouver qui elle était, elle avait en général besoin d'au moins deux verres de vin – ou de prosecco, bien entendu, à cause des bulles.

Le plus aberrant, c'est que Katia s'était toujours imaginée écrire une œuvre tragique. Elle pensait qu'après le grand succès du roman sur son père, elle se pencherait sur le sort d'un enfant malade, tuberculeux ou sidatique – ou les deux –, qui lutterait à chaque page pour sa survie et mourrait d'une manière horrible et cruelle à la fin. Elle s'imaginait des lecteurs en larmes, elle achèterait des boîtes de Kleenex en paquets de vingt chez Costco et son kiosque dans les salons du livre déborderait d'admirateurs au nez rouge et à l'œil humide avec qui elle n'aurait pas peur de montrer son côté mélodramatique, de révéler son agoraphobie, d'avouer son angoisse d'être un jour empoisonnée par un ennemi inconnu, ce genre de discussions. Sauf qu'elle avait choisi la voie de l'humour et de la romance – et il était désormais difficile de se défaire de cette étiquette qui avait fait sa marque, même si elle devait parfois se faire violence pour réussir à pondre des textes comiques.

— Si tes livres marchent, je vois pas de quoi tu te plains, remarqua Valérie le soir où sa sœur lui confia tout ce qu'elle aurait voulu dire à Alex.

— Le syndrome de l'imposteur, tu connais pas ça?

— Bien sûr que oui. Le syndrome de l'imposteur, tout le monde l'a à un moment ou à un autre, Katia. Comment tu penses que je me sens, moi, quand je détartre les dents d'un chihuahua qui s'appelle Mon Chéri? Tu crois que je pensais à ça quand j'étudiais l'anatomie des bovins à l'université? Pas vraiment, non.

— Mais au moins, le chihuahua, il peut pas te parler! Mes lectrices, quand elles me rencontrent, elles passent leur temps à me confier des choses hyper personnelles! Tu sais, « ce qui se passe à Cuba reste à Cuba »? Ben, c'est pas vrai. Elles me disent *tout*. Et je suis supposée leur donner… Je sais pas… Pas juste une dédicace. Plutôt un genre de conseil professionnel.

— 100 $ de l'heure.

— Quoi, 100 $ de l'heure?

— C'est le prix d'un psy. Combien tu fais avec un livre?

— Euh… Environ 2 $.

— Ben, je vois vraiment pas pourquoi tu te sentirais mal.

— C'est plus compliqué que ça, Val.

— Change de job, si c'est si compliqué!

Katia ne voulait pas changer de travail. Par contre, pour se libérer de Nadia, elle avait trouvé une solution simple et efficace. Mettre un point final à son œuvre. D'ailleurs, son héroïne avait vécu pendant près de mille pages. C'était plus que la majorité des personnages, dans toute l'histoire de la littérature. Il était grand temps de lui dire adieu.

Ciao, bella, ciao.

— Tes lectrices vont vivre un deuil… avait remarqué sa sœur.

— Les deuils, ça permet d'avancer.

Évidemment, Katia aurait pu se contenter du point final. Mais elle avait inventé une trame tortueuse et tragique. Elle avait d'abord donné à Nadia tous les éléments du bonheur dont elle avait rêvé pendant les tomes précédents : un amoureux, des enfants, une maison entourée de belles haies de cèdre. Puis, alors que Nadia venait de s'acheter un matelas garanti à vie, symbole de la pérennité de son bonheur conjugal, Katia avait fait apparaître cette voiture, au coin d'une rue paisible, conduite par un homme fébrile et malheureux. Dans le calme d'une banlieue fictive en tous points semblable à celle où elle avait grandi, Katia avait fait résonner le cri de Nadia.

Choc.

Sang.

Coma.

Et voilà pour l'hôtesse de l'air.

Elle avait ressenti une étrange satisfaction à se débarrasser de son personnage – le même plaisir sadique qu'elle avait éprouvé un jour en arrachant les pattes d'une araignée. Pour la première fois depuis la parution de son premier roman, elle ne s'était pas concentrée sur les situations comiques, les ciel-mon-mari et autres quiproquos loufoques, mais plutôt sur ses angoisses, ses névroses, ses désirs. Elle avait mis toutes ses tripes dans *Adieu Nadia*.

— Avec des tripes, on fait de la saucisse, pas des romans, avait noté Marie-Andrée.

— *Do as you wish, Kate,* avait statué Alex. Mais pour moi, tu es en train de te tirer une balle dans le pied. *Or a bullet in the head.* Ce qui est bien pire.

Katia répliqua :

— On en reparlera quand tu l'auras lu.

Et ils n'en reparlèrent jamais. Katia préféra ensuite écouter les commentaires élogieux de son agent littéraire :

— C'est tellement puissant, Katia, ce livre-là ! Ton meilleur ! Je te garantis qu'il va faire le tour du monde !

Katia avait l'impression, en écoutant David vanter les qualités d'*Adieu Nadia*, qu'il répétait un discours adaptable à la promotion de n'importe quel livre, mais elle s'était habituée à ce que personne de son entourage ne lise vraiment ses romans – ni son amoureux, ni son agent, et surtout pas les journalistes qui l'interviewaient. Alors pour-quoi s'en préoccuper ? David l'aidait et lui évitait des soucis. Si elle commençait à douter de ses capacités, à quoi bon avoir recours à ses services ?

Ceci dit, Katia aurait peut-être pris le temps de réfléchir aux conseils d'Alex et de Marie-Andrée si elle avait compris que, bientôt, ses livres se vendraient à rabais et que son nom provoquerait des ho-chements de tête sceptiques. Mais elle n'avait pas appréhendé la fragi-lité de la gloire, et tous les risques d'éboulements, d'avalanches et d'effondrements de terrain s'y rattachant.

Katia avait l'inconscience de ceux qui croient en leur bonne for-tune. Elle pensait voler ; en réalité, elle plongeait, tête la première, dans le vide. Et, bien entendu, elle n'avait pas prévu de cocktail dans une noix de coco pour se remettre du choc de l'atterrissage.

6.

Quand elle sortit des bureaux de la Maison après avoir promis de remettre à son éditrice un manuscrit complet à la fin de l'été, Katia marcha longtemps. La ville était grise, aussi peu inspirante qu'une crotte de chien qui dégèle au printemps, et Katia était mal habillée. Elle avait froid, ce qui la rendait tout à fait incapable de laisser place aux idées de génie qui auraient certainement pullulé si elle s'était trouvée ailleurs – sur un hamac au bord de la mer, par exemple, avec ce fameux cocktail dans une noix de coco. Elle avançait vite, se répétant, comme si ça changeait quoi que ce soit, le fameux proverbe qu'aucun Québécois n'a jamais appliqué : « En avril ne te découvre pas d'un fil ». À partir du Vieux-Montréal, elle remonta vers le centre-ville et essaya de suivre un itinéraire significatif, susceptible d'évoquer des souvenirs heureux. Elle passa devant quelques bars, se rappela les soirées bien arrosées d'une jeunesse qui lui paraissait maintenant très lointaine. Comment s'appelait ce joli garçon qui lui avait fait la cour au Sainte-Élisabeth ? Et cette fille qui lui avait piqué son amant aux Foufounes électriques ? Combien de fois avait-elle mangé de la poutine à La Belle Province à trois heures du matin, en riant aux éclats avec Stéphanie et Roxanne, ses deux seules amies d'enfance ? Penser à Stéphanie et Roxanne lui rabattit le moral aussi efficacement qu'une toast tombée côté beurre. Leur dernier souper de filles remontait à plusieurs années et il s'était terminé sur une touche beaucoup plus amère que douce. Ce soir-là, Roxanne s'était pointée au restaurant avec son fils d'un an, et Stéphanie, avec son énorme ventre de femme enceinte de huit mois. Arrivée à l'avance, Katia avait commandé une bouteille avant d'apprendre que Roxanne ne pouvait boire qu'un petit verre parce qu'elle allaitait. Stéphanie, quant à elle, n'avait même pas daigné tremper ses lèvres dans l'excellent sauvignon, histoire de ne pas affecter le quotient intellectuel de son bébé ou son espérance de vie ou son score aux examens d'entrée en médecine.

Le repas avait débuté avec un interminable interrogatoire où, tandis que Katia passait à travers la bouteille, ses amies lui avaient posé une multitude de questions à propos de ses relations avec les célébrités locales, comme si elle était *Échos Vedettes* en personne, curieuses de savoir comment était ce fameux animateur du dimanche soir, et cette blonde comédienne avec qui elle apparaissait dans le *Clin d'œil*, et ce chef renommé à qui elle avait donné la supposée recette de gnocchis de son père pendant une émission de cuisine que ses copines avaient, bien entendu, regardée, et…

— C'est vrai que Julie est plus petite en vrai?

— Tu crois que Guy A. s'est fait remonter le visage?

— Qu'est-ce que tu penses de Véro?

Katia était mal à l'aise. Que ses amies se soient transformées en groupies ne lui plaisait pas. Que Roxanne passe son temps à essuyer la morve qui pendait du nez de son fils lui répugnait. Que Stéphanie parle sans arrêt de parties intimes de son corps dont elle-même ignorait l'existence – c'était quoi, le périnée? – l'embêtait. Elle sentait qu'elles n'appartenaient plus au même monde, et ne voyait pas comment réconcilier leurs univers. À vrai dire, elle n'avait même pas envie de réconcilier leurs univers. Faire semblant de s'intéresser à l'imminent accouchement de l'une et aux nuits écourtées de l'autre ne fonctionnait pas: sa voix sonnait faux et accentuait le fossé qui se creusait entre elles. En réalité, Katia s'ennuyait et, sans sa bouteille, elle aurait trouvé le temps très long.

Elle avait déjà bu trois verres quand le plat principal arriva, moment inspiré où elle décida, puisque ses amies semblaient si avides de connaître les détails de la vie des gens riches et célèbres, de leur en donner pour leur argent. Après tout, elle était écrivaine. Elle se mit donc à raconter son dernier séjour à New York comme s'il s'agissait d'un de ses romans, ajoutant du froufrou et de la dentelle, brodant autour des épisodes croustillants et omettant les scènes de vie quotidienne – l'haleine du matin n'avait pas sa place dans la comédie romantique. Ses copines avaient poussé des « Oh ! » et des « Ah ! », ce qui l'avait encouragée à ajouter une couche de détails. Elle inventa une soirée coquine organisée par un agent littéraire en vogue dans la Grosse Pomme, assura y avoir aperçu Matt Damon – « Je. Vous. Jure. » – et donna quantité de détails sur le moment où, à leur retour, Alex lui avait fait découvrir des zones érogènes insoupçonnées – le périnée n'en faisant *pas* partie. À la fin de son récit, elle conclut avec un soupir digne des meilleurs moments de *Nadia* :

— La trentaine, les filles, c'est vraiment le meilleur moment de la vie. J'ai jamais eu une vie sexuelle aussi épanouie. Pas vous ?

Sa question était restée sans réponse et elle avait alors remarqué le visage fermé de ses amies. Stéphanie, les yeux baissés, faisait nerveusement passer sa langue d'un bord à l'autre de sa bouche fermée, comme pour enlever un morceau de nourriture ou, plus vraisemblablement, retenir une grimace. Roxanne essuyait le nez de son fils avant même qu'il n'ait le temps de renouveler sa production de mucus. Katia se mordit la lèvre. Si ça se trouvait, ces filles-là n'avaient pas plus de vie sexuelle qu'un manche à balai. Et voilà qu'elle venait de leur rappeler que le corps n'était pas uniquement dédié à l'enfantement et à l'allaitement. Ce n'était sans doute pas l'idée du siècle. Ça passait peut-être dans un livre, mais dans un *vrai* souper, elle aurait dû choisir autre chose. Ou ne pas parler du tout, tiens, c'était beaucoup moins risqué.

Après, la discussion était devenue laborieuse, particulièrement quand, repentante, elle avait tenté de se rattraper en prenant le fils de Roxanne dans ses bras pour prouver à ses amies qu'elle avait un minimum de fibre maternelle. Pendant quelques pénibles minutes, elle s'était laissé tirer les cheveux et les boucles d'oreilles par le bambin, sous les exclamations attendries de ses amies, et elles avaient de nouveau été le trio uni d'avant. Mais ça n'avait pas duré. Le jeu avait subitement pris fin quand elle avait empêché l'enfant de baver sur ses lunettes de soleil – des Armani! – les lui enlevant des mains alors qu'il commençait à les mordiller. Aussitôt, il avait éclaté en sanglots, faisant résonner sa jolie voix de crécelle dans le restaurant. Roxanne s'était énervée :

— Il va pas te les briser, Katia! Il a juste besoin de quelque chose pour se faire les dents!

— C'est des Armani!

— C'est pas une raison pour les lui arracher des mains!

— Je les ai pas arrachées! Je les ai juste délicatement récupérées...

— C'est correct, Katia. Laisse faire.

La soirée s'était terminée dans une ambiance pourrie, entre les bouderies de Roxanne, les pleurs de son fils inconsolable, et le silence de Stéphanie, qui tenait apparemment Katia responsable de la mauvaise soirée qu'elles passaient – et sans doute aussi de tous les maux sur Terre, mort massive des bébés bélugas et pornographie infantile comprises. À 21 h, Roxanne avait décrété l'heure du dodo arrivée et Katia avait poussé un soupir de soulagement en voyant ses deux amies disparaître dans la voiture de Stéphanie, rentrer dans leur Boucherville remplie de familles et de femmes enceintes comme dans un film qu'elle n'irait pas voir. Puis, elle était retournée finir sa bouteille dans le restaurant.

Depuis, elle n'avait pas revu ses copines, même à la naissance de la fille de Stéphanie.

Trop occupée.

Désolée.

On se voit bientôt, promis.

BFF.

☺

Katia secoua la tête comme si elle pouvait ainsi se défaire de ces souvenirs inopportuns. L'amitié, c'était surfait. On devait se comporter avec les vieilles copines comme avec un gigot d'agneau ou une cuisse de poulet : quand ça commençait à puer, il fallait se résoudre à les jeter, sinon, on risquait de s'empoisonner.

O

Prise dans ses pensées, Katia avait marché vite et découvrit en relevant les yeux qu'elle approchait d'un restaurant réputé du centre-ville où elle avait passé l'un des meilleurs moments de sa carrière le jour du lancement d'*Adieu Nadia*. Cette journée-là, tout allait bien. Le matin, elle avait reçu un bouquet de lys blancs, accompagné d'une petite carte :

J'arrive dans quelques heures. My world is empty without you. Love, A.

Après le lancement, Alex et Marie-Andrée l'avaient amenée dans ce restaurant branché de la rue Sainte-Catherine, où plusieurs de ses nouvelles fréquentations, de Montréal comme de New York, s'étaient jointes à eux. Tout était parfait. Elle était entourée et choyée, elle recevait des masses d'amour, des compliments. Stéphanie et Roxanne n'étaient pas là ? La relationniste avait oublié d'envoyer une invitation à sa mère et sa sœur ? Peu importe. Elle était une star, sa vie était géniale et son amoureux trouvait que le monde était vide sans elle.

Ces souvenirs d'une époque si proche mais déjà révolue et ses pieds gelés rendirent Katia inconfortable. Elle avait besoin de se réchauffer et, puisqu'elle approchait d'une grande librairie, elle eut la très mauvaise idée d'y entrer, oubliant l'épisode honteux du chariot à rabais de la bibliothèque. La mémoire est sélective : sur le coup, elle se rappela uniquement que cette librairie possédait autrefois une section entière dédiée à son œuvre avec un beau présentoir sur lequel trônait une photo d'elle. Elle était passée par là par hasard quelques années plus tôt et, flattée, avait bavardé avec une sympathique libraire qui lui avait demandé de dédicacer quelques-uns de ses livres, ce à quoi elle s'était prêtée avec enthousiasme. Voilà le genre d'attention dont elle avait besoin pour se remonter le moral. Qui sait? Peut-être avait-on fait fi des rumeurs et des langues sales, ici? Peut-être ses livres se trouvaient-ils encore bien alignés sur les étagères? Katia se dit que leur vue suffirait sans doute à lui fournir ce deuxième souffle qu'elle cherchait en vain depuis des mois. Elle sentait déjà quelque chose germer en elle, une idée intéressante... Et pourquoi ne pas essayer de faire un nouveau tome de Nadia? Après tout, elle ne l'avait pas *tout à fait* tuée... Revenir à ce qu'elle avait bien maîtrisé, retrouver ses lectrices égarées, prouver à tout le monde qu'elle n'avait rien à se reprocher, reconstituer son troupeau de fans... Nadia en réhabilitation, faisant de la physio, reprenant contact avec les petites choses de la vie. Ce serait touchant, rempli de leçons sur la simplicité du bonheur, un roman, oui, mais surtout un guide pour apprendre à mieux apprécier chaque moment de l'existence. Il y aurait des scènes très belles où l'émotion atteindrait son paroxysme, par exemple quand Nadia réussirait à faire bouger son gros orteil. Oui, c'était une idée prometteuse – facile, peut-être, mais les meilleures idées ne sont-elles pas justement toujours les plus simples?

Elle pénétra dans la librairie comme dans un Dairy Queen au premier jour de chaleur, le pas solennel, l'air sérieux, investie de la pieuse mission de se flatter subtilement l'ego, prenant bien soin de garder ses lunettes fumées enfoncées sur son nez et de remonter le col de son manteau au cas où on la reconnaîtrait.

Cependant, l'impression d'arriver dans un lieu saint la quitta dès qu'elle eut franchi la porte vitrée. C'est plutôt en enfer qu'elle venait d'aboutir.

Devant elle, bien éclairées sur le vaste îlot central, de grosses piles de livres mettaient à l'honneur les nouveaux phénomènes littéraires de la saison. L'hiver n'était pas encore disparu qu'on annonçait déjà l'été, moment de plaisir et d'insouciance, saison préférée des romans légers et des thrillers. Il y avait, d'un bord, le noir des polars et, de l'autre, du rose – beaucoup de rose, rose nanane, rose cerise, toutes les teintes de rose possibles et imaginables. Jusque-là, c'était tolérable, même s'il était affligeant que ses propres livres ne figurent nulle part aux côtés des nouvelles publications. Ce qui étonna le plus Katia, cependant, ce ne fut pas tant la quantité de couleurs familières qui lui sautèrent au visage, mais plutôt le fait que presque toutes les auteures lui étaient inconnues. Elle s'avança, passa la main sur les pages couvertures, retourna quelques livres. Les biographies qu'elle parcourut, chaque fois chapeautées de la photo d'une jolie femme souriante, lui indiquèrent que les nouvelles venues avaient toutes œuvré dans le domaine de la télé et des communications, comme s'il s'agissait d'un incubateur à talent littéraire. Sarah-Maude, Adrianne, Mélodie, Sophie-Laure. « J'étais là *avant*, bien avant que ces filles ne sachent se tenir sur des talons hauts et boire un gin tonic sans frapper le plancher ! » songea Katia. Elle avait envie de le crier.

— Tout va bien, madame ?

Elle releva la tête et vit qu'une libraire se tenait à ses côtés, l'air sévère, et regardait la page couverture du livre que, dans sa colère, elle avait involontairement froissée.

— Avez-vous l'intention d'acheter ce roman ?

— Non.

— On va devoir vous le facturer si vous l'endommagez.

Katia replaça le roman sur la pile en souriant poliment et tenta de rendre à la page couverture son apparence lisse. La libraire, après avoir lâché un soupir d'exaspération, s'éloigna. Katia la suivit des yeux un moment, avant de se concentrer de nouveau sur ce qui se trouvait devant elle. Un moment, l'image de son père colérique lui revint en tête et elle crut comprendre quelque chose de grand, qui relevait de la génétique et la condamnerait sans doute à une mort rapide dans un fauteuil de Boucherville, oubliée et détestée.

Mais elle chassa cette image du passé.

Sarah-Maude, Adrianne, Mélodie, Sophie-Laure.

Ces filles-là ne devaient pas l'inquiéter. Elles découvriraient bientôt qu'il n'y avait pas de fortune à faire en littérature dans ce pays et retourneraient à des emplois plus lucratifs dans le monde merveilleux des communications, se disant qu'il serait toujours temps de se remettre à l'écriture plus tard – mais n'y revenant jamais. Quant aux autres, à celles qui étaient assez maniaques – ou folles ou désespérées – pour s'accrocher, qui consacraient leur temps et leur énergie à faire rayonner leur œuvre... C'est d'elles qu'il fallait avoir peur. C'était elles, la véritable compétition. Katia connaissait déjà les plus célèbres. Elles faisaient partie de cette belle famille de la *chick lit* qui se retrouvaient dans les lancements, les salons du livre, les festivals littéraires dans des régions éloignées du Québec peuplées de moustiques gros comme un poing et remplies de bars où les Julia Roberts ne croisaient jamais de Richard Gere. Katia prit le nouveau roman de Mylène Royer, sa principale compétitrice depuis toujours, et le feuilleta distraitement. Elle se rappela la première impression qu'elle avait eue en apercevant Mylène, une grande rouquine de quarante ans, aux vêtements trop jeunes et aux yeux immobilisés par le Botox, ce qui lui donnait un air constamment étonné. Mylène ne se déplaçait jamais sans un joli jeune homme, genre de garde du corps que Katia avait pris pour son fils jusqu'à ce qu'elle le lui présente :

— Xavier, mon chum.

Surprise, Katia avait agrandi les yeux et avait eu la même tête que sa rivale, l'espace d'un instant.

À vrai dire, Katia aimait bien Mylène. Ou plus précisément, elle aurait bien aimé Mylène si elle avait exercé un métier complètement différent, hygiéniste dentaire, par exemple. Ou agente immobilière. Auteure suédoise établie à Stockholm, à la limite. Or, pour une variété de raisons, Mylène était devenue la reine incontestée de la *chick lit*. Non seulement elle écrivait des livres comme d'autres tirent un coup, à une vitesse ahurissante – beaucoup plus vite que Katia – mais en plus, elle était née et avait grandi dans Le Milieu, ce qui lui donnait un avantage incontestable sur les autres. L'histoire de son ascension se résumait à quelques lignes à faire baver d'envie toute auteure en devenir :

1) Son père, à la tête du plus grand réseau de distribution de livres au Québec, avait vendu son premier roman avant même qu'elle l'écrive.

2) Le livre était devenu coup de cœur avant d'arriver en librairie et s'était maintenu pendant deux ans au numéro un des meilleurs vendeurs.

3) La sœur de Mylène, animatrice d'une des émissions de radio les plus écoutées, l'invitait régulièrement pour commenter divers sujets – tels que sa vie d'artiste, son nouveau roman et l'incomparable beauté de son nombril.

4) Mylène avait depuis des années une rubrique dans le *Châtelaine*, où elle donnait des suggestions de restaurants branchés et de couleurs de vernis à ongles.

5) *Chroniqueuse* et *romancière* étaient les mots qu'elle utilisait pour définir sa carrière et elle les prononçait sans avoir à justifier ou à expliquer quoi que ce soit, sans avoir à spécifier que ce n'était pas un simple hobby mais une véritable carrière.

Bref, Mylène n'avait jamais eu besoin de chercher la reconnaissance des autres: elle connaissait tout le monde et tout le monde la connaissait. Quelques années plus tôt, elle avait entamé une série de romans mettant en vedette une Québécoise richissime et un sommelier californien sexy au teint basané et aux mœurs frivoles nouvellement installé au pays de l'hiver. L'action se déroulait dans un vignoble des Cantons-de-l'Est, et c'est sur les lieux qui l'avaient inspirée que Mylène avait fait un lancement bucolique avec dégustation de vin local et de petits chocolats en forme de cœur. Katia l'avait retrouvée à cette occasion et n'avait pas été très surprise de reconnaître une autre source d'inspiration importante: le jeune homme qui se tenait aux côtés de Mylène – Xavier semblait avoir disparu – n'était pas Californien, mais il avait la taille et l'allure du héros. Quant au reste… Elle n'avait pas osé lui demander s'il était aussi habile au lit que son personnage.

Cependant, de tous les moments où elle avait côtoyé Mylène, Katia se souvenait particulièrement du jour où les deux auteures s'étaient retrouvées pour participer à une table ronde sur la *chick lit* dans un festival littéraire. Durant la soirée qui avait suivi, Katia avait découvert un point commun intéressant entre elle et Mylène: pour faire la fête, elles étaient imbattables. Découverte moins intéressante: malgré ses apparitions fréquentes à la radio et à la télé, sa présence partout dans les médias et les palmarès, Mylène semblait être fauchée. C'est en tout cas ce que son comportement laissait croire. Après avoir avalé une quantité impressionnante des cocktails les plus chers, elle s'était subtilement éclipsée sans payer, laissant à Katia le privilège de régler l'addition. Pas trop certaine que cette soirée marquait le début d'une longue amitié, mais trop saoule pour s'énerver, Katia avait sorti sa carte de crédit – et avait appris le lendemain que Mylène faisait le coup à tout le monde. Évidemment, elles n'en avaient jamais reparlé. Rien de moins glamour que parler d'argent.

Katia aurait dû lui en vouloir, mais elle admirait trop son culot et sa nonchalance pour y arriver. Ce qui la fascinait aussi, c'est qu'à part le Botox, rien chez Mylène n'était artificiel. Elle était spontanée et disait tout ce qui lui passait par la tête, sans complexes ni états d'âme, avec la confiance des gens qui n'ont jamais douté de leur place dans le monde. Elle semblait ne jamais se sentir menacée, jamais non plus en compétition avec les autres auteurs. Elle venait à tous les lancements, discutait avec tout le monde, avait une façon, même quand elle parlait de projets pour lesquels Katia aurait vendu sa mère, d'inspirer la sympathie. Elle disait:

— Je reviens de Vegas. Céline voudrait que j'écrive sa biographie, mais je suis pas certaine d'avoir le temps, ces jours-ci.

Et Katia hochait la tête, compréhensive.

Elle disait:

— Depuis que mon livre est paru en Angleterre, il faut que je me tape sans arrêt des allers-retours Montréal-Londres. J'haïs ça, ça perturbe mon cycle menstruel.

Et Katia la plaignait sincèrement.

Pendant les années de gloire de *Nadia*, Mylène et Katia avaient fréquenté les mêmes lieux et quelque chose comme un lien d'amitié avait fini par se tisser entre elles. Mylène avait même été une des seules à soutenir Katia au moment des accusations de plagiat.

— Laisse-les parler et deviens pas parano, lui avait-elle sagement suggéré. Tout le monde est parano, dans ce milieu. C'est une vraie maladie et ça mène nulle part.

Katia avait apprécié les attentions de Mylène. Et pourtant… Voir *tous* ses romans exposés dans l'îlot central de la librairie, avec les nouveautés, comme un parfum dont personne ne se lasse, faisait ressurgir la rivalité des premières années. Et quand elle vit ceux de Sophie Steele, elle grimaça. Elle était toujours là, cette auteure dont l'exploit consistait à avoir écrit une dizaine de livres sans utiliser de subordonnées ? Bien sûr. Sophie serait toujours là. Avant même d'écrire, elle était déjà une vedette. Née dans un trou, fille de personne, elle était devenue, à douze ans, grâce à un rôle dans un film pour ados, l'idole de toute une génération de jeunes femmes, puis une actrice renommée, ce qui constituait en soi un argument de vente suffisant pour lui permettre d'écrire tout ce qu'elle voulait, même si c'était n'importe quoi. Pour Katia, Sophie n'avait jamais été une menace réelle, mais elle était surprise de constater qu'elle avait réussi à s'accaparer une si grande part du marché. Elle prit son nouveau roman, *Tout ce qui se passe dans ma chambre reste dans ma chambre*. Apparemment, Sophie avait profité de la vague de *soft porn* qui avait déferlé sur la littérature populaire pour faire mousser la vente de ses romans. Katia observa son visage candide, son sourire de star, et remit le livre sur la pile sans prendre la peine de l'ouvrir. Cette fille-là, songea-t-elle, serait incapable de faire de mal à une mouche, ça se voyait tout de suite. Mais elle avait une sacrée bosse des affaires.

Katia recula d'un pas et contempla longuement tous ces livres. Et tout à coup, elle comprit qu'elle aurait beau vider la table, détruire son contenu, ça ne servirait à rien. Il y aurait toujours d'autres auteures prêtes à prendre la relève, comme des pissenlits envahissant la pelouse bien verte d'un jardin de banlieue.

Elle soupira, dégoûtée.

Et son regard se posa alors sur le mur droit de la librairie, où se trouvaient alignés des dizaines et des dizaines d'exemplaires d'un seul livre – une nouvelle espèce de mauvaise herbe encore plus envahissante que le pissenlit. Comment avait-elle pu ne pas le voir plus tôt? Un mur entier juste pour un roman… Elle reconnut tout de suite le nom de l'auteure.

— Depuis quand elle écrit, elle?

Elle s'approcha lentement du mur, comme s'il risquait de lui tomber dessus et de l'écraser.

La vie secrète de Vanessa

La couverture était rose pâle. Dessus, le titre, en noir éclatant, faisait écho au masque italien, dont les contours dorés ressortaient. C'était sobre et intrigant – très intrigant. Elle prit un exemplaire, du bout des doigts, haussa les sourcils en remarquant qu'il avait été publié par une grande maison d'édition française, le retourna lentement et lut la quatrième de couverture.

Des bouffées de chaleur la firent aussitôt transpirer, tandis que son pressentiment se confirmait. Ce n'était plus le petit découragement passager des minutes précédentes; elle se sentait maintenant au bord d'un gouffre profond – le Grand Canyon, les cratères de Mars. D'un geste nerveux, elle plaça le livre sous son bras, pour le dissimuler, pensa répéter la même opération qu'à la bibliothèque et partir en courant sans se retourner avant d'être arrivée très loin de la librairie. Mais elle se doutait bien que les lieux étaient munis de caméras de surveillance et que, sans sa tenue de joggeuse, on aurait tôt fait de la reconnaître. Se faire prendre à voler le livre d'une rivale aurait été le comble de l'humiliation – inutile de s'exposer à cette honte. Elle enfonça les lunettes teintées sur son nez et se dirigea vers la caisse après avoir vérifié qu'elle avait de quoi payer comptant. Elle n'avait que de l'argent américain, mais le caissier ne verrait sans doute pas d'inconvénient à ce qu'elle paie avec des billets verts. D'ailleurs, il ne fit aucun commentaire à ce sujet. Par contre, en lui rendant sa monnaie – sans calculer le taux de change – il demanda :

— Excusez-moi mais... Êtes-vous Katia de Luca ?

Katia leva les yeux et le dévisagea. Il avait une tête de lecteur de bandes dessinées, des dents un peu croches et une barbe clairsemée.

— Aucune idée de qui vous parlez.

Contrairement à ce qu'elle avait souhaité, cette affirmation ne fit que renforcer la curiosité du jeune homme. Il étira le cou dans l'espoir d'apercevoir ce qui se cachait derrière les lunettes sombres.

— Ah non ? Vous lui ressemblez vraiment beaucoup. Vous êtes sûre ?

Elle prit une longue inspiration.

— Je. Ne. Suis. Pas. Katia. De. Luca.

Le caissier reprit sa place initiale et haussa les épaules – l'air toujours aussi peu convaincu.

— OK, OK, c'est bon.

Il tendit à Katia un petit sac en plastique jaune vif et lui fit un sourire légèrement irrité, les lèvres pincées. Quand elle s'éloigna, elle l'entendit très nettement prononcer :

— En tout cas, vous avez l'air pas mal plus jeune sur vos livres.

Katia se rua dehors et héla un taxi. Elle n'avait plus du tout la tête à marcher. Elle voulait rentrer chez elle, se faire un chocolat chaud, mettre des mini-guimauves dedans et mourir d'une crise d'hyperglycémie.

Mais d'abord, il fallait savoir ce que contenait le livre de Laurence Turcot.

Deuxième partie
BASSE-COUR

7.

Après le scandale, Katia de Luca s'était installée à New York. On ne voulait plus d'elle au Québec ? Elle avait maintenant une excellente raison d'aller retrouver Alex. Elle montrerait ce qu'elle valait à la face du monde en partant à la conquête de la plus prestigieuse capitale culturelle. Elle vivrait la version américaine de son succès québécois, en évitant les faux pas cette fois-ci – un remake flamboyant. Dans un an, le journaliste qui avait ruiné sa réputation lui lècherait les bottes et la supplierait de lui pardonner.

Hélas, percer à New York ne se révéla pas aussi simple que prévu. Au départ, pourtant, Katia fut enthousiasmée par cette ville gigantesque, où tout semblait possible. Libérée du poids de sa réputation, elle se sentait légère. Elle passa d'innombrables heures à arpenter les rues, à compter les taxis jaunes, à renifler avec gourmandise l'odeur sucrée des kiosques de vendeurs d'arachides ambulants. Avant de quitter Montréal, elle avait tout liquidé : appartement, meubles, voiture. Ainsi débarrassée de son passé, elle avait emménagé chez Alex en lui promettant que ce n'était que passager, puisqu'il croyait dur comme fer à l'indépendance des couples.

— *Nothing kills the passion more than to sit every day on the same toilet bowl*, se plaisait-il à répéter.

— Dès que je trouve le bon appartement, je m'y installe. Et j'écris, répondait-elle.

Alex connaissait trop bien New York pour croire qu'il serait facile pour Katia d'y trouver sa place. Mais elle était jeune et belle. Qui sait? Ces atouts allaient certainement la servir. En attendant, ils passaient du bon temps ensemble, même s'il était assez réaliste – et expérimenté – pour savoir que cette histoire d'amour, comme toutes celles qui l'avaient précédée, se terminerait à un moment ou à un autre, probablement le jour où Katia, constatant que le temps passait et que la durée de sa vie fertile s'amenuisait, deviendrait obsédée par l'idée d'avoir un bébé. Il faudrait alors lui expliquer qu'il n'avait nulle envie de se reproduire, et la relation se mettrait à dégénérer. C'était l'un des inconvénients de fréquenter des femmes plus jeunes – mais les avantages étant nettement supérieurs, il n'allait pas s'arrêter de sitôt. Et dans ce cas-ci, il fallait bien qu'il s'avoue une chose: malgré leurs prises de bec assez fréquentes, particulièrement depuis cette stupide histoire de plagiat, il était réellement attaché à sa *french canadian girlfriend*. D'ailleurs, l'arrivée de Katia tombait à point. Sa réputation de séducteur avait fini par lui nuire et il avait l'intention de se faire une nouvelle image, misant beaucoup sur celle du bel homme aux tempes argentées fidèle en amour comme en affaires. Dans le rôle de la partenaire stable mais autonome, Katia convenait à merveille. Il saurait profiter de *tous* les avantages de leur cohabitation, le temps qu'elle durerait. Il était convaincu qu'avant même que soit abordée la question des bébés, une fois disparu son rêve de voir Brad Pitt jouer un rôle dans l'adaptation hollywoodienne d'un de ses livres, Katia déciderait de rentrer chez elle, dans cet endroit minuscule où 3 000 exemplaires vendus faisaient d'un livre un best-seller et d'une inconnue, une auteure en vue. Ils reprendraient alors leur relation intermittente. Alex avait un faible pour les femmes plus jeunes *et* pour les relations intermittentes – les unes donnant accès au plus grand nombre des autres. Il avait cependant mal jugé la volonté et l'entêtement de Katia. Son rêve américain se définissait par une liste courte, qui ressemblait davantage à l'horoscope du *Daily Times* qu'à un plan de carrière, mais à laquelle elle tenait mordicus: Vie sentimentale épanouie, Cadre de vie agréable, Vie professionnelle accomplie. Et, parce qu'elle était une femme moderne, elle avait ajouté après coup: Indépendance.

Au départ, le but de Katia était d'atteindre chacun de ces quatre éléments le plus rapidement possible. Alex avait rempli la case de la Vie sentimentale épanouie, ça, c'était réglé. Restaient le Cadre de vie agréable, la Vie professionnelle accomplie et l'indispensable Indépendance. La jeune femme s'était promis de ne pas déménager avant d'avoir trouvé l'appartement de ses rêves, quitte à remettre le dernier critère à plus tard. Cependant, lorsqu'elle se rendit compte qu'il lui faudrait un contrat de superstar pour se payer même la chambre la plus glauque du pire quartier de Manhattan, elle déclara :

— Je me concentre sur ma vie professionnelle et après je déménage.

Réalisant qu'il était en train de perdre le contrôle de son territoire, Alex évoqua une fois de plus l'importance de vivre séparément. Katia hocha la tête, bien sûr, elle comprenait ce qu'il voulait dire, elle était tout à fait d'accord. En attendant, elle logeait chez lui et le suivait partout où il allait. Dans les lancements, dans les soirées, dans les 5 à 7. Elle fréquenta ainsi une faune d'artistes en vogue – c'est en tout cas ce qu'ils affirmaient –, espérant qu'un agent repérerait son esprit vif, son rire en cascades, son accent charmant. Et accepterait de s'occuper de sa carrière, puisque David lui avait bien fait comprendre les limites géographiques de son pouvoir. Elle enviait ces êtres charmants dont l'habitat naturel semblait être les restos branchés de Manhattan, ces lieux où elle se sentait toujours un peu perdue même si elle y dépensait des montants ahurissants, histoire de ne pas passer pour une provinciale sans-le-sou. Assez rapidement, cependant, elle finit par réaliser que tous ces merveilleux artistes en vogue cherchaient exactement la même chose qu'elle. Devenir quelqu'un, faire partie du petit cercle privilégié des gens *vraiment* célèbres et, accessoirement, faire assez d'argent pour couvrir les frais exorbitants de leur minuscule appartement de Brooklyn ou de Soho et éviter ce qui les attendait s'ils n'arrivaient pas à vivre de leur art : une éjection rapide et irrémédiable de la Grosse Pomme, cette machine à broyer les rêves. Quant à Alex… Ce qui lui permettait de rester au-dessus de la mêlée ne tenait pas à son intelligence hors du commun ni à son incroyable charisme, comme elle l'avait d'abord cru, mais plutôt à deux choses beaucoup plus prosaïques :

1) il logeait gratuitement dans le condo de ses parents, envoyés dans une maison de retraite en bordure de Las Vegas, où, pour un prix raisonnable, ils avaient le privilège de se dessécher lentement au soleil dans une communauté protégée par des barrières électriques, sous la supervision bienveillante de nombreuses infirmières mexicaines.

2) son employeur était en réalité un ami d'enfance, ce qui lui assurait, tant que durait leur amitié et qu'aucun des deux ne couchait avec la copine de l'autre, un emploi bien payé.

Par ailleurs, si fréquenter Alex lui garantissait des soirées mondaines nombreuses et divertissantes, cela comportait aussi certains inconvénients professionnels. Le plus important étant que, puisque sa maison d'édition publiait uniquement des livres de cuisine, Katia n'avait jamais directement accès au milieu où elle cherchait à se faire connaître. Vivre avec un homme spécialisé dans la vente d'œuvres aux titres aussi peu sexys que *The Complete Soup Maker Cookbook* ne la dérangeait pas du tout. Ce qui l'embêtait, c'était qu'elle semblait vouée à toujours se trouver à deux degrés de séparation de Laurence Weisberger ou de Candace Bushnell – et de leur agent. Bien sûr, lorsqu'elle s'en plaignit, l'entourage d'Alex s'empressa de la conseiller. Un ami d'amie d'Alex lui assura qu'elle devait im-pé-ra-ti-ve-ment suivre des cours de création littéraire pour se faire des relations ; elle s'inscrivit donc dans une école privée de *Creative Writing* dont les frais de scolarité astronomiques étaient censés garantir des résultats tout aussi impressionnants. Une amie d'ami d'Alex lui assura qu'elle devait ab-so-lu-ment produire une œuvre en anglais ; elle engagea donc un jeune traducteur pour faire passer son premier roman, dont elle avait récupéré les droits, de la langue de Brigitte Bardot à celle de Marilyn Monroe – étrangement, les traducteurs étaient beaucoup plus disponibles que les agents. Elle déclara :

— Dès que mon roman sera traduit, je trouverai facilement un agent. Après, je déménagerai.

Chaque semaine, son traducteur lui envoyait un courriel pour lui dire que son travail avançait et lui rappeler ses honoraires. C'était cher, mais au moins les choses bougeaient – donc, progressaient. Elle ignorait volontairement l'état de ses finances, elle faisait du yoga, elle suivait des cours de création. Son œuvre américaine serait puissante. Elle prenait des notes pour un nouveau roman, elle songeait à une histoire ambitieuse, à la hauteur de sa nouvelle ville. Assise dans les cafés ou les parcs, elle noircissait des pages et des pages de sa petite écriture aux lettres arrondies, définissant les traits de ses nouveaux personnages, planifiant les étapes d'une intrigue complexe et émouvante, testant sa capacité à faire des dialogues en anglais – les résultats étaient médiocres, mais elle s'améliorait. Les semaines et les mois passaient, la cohabitation temporaire devenait permanente. Katia courait dans Central Park, écrivait dans Greenwich Village. Elle avait croisé Sarah Jessica Parker à Brooklyn et Woody Allen dans le Upper West Side. Elle ne prenait pas de nouvelles de Montréal. Elle devenait New-Yorkaise.

À vrai dire, elle aurait pu continuer à ce rythme-là longtemps.

Sauf qu'il y avait un hic.

Alex.

Il commençait à s'impatienter. Il n'était pas fait pour la vie commune, il l'avait dit et répété à Katia, mais elle avait fait la sourde oreille. Alors, tranquillement, il se mit à voyager plus souvent. Une nouvelle collection de livres sur la cuisine européenne le poussa à se rendre régulièrement de l'autre côté de l'Atlantique où, assurait-il, les femmes n'étaient pas aussi belles que sa *french canadian girlfriend*. Katia n'eut pas le privilège de le constater de visu : il ne l'invita jamais à l'accompagner et, pendant ses absences, les pages de son carnet d'écriture se remplirent moins vite.

Katia se disait qu'une fois sa collection sortie, les voyages en Europe cesseraient.

Ce qui s'avéra.

Par contre, la collection suivante, centrée sur l'alimentation biologique et végétarienne, le fit voyager partout aux États-Unis, particulièrement à Los Angeles et à San Francisco.

Après la sortie du livre *The Ultimate Vegan Cookbook* et les voyages promotionnels qui la suivirent, Katia comprit que quelque chose était en train de lui échapper. Alex était plus distant que jamais, toujours en voyage d'affaires. De son côté, elle avait accumulé des dizaines et des dizaines de pages de notes pour son prochain roman, mais n'avait pas réussi à rédiger un seul chapitre cohérent. Elle n'avait toujours pas d'agent – et sans doute assez peu d'argent. En fait, elle commençait à craindre que sa carrière américaine ne décolle jamais. Et si, au lieu de se faire connaître aux États-Unis, elle était tout simplement en train de se faire oublier chez elle ? Elle se remémora avec nostalgie les séances de photos et les entrevues. Pour la première fois, elle avait le mal du pays.

Et comme chaque fois qu'elle se sentait désemparée face aux épreuves de la vie, elle se lança dans la seule thérapie qu'elle connaissait : courir plus, sortir plus, boire plus. Elle augmenta la durée de son entraînement quotidien, courut une heure tous les jours, et ses mollets devinrent plus fermes que jamais. Au retour de ses séances de jogging, elle se disait que tout finirait par s'arranger.

« Tout ira bien », lançait-elle à voix haute dans l'appartement vide d'Alex.

« Tout va bien », murmurait-elle dans les bars où elle enfilait les verres de mousseux en se faisant draguer par des hommes avec qui elle avait de plus en plus envie de finir la nuit.

« *Everything is fine* », assurait-elle aux artistes qu'elle croisait dans les évènements mondains et dont elle oubliait toujours le nom.

Tout irait bien.

○

Katia était installée depuis un peu plus d'un an à New York lorsqu'elle reçut un courriel de Laurence, son ancienne attachée de presse.

Salut Katia ! J'ai perdu mon boulot, je suis dans un état lamentable.
Je me disais que ça me ferait du bien de changer d'air... Tu as de la
place chez toi ?

Son premier réflexe fut de jeter le message et d'essayer de l'oublier, comme elle le faisait avec tous les courriels en lien avec son
passé, qu'ils proviennent de son éditrice, de David Vanderman ou de
la caisse populaire. Mais elle ne parvint pas à l'éjecter de ses pensées,
peut-être parce qu'elle avait travaillé avec Laurence pendant des années et avait l'impression de lui être redevable. Impossible de faire
abstraction du fait que l'attachée de presse avait participé à l'essor de
sa carrière. Laurence avait réveillé Katia pour des entrevues à l'aube,
l'avait ramenée chez elle les soirs trop arrosés de lancement. Elle l'avait
vue sauter de joie quand elle faisait la une d'un magazine important,
se cacher derrière ses lunettes de soleil quand les rumeurs de plagiat
battaient leur plein. Au nom de tous les moments partagés, Katia se
promit donc de lui répondre. Elle trouverait un prétexte poli pour
refuser de l'accueillir, écrirait « Désolée, je suis présentement avec
mon amoureux en Chine ou en Italie, en lune de miel ou sur Mars »,
même si Alex était en réalité absent depuis cinq jours et ne reviendrait pas avant une semaine – Katia commençait d'ailleurs à trouver
ses soirées bien longues. Lorsqu'elle récupéra le message, cependant,
elle accrocha à la deuxième phrase : *J'ai perdu mon boulot.* Comment
Laurence avait-elle pu perdre son travail après toutes ces années ? Elle
avait pourtant la réputation d'être une excellente relationniste. Le milieu allait-il si mal qu'on renvoyait même les meilleures employées ?
Quelque part, elle se sentait solidaire.

Trois jours plus tard, elle répondit finalement :

OK. Viens crécher ici quelques jours. Alex n'est pas là pour l'ins-
tant, il y a de la place.

◯

Quand Laurence débarqua dans l'appartement d'Alex, avec un
nombre invraisemblable de valises, Katia se demanda cependant

quelle mouche l'avait piquée d'envoyer une si généreuse invitation. Le gardien de l'immeuble fit trois voyages d'ascenseur pour aider la nouvelle venue à monter tout ce qu'elle trimballait avec elle, ce qui laissa amplement de temps à son hôtesse pour essayer d'évaluer la durée de son séjour – deux jours, trois jours ? Un an ?

— Tu m'avais pas dit que tu immigrais aux États-Unis, commenta Katia une fois tous les bagages empilés dans l'entrée.

— Je voulais être sûre de manquer de rien, tu comprends.

« Pas du tout », pensa Katia, mais elle dit plutôt :

— Bien sûr ! On est toutes pareilles.

Elle fit la bise à Laurence et ressentit, au contact de sa peau très poudrée, l'impression d'embrasser un morceau de papier de toilette : c'était doux et parfumé, pas du tout naturel.

— Je veux vraiment pas m'imposer, mais est-ce que je peux suspendre une couple de robes quelque part ? demanda la nouvelle venue après quelques *T'as pas changé, T'as l'air en pleine forme, Quel plaisir de te revoir* et autres formulations types tirées de son vaste répertoire de relationniste.

Katia fit de la place dans le placard de l'entrée pendant que Laurence ouvrait ses valises une à une, répandant ses vêtements un peu partout, transformant le salon relativement rangé en amas confus de tissu multicolore. Il avait suffi de quelques minutes pour que Katia ne se sente plus chez elle. Mais les valises, l'étalement de Laurence dans l'appartement somme toute assez petit d'Alex, ce n'était qu'un détail – du superflu. Ce qui l'agaçait le plus, c'était l'attitude de Laurence, qui se comportait comme si elle venait de s'installer dans un Club Med et comptait sur son hôtesse pour jouer au G.O. et la divertir.

— Tu aurais pas quelque chose à boire ? Je meurs de soif !

— Oui, bien sûr.

Lorsqu'elles travaillaient ensemble, Katia ne s'était jamais vraiment attardée à la personnalité de Laurence. À quoi bon ? La relationniste gravitait dans son univers pour remplir une fonction précise, donner de la visibilité à ses livres, et non pas dans le but de devenir éventuellement une *amie*. Katia considérait que les bonnes attachées de presse devaient se tenir dans l'ombre des auteurs ou, mieux, chercher à concentrer sur eux toute la lumière ambiante. Point à la ligne. À quelques reprises, elle s'était dit que Laurence avait tendance à se la jouer un peu trop vedette, particulièrement à la fin des soirées où, après quelques verres, elle se mettait à exécuter des petits pas de danse qui transformaient son corps rondouillet en quelque chose d'extrêmement sexy. Dans ces moments, les frontières hiérarchiques tombaient facilement – Katia l'avait vue plus d'une fois s'éclipser au bras d'un auteur en vue ou d'un éditeur plus ou moins célibataire. Et à la voir affalée dans le sofa du salon, à s'éventer de la main dans le but très évident de montrer à quel point elle était é-pui-sée et avait besoin qu'on lui serve rapidement à boire, Katia eut la désagréable impression que Laurence aurait facilement échangé son rôle contre le sien. Elle sentait aussi que, hors du contexte du travail, elles risquaient de ne pas avoir beaucoup d'atomes crochus. Elle alla préparer des cocktails dans la cuisine tout en continuant à observer son invitée du coin de l'œil. Laurence n'était pas particulièrement belle, mais elle avait ses coquetteries, comme en témoignaient le rouge à lèvres écarlate, les ongles vernis et la peau recouverte d'un fond de teint épais, qui donnait l'impression qu'elle portait un masque en permanence. D'un œil expert, Katia jugea qu'elle avait le ventre et les cuisses un peu flasques. Pas une championne olympique, mais capable de faire oublier ses défauts grâce à un atout de taille : un décolleté vertigineux et provocateur. Laissée seule dans la pièce, inconsciente que son hôtesse l'épiait du coin de l'œil, Laurence envoya ses chaussures valser au fond du salon avant de se mettre à fureter autour d'elle avec indiscrétion. D'une main impudique, elle soulevait tout ce qui se trouvait près d'elle, les piles de magazines amassées sur la table basse, les cadres où se trouvaient les photos de Katia et d'Alex enlacés. Elle venait de glisser un pouce indiscret dans une enveloppe de David Vanderman quand Katia jugea venu le temps de regagner le salon. Elle n'allait certainement pas laisser Laurence Turcot prendre connaissance de l'état de ses droits d'auteur et des discussions salées qu'elle avait avec son agent québécois depuis qu'il lui avait annoncé renoncer à s'occuper de sa carrière.

— Ça va, t'as pas trop chaud?

Laurence sursauta et se recula vivement dans le fauteuil.

— Non, non. Tout va bien. C'est très confortable ici. Je m'imagine tellement vivre dans un endroit comme ça!

— Oui. C'est vraiment génial, approuva Katia, se retenant pour ne pas ajouter: «Mais la place est déjà prise!»

Elle s'installa face à son invitée, dont le visage avait soudain pris une expression maussade. Laurence regarda au loin, par la fenêtre, et lança, en retroussant la lèvre, incapable de réprimer un petit rictus:

— La Maison a coupé mon poste.

— Oh.

Katia chercha en elle un peu de compassion, mais ne trouva rien de tel. La mention de sa maison d'édition faisait plutôt remonter des émotions désagréables. Tout à coup, elle regrettait terriblement d'avoir ouvert sa porte à Laurence et avait envie de la chasser, de l'envoyer dans un hôtel où elle pourrait déballer ses valises, pleurer son emploi perdu et l'empêcher, elle, de repenser au passé. Mais comment la mettre dehors, maintenant qu'elle lui avait offert le gîte?

— C'est pas que je faisais pas l'affaire, ou quoi que ce soit, poursuivit Laurence. En fait, au contraire. Ils m'ont dit qu'ils avaient jamais eu une si bonne relationniste. Mais...

Elle claqua la langue.

— De toute façon, j'ai l'intention de me partir à mon compte. Je pense que j'ai assez travaillé pour les autres, il est temps que je fasse mes propres affaires.

— Excellente idée, approuva Katia, impatiente de changer de sujet.

Laurence prit le verre qu'elle lui tendait et, après y avoir trempé les lèvres, retrouvant son sourire professionnel d'attachée de presse, elle demanda :

— Et toi ? Comment ça va ?

— Super bien.

— Tu écris encore ?

— Évidemment !

Laurence haussa les sourcils avec scepticisme, comme si Katia venait de lui annoncer un truc complètement inattendu – qu'elle avait récemment appris à léviter, par exemple, ou qu'elle songeait à devenir chirurgienne cardiaque.

— Ah oui ? Un nouveau roman ?

Katia se mordilla la lèvre. La question, bien que prévisible, la prenait de court : elle n'avait parlé de son nouveau projet à personne. Depuis *Adieu Nadia*, elle évitait de discuter de son œuvre, particulièrement avec Alex, de peur de provoquer une dispute. Tout récemment encore, il lui avait reproché :

— C'est toujours pareil. Dès que je critique tes romans, *you go crazy*. Pourquoi en parler si tu t'énerves ?

Elle n'avait pas non plus abordé la question avec sa sœur, même lorsqu'elle était passée à New York, deux semaines plus tôt. Katia savait bien que, du point de vue de Valérie, elle était devenue une espèce de poule de luxe, qui vivait aux crochets de son homme. Pour elle, qui avait travaillé fort pendant des années et venait d'acheter la moitié des parts de la clinique vétérinaire où elle avait entamé sa carrière, c'était aussi répréhensible que de passer sa vie dans un fauteuil à regarder des documentaires animaliers à la télé. Parler du roman de Katia en cours, des heures passées dans les cafés à prendre des notes, ç'aurait été confirmer cette idée. À vrai dire, elle n'avait raconté à personne ce qui lui occupait l'esprit depuis des mois et elle aurait bien eu besoin de tester la réaction d'une lectrice potentielle. Elle allait aborder le sujet avec Laurence, puisqu'elle posait si poliment la question, lorsque celle-ci bâilla et suggéra :

— On va manger quelque part ? Je meurs de faim.

En réalité, Laurence se fichait éperdument de ce que Katia pouvait écrire. Elle avait faim. Elle était à New York. Elle voulait se divertir et oublier qu'elle venait d'être renvoyée, son poste supposément coupé pour permettre à une petite nouvelle d'occuper la place d'assistante et, finalement, faire exactement le même travail qu'elle. Elle détestait la Maison et tous les auteurs narcissiques pour lesquels elle s'était dévouée corps et âme, et qui n'avaient rien fait de plus en apprenant son départ que lui envoyer des émoticônes tristes sur Facebook. « Qu'ils aillent au diable avec leurs bonshommes tristes », pensa-t-elle en suivant Katia vers l'ascenseur, notant au passage qu'elle avait les mollets vraiment trop musclés. Ça manque de féminité, se dit-elle en replaçant ses seins pour bien les faire ressortir de sa chemise ajustée.

$$\bigcirc$$

Contrairement à ce qu'avait craint Katia, la première soirée avec Laurence se passa relativement bien. Elle avait opté pour un restaurant mexicain situé tout près de l'appartement, très tranquille en ce milieu de semaine, où elles passèrent à travers un pichet de margarita en grignotant des nachos gratinés. Dès le troisième verre, Laurence se mit à se moquer des caprices des auteurs dont elle avait fait la promotion depuis son embauche à la Maison, et Katia, déjà pompette, trouva tout à coup agréable d'être l'alliée de cette fille qui détestait ce milieu qu'elle-même avait fui. Apparemment, la souriante relationniste ne portait pas les écrivains dans son cœur, particulièrement ceux qui s'en étaient pris à elle en constatant que la Terre n'arrêtait pas de tourner à la sortie de leur livre, comme si elle était responsable du manque de rayonnement de leur œuvre. Après quelques anecdotes plutôt comiques, Laurence grimaça :

— Et même les plus célèbres, ils cachent toujours des secrets débiles. Prends Michel Robitaille. Imagine : ce gars-là garde les cendres de ses parents et de son chat morts sur sa table de travail ! Un genre de talisman pour venir à sa rescousse quand l'inspiration lui fait défaut.

— *Freaky !*

— Et c'est pas le pire. Mathilde Potvin, par exemple. Elle tolère pas qu'on la regarde dans les yeux. Il paraît qu'elle a peur qu'on lui vole son talent.

— En la regardant dans les yeux ?

— Ouais. Complètement cinglée ! Et je te passe tous ceux qui croient qu'un ange gardien les protège ou qui font des centaines de kilomètres pour s'acheter LE type de stylo qu'ils utilisent tout le temps, comme si leur talent se trouvait dans l'encre et non dans leur tête.

Katia avala quelques bouchées. Elle se demandait ce que Laurence avait bien pu dire d'elle, mais préférait ne pas le savoir.

— Tu devrais faire un livre là-dessus, suggéra-t-elle plutôt.

— Et être poursuivie pour diffamation ? Non merci.

— Tu aurais juste à changer les noms.

— Non, ça se fait pas. Légalement, tu t'exposes à des poursuites. Tu peux pas faire semblant d'être au-dessus des lois, c'est pas…

Laurence s'arrêta en plein milieu de sa phrase et se frappa le front avec la paume de la main, comme si elle venait subitement de se rendre compte qu'elle avait pénétré dans une zone taboue. Pourtant, Katia aurait pu mettre sa main au feu qu'elle avait fait exprès d'aborder le sujet.

— Oups… Excuse-moi, je voulais pas…

— C'est correct.

— Non mais, sans blague, ce qui t'est arrivé, ç'a rien à voir. Et puis, si tu savais…

— Si je savais quoi?

— Les coups de chien. Les coups bas. Il y a plein d'affaires qui se passent et que personne sait jamais.

— Ah oui? Comme quoi?

Laurence plaça l'index devant sa bouche.

— Secret professionnel. Tout ce que je peux te dire, c'est qu'il faut savoir se battre, sinon, on mange des coups de bec.

— Je sais me battre, moi!

Katia avait parlé trop fort, comme un enfant qui tient absolument à se faire entendre dans une discussion d'adultes, et les lèvres de Laurence se soulevèrent en un petit sourire narquois. Dans le restaurant, les paroles tristes d'une chanson résonnèrent – il y était question d'une histoire d'amour impossible se déroulant dans un coin aride du Mexique. Laurence jeta un coup d'œil à son téléphone et constata qu'elle avait reçu six nouveaux émoticônes tristes. Une irrépressible envie de se venger sur Katia de tous les auteurs qu'elle côtoyait depuis trop longtemps monta en elle, mais elle réussit à se contenir. Elle n'avait pas les moyens de se payer une chambre d'hôtel à New York, et Katia n'était pas méchante – un peu insignifiante, mais pas menaçante. Elle se contenta de remarquer:

— Il y a pas mal d'auteurs qui oublient que la vie est un combat. À force de passer leurs journées enfermés à régler leurs comptes avec le monde sans jamais l'affronter, ils finissent par penser que s'ils travaillent assez leurs phrases, s'ils mettent la virgule au bon endroit, ils vont pouvoir rester à l'abri dans leur petite bulle.

Katia fit la moue.

— C'est comme ça que tu les vois, les écrivains?

Laurence éclata de rire.

— Pas tous. Mais… presque tous.

Katia attrapa quelques nachos retenus ensemble par du fromage fondu et s'empiffra pour ne pas avoir à répliquer. Elle trouvait que, pour une fille qui avait travaillé dans l'édition pendant près d'une décennie, Laurence avait une vision très simpliste du travail d'écrivain. Mais Laurence lui fit un clin d'œil :

— Tu sais que j'ai toujours aimé ce que tu fais, hein ? Toi, au moins, tu te prends pas trop au sérieux.

Katia savait qu'elle disait ça pour lui faire plaisir ; malgré tout, elle ne put s'empêcher de se sentir flattée par la remarque.

— Tu es comme moi, poursuivit Laurence. Nous, au moins, on s'arrange pour que notre vie soit aussi intéressante qu'un roman !

Elle leva son verre et, toute trace d'hypocrisie ou de mesquinerie disparue, conclut :

— À la vraie vie !

— À la vraie vie, répéta Katia.

Les deux verres s'entrechoquèrent dans un claquement cristallin.

O

Quelques heures plus tard, elles étaient toutes les deux assises sur un rocher de Central Park et vidaient une bouteille de gin prise dans le bar d'Alex en fumant des cigarettes, Katia toussotant à chaque bouffée. Laurence venait d'achever le récit complet de sa relation avec un homme marié dont elle avait refusé de donner le nom mais s'était amusée à dévoiler en détail toutes les pratiques sexuelles.

— C'est ça que je mettrais dans un livre si j'écrivais. Les histoires de menteurs et de pervers, ça intéresse tout le monde.

Un moment, Katia eut envie à son tour de parler de sa vie amoureuse. Elle se demandait si Laurence saurait la conseiller sur les absences d'Alex, mais un vieux proverbe sicilien qu'aimait répéter son père lui revint en tête : *Ne demande pas au cocu de te dire comment garder ta femme.* En tant que maîtresse d'un homme marié, Laurence n'était sans doute pas la mieux placée pour jouer à la conseillère matrimoniale. De toute façon, elle avait déjà la tête ailleurs.

— Au fait, tu m'as toujours pas dit de quoi parle ton nouveau roman.

— Je sais pas trop comment expliquer ça...

— C'est quoi le sujet, les thèmes principaux ?

— Le succès. La gloire...

— Tiens, tiens...

— Mais ça parle aussi de l'anonymat. De la justice.

— Et on va lire ça quand ?

— Ben... En fait, c'est ça le problème.

— Ah ?

— J'ai plein de notes, mais... J'essaie d'écrire en anglais et... Il faut que je structure un peu mieux mes affaires et que...

Katia s'arrêta au milieu de la phrase. Et si Laurence faisait courir la rumeur qu'elle n'écrivait plus ? Il fallait qu'elle surveille ses paroles.

— Dès que j'aurai trouvé le bon ton, ça va s'écrire tout seul.

— Ce serait bien la première fois de l'histoire de la littérature qu'un roman s'écrirait tout seul, mais... Pourquoi pas ? Et si ça marche pas, t'as juste à mettre les cendres de ton chat mort sur ton bureau et tout va bien se passer !

Elles échangèrent un rire complice. Laurence s'alluma une nouvelle cigarette et en tendit une à Katia. Elle arrondit les lèvres pour envoyer un petit cercle de fumée au-dessus de sa tête. Puis, sur le ton de la confidence, elle ajouta :

— Tu sais, les blocages d'écrivains, je connais ça.

— Mais c'est pas un blocage ! C'est le contraire : j'ai tellement d'idées que c'est un peu le fouillis.

— Tu veux me le raconter ? Parler, ça aide à mettre de l'ordre dans ses pensées.

Katia prit une longue inspiration. Elle avait l'esprit confus à cause des margaritas et du gin, et ne voyait pas trop par quel côté présenter son nouveau projet. Parler des thèmes généraux n'était pas si difficile, pas très engageant, finalement. Raconter l'histoire, par contre... Elle lissa sa chemise, replaça sa jupe, passa la main sur la surface rugueuse de la roche. Tout à coup, elle sentit une petite boule d'anxiété se former dans son ventre, comme si elle se trouvait sur le bord d'une falaise. Laurence rigola :

— Viens pas me dire que tu as peur d'attirer le mauvais sort si tu parles de ton livre !

— Mais non, franchement ! Je suis pas superstitieuse comme ça, moi !

Elle se redressa et s'éclaircit la voix.

— OK. C'est l'histoire d'une fille qui vit à New York...

— Une autobiographie ? J'adore.

— Non, non. C'est pas du tout autobiographique.

— Ah non... ? L'ambition, la gloire, une fille à New York. Pour moi, c'est Katia de Luca raconte Katia de Luca, ça !

Katia secoua vivement la tête.

— Non, non! Pas du tout.

— Alors, dis-moi…

— C'est…

Elle hésita. Comment expliquer ce qu'elle avait en tête pour que ce soit intéressant? Parler des personnages, des péripéties, faire un dessin sur la pierre avec une craie, mimer la trame narrative?

— Bon, déjà en partant, il faut que tu saches que le personnage principal a un super pouvoir.

Laurence arrondit les yeux.

— Un *quoi*?

— Un super pouvoir. Elle peut voler.

— Tu écris un roman… fantastique?

— Pas tout à fait. En fait, oui, mais non. C'est plus que ça.

— Ah…?

— L'idée, c'est de faire une espèce de fresque sociale qui parlera des pièges de la célébrité…

— … et de l'avantage de posséder un super pouvoir?

— C'est symbolique, évidemment.

— Évidemment.

— Donc, le jour, mon héroïne est quelqu'un à qui rien de bien n'arrive. Une comédienne qui veut percer à Broadway. Qui passe ses journées à faire des auditions, mais qui décroche jamais de rôle. Qui se fait avoir par un agent crapuleux.

— Classique.

— Mais la nuit, elle se transforme.

— En… loup-garou ? En vampire ? Hé, Katia, tu fais pas une histoire de vampire, hein ?

— Non, non. Elle se transforme en… en un genre de Superwoman.

— En *Superwoman* ?

— Oui.

— OK, avec un masque et une cape, là, le kit complet ?

— Le kit complet, comme tu dis.

Katia se sentit rougir. Maintenant qu'elle présentait son projet à un public pas tout à fait en délire, il lui semblait ridicule. Elle n'avait jamais été la meilleure pour les *pitchs* de vente et, devant Laurence, qui fronçait les sourcils, elle sentit qu'elle devrait en rajouter une bonne couche pour convaincre. Avec l'esprit ramolli par l'alcool, c'était un exercice à peu près aussi ardu que chanter de l'opéra au fond d'une piscine.

— OK, imagine. La nuit, elle se promène partout dans New York et sauve les gens.

Elle se leva sur le rocher, chancela un peu, et se mit à mimer son histoire avec de grands gestes.

— Elle arrête des fusillades. Elle fait emprisonner des batteurs de femmes. Elle empêche les dealers de drogue de vendre du crack à des ados. Elle combat le crime mieux que n'importe qui.

Laurence pouffa.

— Tu trouves ça drôle ?

— Non, non. Pas du tout. C'est juste que… Je m'attendais pas à ce genre d'histoire.

— Elle est très courageuse, elle a peur de rien. Tout le monde l'aime. Le maire de New York veut prendre un *selfie* à ses côtés. Oprah l'invite à son émission. Spielberg veut faire un film sur sa vie. Là, elle a son heure de gloire. C'est ça, l'ironie de la situation : le jour, elle est une comédienne sans emploi, une *nobody*. Mais la nuit, elle est une superstar.

Laurence s'alluma une autre cigarette.

— Alors, qu'est-ce que tu en penses ? demanda Katia.

Son ancienne attachée de presse passa la langue sur ses lèvres et, machinalement, remonta son soutien-gorge.

— Sérieux ? Je sais pas, Katia.

— Tu trouves que l'idée est mauvaise ?

— Non, l'idée est pas nécessairement *mauvaise*. J'ai juste l'impression que…

Katia se mit à ronger l'ongle de son pouce, soudain aussi nerveuse que si elle venait de présenter son idée à un grand producteur de films américain. Elle s'arrêta seulement quand elle sentit le goût métallique du sang sur sa langue.

— Tu as l'impression que *quoi* ?

— Ben. Je veux pas te décourager, Katia, mais tout ça, c'est du déjà-vu.

— Tu trouves ?

Laurence écrasa sa cigarette sur le rocher, puis, d'une pichenette, envoya promener le mégot dans l'herbe. Elle poussa un soupir.

— T'as rien appris de ton expérience, hein ?

— Comment ça ?

— Katia. C'est sûr que quelqu'un va relever le fait que cette histoire-là a déjà été écrite mille fois. Je veux pas être méchante, mais ton projet… C'est la Reine des Neiges rencontre Superman. Je vois pas trop l'intérêt.

— La Reine des Neiges rencontre Superman ? Pas du tout ! C'est bien plus que ça !

— Peut-être pour toi. Mais les lecteurs, tout ce qu'ils vont voir, c'est le plagiat.

Katia frémit en entendant ce mot, qu'elle s'était promis de ne plus jamais prononcer.

— Tu peux pas passer ta vie à copier ce que les autres font, ajouta Laurence d'une voix remplie d'une sollicitude qui sonnait faux.

Elle approcha ses gros seins de Katia et, de l'index, tapota sa tempe à quelques reprises :

— Il faut que tu trouves ta propre voix.

Ces paroles la plongèrent dans des abîmes de perplexité. Sa propre voix, elle croyait l'avoir trouvée. La Reine des Neiges ? Superman ? Non, ça n'avait rien à voir. Elle observa les arbres de Central Park comme si une super-héroïne risquait d'en sortir, à la rescousse, son sceau d'originalité tatoué sur l'avant-bras.

— Je pensais que ça se démarquait, comme idée.

Laurence éclata de rire.

— Tu es vraiment trop *cute* !

Katia posa les yeux sur son invitée et lui trouva des airs diaboliques, avec ses cheveux bruns auréolés de la lumière du lampadaire derrière elle. Dans une BD de super-héros, le rire de Laurence aurait été écrit en caractères gras « Mouhahahaha » et ses sourcils auraient été dessinés en pointu.

« Les vilains, songea l'écrivaine. C'est ce que j'ai oublié. Il n'y a pas de vilains dans mon histoire. »

Mais ça aussi, ça avait déjà été fait.

O

Quand, peu après, Katia se coucha dans le grand lit king d'Alex, elle se sentait anxieuse. Parler de ce qu'elle voulait écrire avait provoqué plus de doute qu'autre chose. Elle se leva pour aller aux toilettes, où elle observa attentivement la grosse trousse de Laurence, déposée à côté de l'évier, avant de décider de l'ouvrir, prenant soin de ne pas faire de bruit. Elle découvrit avec fascination son contenu : une variété impressionnante de tubes de fond de teint, de mascaras, de crayons pour les yeux, ainsi qu'un contenant rempli de pilules bleues – des somnifères. Sans réfléchir, elle prit deux comprimés et les avala avec de l'eau fraîche. Ça lui éviterait certainement de passer la nuit à réfléchir à son roman.

Katia se recoucha en se promettant, dès le lendemain, de réviser ses notes et de se mettre sérieusement à l'écriture pour réussir à donner à son texte la voix qui lui manquait. Les choses se replaceraient ensuite d'elles-mêmes.

Elle dormit très longtemps, et très profondément.

O

Le lendemain matin, Katia avait l'esprit trop embrouillé pour écrire quoi que ce soit. Elle prit deux aspirines et un espresso, ne réussit à courir qu'une vingtaine de minutes, chaque pas résonnant dans sa tête comme autant de coups de marteau et, une fois de retour chez Alex, elle eut un haut-le-cœur en sentant le parfum capiteux de Laurence, qui flottait partout dans l'appartement. Elle la trouva dans la salle de bain, en train de se maquiller.

— Je t'ai emprunté ta brosse à cheveux, j'espère que ça te dérange pas !

En attendant que son invitée libère la pièce pour lui permettre de prendre sa douche, Katia jeta un coup d'œil confus à l'ensemble de l'appartement. Le décor tanguait, comme si le plancher penchait une seconde vers la droite, et la seconde d'après vers la gauche. Les objets semblaient ne pas être à leur endroit habituel, la lumière paraissait beaucoup plus forte que d'ordinaire. Elle prit deux nouvelles aspirines en espérant ainsi dissiper les effets de l'alcool et des somnifères. Quel jour était-on et quand rentrait Alex ? Elle eut besoin de s'arrêter un moment pour s'en souvenir. Une fois dans la salle de bain, elle approcha son visage du miroir, se trouva cernée et vieillie. Quelque chose de vaporeux dans son regard lui rappela Laurence. « Décidément, je n'aurais pas dû prendre ces pilules », se sermonna-t-elle en appliquant, pour ne pas être en reste, une mince couche de fond de teint sur sa peau pâle. Quand elle sortit de la salle de bain, elle trouva son invitée, à moitié nue, en train de sélectionner laquelle de ses robes conviendrait le mieux à sa journée new-yorkaise.

— La rouge, suggéra Katia, qui avait enfilé une paire de jeans et un t-shirt.

— La rouge, suggéra Alex deux jours plus tard, quand la même scène se produisit.

Katia songea qu'il aurait bien pu rester absent encore une semaine ou deux en remarquant son regard qui s'attardait longuement aux courbes arrondies de Laurence, apparemment pas du tout incommodée par sa présence. Elle s'habillait lentement – très, très lentement – comme si elle était seule dans le salon, où elle dormait depuis son arrivée.

— Il n'y a personne dans la salle de bain, Laurence. Tu peux l'utiliser, c'est là pour ça, grogna Katia avec impatience.

— J'ai besoin d'aide pour remonter ma fermeture éclair !

Alex fit un pas vers elle.

— Je vais le faire, pas de problème.

Il était un vrai gentleman. Et pour la première fois depuis le début de leur relation, Katia sentait son territoire menacé. Une poule avait pénétré dans la basse-cour et tournait autour de son coq.

○

Laurence se plaisait beaucoup à New York. Beaucoup trop, même. Elle n'avait aucun problème à jouer le rôle de la troisième roue, maintenant qu'Alex était de retour, et accompagna donc le couple un peu partout pendant les jours qui suivirent. Parfaitement bilingue, elle ne possédait pas ce charmant accent dont Katia se vantait, mais qui était en réalité un frein dans les discussions, puisqu'on lui demandait sans arrêt à coups de grands *What?* de répéter ce qu'elle peinait à articuler convenablement. À tous les gens qu'ils rencontraient, son invitée se présentait comme la relationniste d'une grande maison d'édition québécoise, passant sous silence le fait qu'elle venait d'être congédiée. Katia avait chaque fois envie de rectifier les faits, mais à quoi bon? Laurence partirait très bientôt et elle ne la reverrait sans doute plus jamais. Pourquoi ne pas la laisser parler? Au fond, Laurence avait besoin de se remonter le moral après un coup dur. Si quelqu'un pouvait avoir de la sympathie pour ça, c'était bien Katia. Elle comprenait aussi son désir de plaire et ne passa donc pas de commentaire quand elle la vit disparaître un soir avec un illustrateur de magazine rencontré dans un 5 à 7. Elle profita de son espace retrouvé et fit l'amour à Alex au milieu du salon, là où traînaient quelques robes froissées et des relents de parfum. Elle tiqua un peu plus en la découvrant, deux jours plus tard, accrochée au bras du patron d'Alex. Elle s'apprêtait à interrompre leur petit rapprochement en manifestant sa présence à leurs côtés, quand Alex la tira par la main:

— Ce qu'on voit pas existe pas.

— Hein?

— *You saw nothing.* C'est tout.

— C'est une nouvelle règle de la compagnie, ça?

— *Don't interfere in it, Kate. It's none of our business.*

Katia haussa les épaules. Elle n'appréciait ni le patron d'Alex ni sa femme, et elle n'avait de toute façon pas l'intention de se mêler de cette histoire. Par contre, lorsque Laurence sonna à l'appartement à cinq heures du matin, ses escarpins dans les mains, ivre et hilare, elle ne put s'empêcher de lui dire d'un ton sec :

— OK, toi, tu as passé assez de temps à New York.

Laurence pouffa :

— Tu me renvoies à Montréal ?

Elle s'appuya lourdement sur Katia, qui la repoussa.

— Ah, *come on*, Laurence ! Va te coucher.

Le lendemain, une fois Alex parti au travail, Katia répéta :

— Tu es restée assez longtemps à New York. C'est le temps de partir.

Son invitée, qui avait pris ses habitudes et savait maintenant comment fonctionnait la maison, activa la machine à espresso.

— Tu me mets dehors, si je comprends bien.

Elle se retourna lentement vers Katia, l'allure somnolente mais le regard perçant, et souffla :

— T'inquiète pas, j'avais pas l'intention de m'attarder plus longtemps ici.

Le mépris dans sa voix ne faisait pas de doute. Katia voulut répliquer, mais Laurence, changeant subitement de ton, lui demanda gentiment :

— Je te fais un café ?

Et la veille de son départ, elle invita Katia et Alex dans un petit restaurant sympathique, où ils passèrent une soirée agréable en compagnie du patron d'Alex et de sa femme. « J'ai tout rêvé, songea Katia, en les observant se parler poliment. Dire que j'ai cru qu'elle avait couché avec lui. J'ai trop d'imagination. Laurence n'est pas si mal. »

C'est aussi ce que croyait Alex, qui l'embrassa chaleureusement le lendemain matin, alors qu'elle montait dans un taxi avec ses quarante valises.

— Merci d'être venue distraire Katia, lança-t-il. Elle en avait vraiment besoin !

Katia loucha vers son amoureux. Elle avait besoin d'être distraite ? C'était nouveau, ça. N'était-ce pas plutôt elle qui avait aidé Laurence à se changer les idées ?

— Ça m'a fait vraiment plaisir. Ça sert à ça les amies, hein, *Kate* ?

Elle fit un clin d'œil à Katia, qui agita bêtement la main. Sincèrement, elle ne trouvait rien de plus à ajouter – cette nouvelle « amitié » la laissant beaucoup trop perplexe. Si elle avait été un peu plus parano, elle aurait peut-être pensé que le clin d'œil de Laurence ne s'adressait pas nécessairement à elle. Mais elle secouait la main, cordiale, beaucoup trop contente d'être enfin débarrassée de l'intruse pour penser qu'elle n'en avait pas fini avec elle.

8.

Le jour où Katia apprit qu'Alex la trompait depuis plusieurs mois avec l'auteure de *The Ultimate Vegan Cookbook*, elle fit la seule chose qui lui sembla possible : elle avança péniblement une jambe à la fois, une, deux, une, deux, réussissant ainsi à bouger son corps, à la manière d'un zombie, certes, mais compte tenu des circonstances, c'était déjà un exploit. Elle tituba ainsi jusqu'au bar le plus proche, ouvert malgré l'heure matinale, se jucha sur le tabouret face aux pompes à bière et, au lieu de commander l'espresso double qui lui aurait permis de se replacer les esprits et de relativiser tout ça, elle commanda une pinte. Elle avait l'intention de noyer son chagrin dans l'alcool, formule peu originale mais ayant assez fait ses preuves dans l'histoire humaine pour qu'on puisse la considérer comme fiable. Elle aurait bien voulu partager sa peine et sa colère avec son meilleur ami gay, comme dans tout bon livre de *chick lit*, mais elle n'avait pas de meilleur ami gay. Pas de meilleure amie non plus. Elle se voyait mal sauter dans un taxi, rouler les sept heures qui séparaient New York de Boucherville et sonner à la porte du bungalow de Stéphanie ou de Roxanne, se jeter dans leurs bras en pleurant sa misère, après tant d'années de silence. D'ailleurs, leurs bras devaient être chargés d'enfants merveilleux et pétants de santé, qui les aimaient d'un amour pur et inconditionnel. Ces filles-là avaient su mettre leurs priorités au bon endroit, et n'avaient jamais confondu «création littéraire» et «création» tout court. Alors qu'elle… Elle avait pondu des œufs vides, s'était laissé porter par la vanité et voilà qu'elle se trouvait seule dans un bar un mercredi matin à tenter de garder une certaine dignité devant le barman et à se demander comment elle avait pu être assez bête pour ne pas deviner que les absences d'Alex cachaient des amourettes de voyage. Elle, la créatrice de Nadia, un personnage capable de tomber en amour quinze fois durant le vol Paris-New York, n'avait pas soupçonné une seule fois qu'on pouvait la tromper ! C'était tout à fait ridicule. En plus, si ça se trouvait, tout le monde était au courant qu'Alex couchait à droite et à gauche, sauf elle. Et alors, une autre réalité qui aurait dû lui apparaître plus tôt, bien plus tôt, la frappa de plein fouet : personne ne se préoccupait d'elle à New York. Elle n'avait même pas de connaissances assez proches pour qu'il soit adéquat de les appeler et de leur poser des questions sur ce qu'elle venait de découvrir. L'unique personne à qui elle aurait pu confier ses angoisses était… Alex. Ce qui ne l'avançait pas beaucoup. Ses options de vie venaient de se restreindre d'un coup. Elle pouvait désormais 1) fuir, 2) se venger, 3) rester – et, donc, pardonner.

Katia n'avait jamais eu le pardon facile. Elle saisit son téléphone et, d'un doigt déterminé, sans prendre le temps de relire tous les beaux mots d'amour qui précédaient et sonnaient maintenant comme autant de flatteries faites pour l'amadouer et mieux lui mentir, elle écrivit à Alex :

« *I'm leaving you.* »

C'était un texto laconique – l'heure n'était pas aux longs messages et, franchement, qu'y avait-il à ajouter ? Ensuite, elle finit sa deuxième pinte, paya le barman et, d'un pas plus assuré, comme si elle avait retrouvé une certaine dignité à avaler tant d'alcool à une heure si matinale, elle retourna à l'appartement.

The Ultimate Vegan Cookbook traînait sur le comptoir de la cuisine et Katia s'empressa de le mettre aux poubelles, le recouvrant ensuite de marc de café bien humide. Puis, elle ouvrit le frigo, s'empara de tout ce qui était de nature animale, œufs, fromage, lait, charcuteries, mangeant une bouchée par-ci, avalant une gorgée par-là, s'imprégnant de cette nourriture comme d'un antidote susceptible de l'aider à digérer la nouvelle. Le résultat fut peu efficace : elle eut mal au ventre et se sentit encore moins bien qu'avant. Au fond du frigo, elle aperçut un bloc de tofu qui baignait dans son jus jaunâtre, s'en empara et le lança contre le mur. Il retomba par terre après un décevant *ploc!* mou et elle l'écrasa de quelques coups de talon rageurs, imaginant que c'était le crâne de sa rivale qui éclatait ainsi en petits morceaux visqueux. Le tofu n'était pas un ennemi à sa hauteur, mais le geste la soulagea. Pendant quelques secondes.

Une auteure de livres de cuisine végétalienne.

C'était comme apprendre qu'Alex la trompait avec une chèvre.

Elle pensa à tous les steaks qu'ils avaient dévorés ensemble, à tous les fromages de lait cru partagés, à leur café latte du matin… Comment avait-il pu tomber dans les bras – assurément maigres – d'une femme – certainement sans aucun sens de l'humour – qui ne se nourrissait que de légumes et de luzerne? Ça n'avait aucun sens. Pourtant, la photo vue sur Facebook, affichée sans doute par mégarde puisqu'elle avait disparu après une heure, effacée comme un mauvais rêve, ne laissait pas de place au doute, même si elle était en apparence tout à fait anodine. Dessus, on voyait une jolie Asiatique, souriante, qui tenait dans ses mains un gros bouquet de lys blancs. Tous les auteurs publiés par Alex étaient les amis de Katia sur Facebook et elle la reconnut donc tout de suite: Lyly Wong, propriétaire d'un restaurant dans un quartier branché de San Francisco, dont le livre connaissait un tel succès qu'Alex passait son temps à faire des allers-retours entre l'est et l'ouest. Le problème dans le nouveau statut de Lyly, ce n'était pas tant son sourire radieux ou les fleurs blanches serrées contre son cœur que le petit mot accroché au bouquet. On pouvait y lire: «*My world is empty without you.*» Alex aimait les rituels. Inutile de se creuser les méninges pour comprendre la provenance et le sens de ce bouquet.

Il s'était trouvé une nouvelle Katia.

Elle était belle, jeune. Une auteure. Rien de nouveau sous le soleil.

Katia releva la tête et aperçut son visage dans le reflet chromé du frigo. Elle frissonna. Elle avait une tête à faire peur, avec son menton barbouillé de sauce et le dessus de sa lèvre blanchi par le lait. Elle jeta un coup d'œil à son téléphone, espérant sans trop y croire qu'Alex lui

avait répondu. Rien. Elle s'essuya la bouche et écrivit un autre message : « *I'll be gone by noon* ». Alex se manifesterait peut-être plus vite s'il
réalisait l'urgence de la situation. Mais il ne répondit pas et elle trouva
ce silence à la fois lâche et cruel… À moins qu'il soit dans l'avion, à
cette heure-là ? Il n'avait peut-être pas vu ses textos et, lorsqu'il les découvrirait, il s'empresserait de demander :

— *Where are you leaving ?* Tu vas au resto ? À ton cours de yoga ?
Tu reviens quand ? Tu veux manger quoi ce soir ?

Mais qu'est-ce que ça changerait, au fond ? Même s'il la suppliait
de rester, lui proposait de l'épouser et de lui faire des enfants, il n'en
demeurerait pas moins qu'il l'avait trompée avec une chèvre et qu'elle,
belle dinde, s'était laissé berner.

Elle croqua dans un morceau de cheddar pour y imprimer la forme
de ses dents, le laissa traîner sur le comptoir, bien en vue, sa façon de cracher sur tous les végétaliens en général et sur Lyly Wong en particulier.
Puis, elle se dirigea vers la chambre à coucher pour y faire ses valises. Elle
eut un petit pincement au cœur en apercevant les lunettes de lecture
d'Alex, oubliées à côté d'une pile de livres. Des souvenirs de leurs soirées
en amoureux lui revinrent à l'esprit et l'émotion la saisit à la gorge. Elle
poussa les lunettes par terre, saisit une de ses espadrilles et, d'un coup
sec, comme s'il s'agissait d'une vulgaire mouche, elle les écrasa, trouvant
beaucoup plus de satisfaction à entendre le bruit franc du verre cassé que
le *ploc!* mou du tofu. Non, elle ne partagerait jamais son homme. Avec
quiconque. Elle partirait la tête haute et, dans l'histoire de leur séparation,
qu'elle raconterait souvent et à tout le monde, en mettant en évidence les
défauts d'Alex, elle serait celle qui l'avait laissé. Elle ramassa l'essentiel de
ses affaires, et abandonna le reste derrière elle, avec les clés de l'appartement. À quoi bon conserver les reliques de cette époque ? Katia était écrivaine : elle savait tourner les pages et terminer les chapitres.

Ce n'est qu'une fois la porte fermée qu'elle pensa à ses carnets de
notes. Elle haussa les épaules. Ils pouvaient aussi bien aller rejoindre
The Ultimate Vegan Cookbook dans la poubelle, au fond. Sans ses gribouillages, elle réussirait même peut-être plus facilement à écrire son
roman. Après tout, cette histoire, elle l'avait en tête depuis deux ans.

— *Ciao*, les filles, lança-t-elle comme à de vieilles amies en quittant l'immeuble.

Puis, elle s'avança sur la 77e Rue sans plus jamais se retourner.

Au chauffeur du taxi dans lequel elle monta, elle aurait voulu dire, avec un ton de grande star du cinéma :

— *I'm going home. I don't care how much it costs. Get me out of here.*

À la place, après avoir tâté le mince portefeuille au fond de son sac à main, elle prononça plutôt :

— *To the bus station.*

O

Quand Alex entra dans l'appartement, une demi-heure plus tard, il crut d'abord avoir été cambriolé.

— *Kate?* cria-t-il, craignant qu'il lui soit arrivé quelque chose. Katia, tu es là ?

N'obtenant aucune réponse, il s'empara d'un couteau de cuisine et fit le tour des lieux, regrettant d'avoir toujours refusé de garder une arme à feu chez lui. Ce n'est qu'en arrivant dans la chambre à coucher, constatant que seuls les tiroirs de Katia avaient été vidés, qu'il pensa ouvrir son téléphone, toujours en mode avion.

I'm leaving you. I'll be gone by noon.

Il regarda l'heure. Il était midi et demi.

Il soupira.

Et appela Lyly.

9.

À son arrivée à Montréal, n'ayant nul autre endroit où se rendre, Katia alla voir sa sœur. Il faisait déjà noir quand elle entra dans la clinique vétérinaire, où un client se renseignait sur la possibilité d'envoyer son chien chez le psy. La réceptionniste s'apprêtait à lui répondre *oui*, *non* ou *êtes-vous fou?* quand elle vit une femme passer en trombe devant elle et se diriger vers l'arrière de la clinique.

— Hé! Le docteur de Luca est en consultation!

Ignorant le commentaire, Katia ouvrit la porte et fit irruption dans la salle de consultation, où elle tomba sur un couple enlacé, en sanglots. L'homme caressait l'épaule de sa conjointe qui, elle, tenait la patte d'un gros chat blanc immobile. Katia comprit rapidement la situation: Valérie venait d'euthanasier la bête. Les maîtres, obnubilés par leur tristesse, ne remarquèrent pas la nouvelle venue et, pendant quelques secondes, ils restèrent tous les quatre à contempler l'animal immobile. Katia se surprit même à verser une larme, comme si elle avait personnellement connu le chat. Un instant, elle eut envie de s'approcher du couple, de prendre la fille dans ses bras et de pleurer avec elle. Des paroles pleines d'empathie lui venaient en tête. «C'était un si bon chat. Il ronronnait tellement fort. La vie est trop injuste.» Mais en levant la tête, elle se rendit compte que Valérie, après un petit salut discret de la main, lui indiquait la sortie:

— Je serai à vous dans un instant, prononça-t-elle d'un ton professionnel.

Katia opina du chef, et recula, le regard fixé sur la main de l'homme, qui pressait l'épaule secouée par les sanglots. Qui lui tiendrait l'épaule, à elle, quand elle se laisserait aller à l'émotion ?

Sa sœur, bien sûr.

— C'était écrit dans le ciel, Katia. Vous aviez pas de projets communs ! Ça pouvait pas durer.

— On avait des projets communs… Je vivais à New York. Avec lui.

— *Chez* lui.

Katia hocha la tête. Elle aurait voulu éclater en sanglots, se transformer en pleureuse grecque, se lacérer le visage avec les ongles et s'arracher les cheveux, mais tout ce qu'elle réussissait à faire, c'était grincer les dents en respirant très fort. Comme expression du chagrin, c'était une bien piètre performance. Valérie l'observait sans un mot, faisant peut-être une analyse génétique comparative, trouvant des liens entre l'absence de larmes de Katia et le comportement de leur père le jour où il leur avait dit : « Je suis en phase terminale » avec aussi peu d'émotion que s'il leur avait annoncé que les Canadiens n'étaient pas partis pour se rendre en quarts de finale ou que l'été serait pluvieux cette année. Elle soupira.

— Quelle journée…

Du menton, elle indiqua la table d'opération où se trouvaient encore quelques poils du chat mort.

— Je le soignais depuis des années. Il était très malade depuis un bout de temps… Il arrivait plus à manger…

Valérie avait la voix remplie d'émotion et si Katia avait été moins fatiguée, elle se serait laissée aller à un élan de jalousie. Mais toute sa jalousie était concentrée sur le cas Lyly Wong. Et le chat était mort, après tout. Elle ne pouvait quand même pas lui en vouloir. Sauf que toute cette scène, par une association d'idées étrange, avait rappelé à Katia qu'Alex l'avait trompée avec une auteure végétalienne – et combien d'autres avant elle ? –, qu'elle revenait à Montréal sans fortune, sans gloire, sans comité d'accueil et qu'elle allait sans doute passer la nuit – le mois? – à mal dormir dans le sofa-lit de sa sœur. Toutes ces réflexions avaient de quoi rabattre le moral de n'importe quel individu normalement constitué et quelques larmes coulèrent finalement le long de son visage. Devant elle, Valérie hochait la tête, à la recherche d'un commentaire apaisant. Par déformation profession-nelle, son regard s'arrêta à la boîte de friandises pour chien qui se trouvait sur le coin de son bureau, ce qui n'échappa pas à sa sœur.

— Si tu me donnes une croquette pour me réconforter, Val, je te tue!

— J'allais pas faire ça, franchement! se défendit Valérie. Puis, tu sauras, en passant, que cette nourriture-là est meilleure pour la santé que pas mal de trucs que tu trouves à l'épicerie.

— Te fais pas de souci pour moi. C'est pas l'épicerie que je vise pour les prochains jours. C'est la SAQ.

Katia attrapa quelques Kleenex et se moucha bruyamment, tandis que Valérie secouait la tête, les yeux fixés sur les poils du chat, dont elle venait de faire une petite boule blanche. Soudain, son visage s'éclaira:

— J'ai une idée, Katia. Je pense que j'ai quelque chose pour toi.

Elle se leva d'un bond et se dirigea vers la porte.

— J'ai quelqu'un à te présenter.

— Val, je viens de me séparer, c'est vraiment pas le bon temps. C'est ton collègue, c'est ça?

— Rien à voir! Attends-moi ici deux secondes.

— T'inquiète pas, je bougerai pas.

Elle se cala dans sa chaise.

— J'ai nulle part où aller, *anyway*.

Valérie laissa sa sœur seule dans la pièce aussi silencieuse et blanche qu'une morgue, remplie de pansements, d'alcool à friction et de friandises pour animaux domestiques. Sur le mur du fond se trouvait une grosse armoire cadenassée, et Katia se rappela que, quelques années plus tôt, la clinique avait été prise d'assaut par une bande de junkies. Ils avaient tout vidé, médicaments, seringues, poudres et liquides divers. Valérie lui avait alors appris que les cliniques vétérinaires étaient souvent la cible des toxicos. Si certaines drogues pouvaient amener Fido au septième ciel, elles pouvaient aussi donner un *high* à un être humain assez motivé pour s'injecter des calmants à chien dans les veines. Katia chercha des yeux les clés de l'armoire : elle se serait bien fait un petit *high* canin, elle aussi, mais elle se doutait que sa sœur ne laissait pas les drogues à la portée de toutes les mains. Tant mieux. Dans l'état où elle se trouvait, elle aurait tout aussi bien pu s'emparer de la mixture qu'avait reçue le gros chat blanc et s'euthanasier sur place. D'ailleurs, Valérie revenait déjà.

— Regarde qui est là ! lança-t-elle d'une voix haut perchée.

Katia aperçut aux pieds de sa sœur une drôle de bête, hybride entre le gobelin et la poule, avec un petit quelque chose du cochon au niveau nasal.

— C'est quoi *ça* ?

— Ça, comme tu dis, c'est Roméo.

— Roméo. Il est vraiment… laid.

La bête s'approcha et, la langue pendant entre les canines de sa mâchoire inférieure, se mit à baver sur le pied droit de Katia, qui regretta aussitôt d'avoir revêtu ses plus belles bottes pour son voyage de retour. Apparemment, Roméo trouvait que le cuir italien, très absorbant, remplissait à merveille le rôle de bavoir. L'animal fixait Katia d'un air difficile à qualifier – amour inconditionnel ? indifférence crasse ? faim ? – et ses yeux semblaient sur le point de sortir de leur orbite. Katia secoua son pied. Un long filet de bave s'en détacha partiellement.

— Roméo est arrivé il y a une semaine. C'est un bouledogue français, un chien de race.

— De race, hein ?

— À une certaine époque, ces bêtes-là étaient considérées comme des anomalies congénitales…

— Je peux comprendre…

— Mais c'est des chiens super gentils. Le maître de Roméo a perdu son travail et il peut plus s'en occuper. C'est un chien vraiment attachant.

— Ahan. Très attachant.

Elle essuya le reste de la bave contre le bureau de sa sœur.

— Le seul problème, c'est qu'il souffre de diabète. Son maître arrivait plus à payer son insuline et on lui a promis de lui trouver une nouvelle maison.

— Je vois pas en quoi ça me concerne.

Katia, qui n'avait pas détaché son regard de la bête depuis le début de la conversation, attendit la réponse de sa sœur. Quand elle constata que rien ne venait, elle leva la tête. Un grand sourire fendait le visage de Valérie.

— Quoi ?

Valérie hocha la tête avec enthousiasme.

— Attends. Non, non, non. Val, je vais pas prendre ce… Cette… Non. Oublie ça tout de suite.

— La zoothérapie, ça aide à traverser les épreuves. C'est archi-connu !

— J'ai même pas d'endroit où rester !

— Merde. C'est vrai.

Valérie prit Roméo sur ses genoux et lui gratta vigoureusement le cou.

— J'avais pas pensé à ça. Ton appart ?

— Ça fait deux ans que c'est plus mon appart.

— Donc… Tu comptes vivre où ?

— Je sais pas…

— Chez maman ?

— Non. Quand même pas. J'ai trente-deux ans, il y a des limites.

Katia poussa un long soupir. En vérité, durant le long trajet entre New York et Montréal, elle avait espéré que sa sœur lui proposerait spontanément de s'installer chez elle. Elle avait un grand sous-sol, plutôt confortable quoique un peu humide, sans doute rempli de mille-pattes et de perce-oreilles, mais ça lui ferait de la compagnie, et passer un bout de temps chez elle lui permettrait de trouver le moyen de se refaire une santé financière. Sauf que sa sœur dit plutôt :

— Je t'inviterais chez nous, mais on a pas de chambre d'invité. En plus… Ben, tu sais comment est Pascal, hein ?

— Non, je sais pas. Comment ?

— Il aime son petit quotidien. Je… Je pense pas que tu pourrais… C'est pas qu'on t'aime pas, hein ! C'est juste que… C'est petit, chez nous.

Valérie se gratta le nez, l'air de réfléchir. Après un long moment, elle finit par ouvrir un tiroir d'où elle retira un trousseau de clés. Katia pensa un moment qu'elle allait lui suggérer de se servir dans l'armoire cadenassée pour se faire ce fameux *high* canin qui lui permettrait d'oublier tous ses tracas, mais elle reconnut alors le porte-clés. Un chapeau de cowboy miniature, souvenir d'un voyage de leur père dans le Sud-Ouest américain. Elle secoua vivement la tête.

— Non. Val… Je peux pas. Pas là.

Les clés cliquetèrent quand Valérie les approcha de son visage.

— La F est libre.

— Non, Val. Vraiment.

— L'immeuble est beaucoup plus *clean* qu'avant.

— Tu trouves pas que ma situation est déjà assez déprimante ?

— Pascal s'en occupe bien et… Vraiment, c'est pas si pire.

— J'irai pas là.

Valérie croisa les bras sur son sarreau.

— Tu as de l'argent ?

— Pas… Pas des tonnes.

— Un peu ?

— Pas vraiment.

Katia s'était arrêtée à la caisse populaire et avait vécu le deuxième choc traumatique de sa journée quand son solde était apparu à l'écran, lui révélant ce dont elle se doutait depuis un bon moment, mais qu'elle avait toujours refusé de vérifier : ses deux années à New York l'avaient complètement ruinée et sa marge de crédit était presque pleine.

— Ben, ça va te faire un endroit gratis où loger en attendant de te trouver une job. À ta place, je ferais pas la fine bouche.

Katia fit rouler les clés autour de l'anneau métallique qui les retenait ensemble. Elle repensa à la grande villa dans le Maine où elle avait rêvé de finir sa trentaine, auteure connue et admirée, Stephen King de la *chick lit* que l'on saluerait respectueusement dans les rues, que l'on désignerait du doigt au supermarché en disant, oui, oui, c'est bien elle, c'est Katia de Luca. Du bout des ongles, elle écarta les deux sections de l'anneau et retira la clé, qu'elle glissa dans la poche de ses jeans.

— Il y a pas de punaises, au moins ?

— Pas à ma connaissance.

10.

En mettant les pieds dans l'immeuble, Katia reconnut tout de suite l'odeur, une odeur remplie de souvenirs de sa jeunesse : sous le parfum floral du détergent acheté en vrac par le concierge et aspergé abondamment dans les couloirs, on détectait la puanteur des mégots accumulés dans un cendrier et de divers liquides échappés sur le tapis – bière, lait, café et autres substances dont elle préférait ignorer la nature exacte. Katia avait toujours détesté l'odeur de cet immeuble et s'étonnait qu'elle ait si peu changé après toutes ces années.

Elle s'installa dans la chambre F, au deuxième étage, qu'elle meubla de façon rudimentaire grâce à l'aide de sa sœur et de son beau-frère, trop heureux qu'elle ne vienne pas squatter son sous-sol pour refuser de lui donner un coup de main. En deux voyages entre Boucherville et Montréal, la chambre fut remplie des meubles disparates qui encombraient leur garage et dissimulèrent avec efficacité l'état lamentable de la peinture, d'un beige qui n'avait peut-être jamais eu la prétention d'être blanc et qui avait l'air franchement sale. Pour compléter le tout, Katia eut droit à divers éléments de camping : lanterne, réchaud, sac de couchage garanti -30 degrés, matelas autogonflant imperméable de 10 centimètres d'épaisseur.

— Tu veux qu'on reste un peu ? demanda Valérie une fois sa sœur installée. Tu as soupé ?

Pascal jouait impatiemment avec les clés de la voiture.

— Val, elle a sûrement besoin de se reposer…

Katia passa à deux doigts de proposer de commander de la pizza, juste pour le plaisir de faire souffrir son beau-frère. Mais elle était, en effet, très fatiguée. Il était près de minuit, elle avait eu une grosse journée.

— C'est bon, allez-y. J'ai besoin de rester tranquille.

Sa cadette lui lança un regard plein de compassion, ou de pitié, un truc insupportable, et, baissant les yeux, elle fit un large sourire :

— Au moins, tu as Roméo !

C'était sans doute la chose la plus déprimante qu'on lui ait dite depuis sa naissance et Katia pensa que, si son bonheur tenait à cette bête, elle était vraiment mal fichue. Elle observa cet être vivant dont elle avait, pour une raison qui lui échappait maintenant, accepté la responsabilité. La langue de Roméo dépassait du côté gauche de sa gueule et il observait tour à tour Valérie, Pascal et Katia avec ses grands yeux pétillants d'une espèce d'espoir stupide en la bonté humaine, comme si un morceau de sucre risquait à tout moment d'apparaître dans la main de n'importe quel bipède. Katia se retint pour ne pas remettre le chien dans sa boîte de transport et le rendre à sa sœur. Elle dit seulement, d'une voix lasse :

— Les animaux sont pas interdits dans l'immeuble ?

— Katia, on est propriétaires. On peut faire ce qu'on veut.

Quand Valérie et Pascal furent partis, Katia réalisa qu'à part la nourriture pour Roméo, elle n'avait absolument rien à manger.

— Viens Roméo, on va se trouver un souper.

Dans le couloir, elle croisa un homme qui lui rappelait vaguement quelqu'un, mais elle ne réussit pas à déterminer si c'était un ancien locataire, installé dans l'immeuble depuis toujours, ou s'il s'agissait tout simplement du modèle type de locataire qu'on retrouvait dans l'immeuble depuis toujours. Elle le dépassa sans lui adresser la parole.

○

Une demi-heure plus tard, alors qu'elle digérait sa pointe de pizza dans un parc à chiens vide, somnolant pendant que Roméo reniflait la terre à la recherche de ses semblables, son téléphone sonna. Katia sursauta. C'était peut-être Alex. Peut-être l'appelait-il pour lui dire que tout cela n'était qu'un malentendu. Elle aurait aimé l'entendre dire des phrases de mauvais téléromans auxquelles elle aurait répondu par un «*Adios amigo*» irrévocable.

Hélas, ce n'était pas Alex.

— Valérie?

— J'ai oublié de te dire le plus important à propos de Roméo.

— Tu veux le reprendre?

— Ben non, t'inquiète. Les injections d'insuline. Tu dois les faire tous les jours. Les seringues sont dans le sac avec la nourriture, l'insuline est dans le frigo.

— Mais je sais pas comment faire ça!

— Regarde les tutoriels sur YouTube. Tu vas voir, c'est super facile.

— Les tutoriels sur YouTube?

— Attention à la dose, tu voudrais pas qu'il fasse une hypo.

— Une hypo?

— Je te laisse, je travaille tôt demain matin. On se reparle plus tard!

— Val! C'est quoi, la bonne dose?

Sa sœur avait déjà raccroché.

11.

Katia avait passé les semaines suivantes enfermée, ne quittant sa chambre que pour aller courir ou promener Roméo, évitant les lieux où elle risquait d'être reconnue, préférant sortir la nuit. Le chien, les yeux exorbités, la langue sortie, l'air ahuri et heureux, parfaite antithèse de sa nouvelle maîtresse, suivait le rythme tant bien que mal.

— L'important, c'est de rester pragmatique, conseillait Valérie. Donne-toi des buts précis et réalistes. Sinon, tu risques de déprimer.

Pour une rare fois, Katia avait jugé que les conseils de sa sœur avaient du bon. Elle se fixa donc trois objectifs simples :

- promener le chien
- oublier Alex
- survivre

Les rares fois où elle reprit contact avec le monde d'avant furent catastrophiques : elle tomba d'abord sur le Chariot des Vieilles Putes à la bibliothèque locale, puis sur le Mur de la Gloire couvert des livres de Laurence dans la plus grande librairie du centre-ville. Ce jour-là, son corps trouva mystérieusement un petit reste de combativité, juste assez pour continuer à respirer. Et après, une fois son second souffle trouvé… Katia n'avait pas eu besoin de réfléchir longtemps pour se rappeler qu'elle n'aimait pas être dépassée – ni à la course, ni dans la vie. Elle avait ajouté à ses objectifs :

- redevenir une auteure à succès

Pour cela, il fallait tout d'abord, question d'honneur, éviter que ses livres invendus se retrouvent à la poubelle. Elle téléphona donc à la Maison et prononça, d'une voix où ne perçait aucune émotion, cette phrase qui l'aurait pourtant fait mourir de honte un mois plus tôt :

— J'aimerais racheter mes livres.

Au bout du fil, la réceptionniste resta silencieuse. Katia avala difficilement sa salive et ajouta, pour être certaine d'être bien comprise :

— J'aimerais les racheter avant qu'ils soient pilonnés.

— *Tous* vos livres ?

Elle ne savait pas combien d'exemplaires cela représentait. Mais puisque ses livres ne valaient presque plus rien, elle espérait être capable d'assumer les coûts d'un tel sauvetage. Parce qu'elle ne pouvait pas laisser son œuvre finir au dépotoir. L'idée de ses romans marinant dans une boue de déchets, entre les restes d'un bol de Cheerios moisi et une couche puante, avait quelque chose de trop apocalyptique pour qu'elle accepte de la laisser devenir réalité. D'ailleurs, il y avait certainement moyen de tourner la situation à son avantage, de contacter un journaliste, par exemple, pour lui dire qu'elle s'était lancée dans l'aide humanitaire et avait l'intention de faire parvenir gratuitement ses livres à des centaines de femmes du tiers-monde pour contrer l'analphabétisme – nul besoin de préciser que les exemplaires étaient sur le point de se faire détruire. Sauf que le silence de la réceptionniste, au bout de la ligne, l'avait déstabilisée. Et si, au lieu des quelques dizaines de livres que Katia imaginait dans le sous-sol de la Maison, il y en avait plutôt… Mille ? Deux mille ?

— Ça fera donc huit mille deux cent cinquante dollars. Est-ce que… Vous voulez payer maintenant ou vous préférez que le montant soit prélevé de votre prochain chèque de droits d'auteur ?

— Excellente idée ! Parfait ! Deuxième option, s'exclama Katia, à la fois heureuse qu'on ne la force pas à payer maintenant et catastrophée par le chiffre astronomique que venait de lui donner la réceptionniste.

— Je vais quand même m'assurer que je peux faire ça… Pour un montant si élevé, je ne sais pas si…

Katia, sentant le vent changer de direction, la coupa :

— Marie-Andrée est au courant. Vous notez mon adresse ?

○

Le jour même, un camion de livraison transporta quelques centaines de boîtes, que Katia fit descendre en grande partie dans la cave de l'immeuble. Dans sa chambre, elle empila le plus de livres possible contre les murs beiges sales qui devinrent ainsi d'un beau rose éclatant. L'espace s'en trouva substantiellement rétréci et Roméo, à peine habitué à son nouvel environnement, se mit à gémir en faisant des allées et venues entre la fenêtre et la porte. Katia avait beau essayer de le calmer, il n'y avait rien à faire. Une fois la nuit tombée, elle finit par le prendre dans son lit, même si sa sœur lui avait suggéré de ne pas dormir avec lui :

— S'il prend des mauvaises habitudes, il les perdra jamais.

Lorsqu'elle se réveilla au milieu de la nuit, elle constata que Roméo n'était plus là.

— Roméo ?

Elle ouvrit la lumière et fit le tour de la pièce des yeux, ne trouvant le chien nulle part. Par contre, les traces de son existence étaient partout. Elle remarqua tout de suite qu'il avait grignoté le coin de plusieurs livres, endommageant ceux du bas. Une mauvaise odeur lui indiqua qu'il avait aussi marqué son territoire. À plusieurs endroits, le carton était éclaboussé d'urine et, au pied de l'une des piles, elle ne tarda pas à trouver une belle crotte.

— C'est quoi, ça, Roméo ? Tu me fais des crises de jalousie, maintenant ?

Elle aperçut le bout de son museau dépasser derrière la porte de la salle de bain.

— Ouais. À ta place, moi aussi, je resterais cachée.

Katia chercha ensuite à se rendormir, mais n'y parvint pas. Entourée d'exemplaires de l'œuvre qui avait précipité sa chute, elle ne put s'empêcher de repenser au moment fatidique, deux ans plus tôt, où elle avait commis cette erreur, cette petite, minuscule erreur qui semblait maintenant être la source de tous ses maux, puisqu'elle l'avait fait dévier de sa brillante trajectoire.

Qu'est-ce qui lui avait pris ce soir-là ?

Elle ne le savait pas trop. Ou plutôt, elle le savait trop bien. C'était arrivé quelques semaines après le *deadline* final pour la remise de son manuscrit. Marie-Andrée et elle étaient à couteaux tirés. L'éditrice exigeait tant de modifications au manuscrit que Katia aurait aussi bien pu recommencer l'histoire à zéro, la quantité de travail aurait été la même. C'était si désespérant qu'en recevant une ixième version annotée, elle avait sérieusement considéré l'idée de se jeter du haut de son balcon. Mais elle doutait qu'un saut du deuxième étage lui fasse bien mal. Elle ne s'était donc pas tuée ce jour-là – dommage. À la place, elle avait cherché le sommeil, s'était retournée dans son lit pendant des heures et des heures, bien après qu'Alex se soit endormi, incapable de penser à autre chose qu'à son maudit manuscrit. Quelques livres traînaient dans la chambre, des livres de recettes pour la plupart, qu'Alex laisserait chez elle et qu'elle ne consulterait jamais – elle n'aimait pas cuisiner. Mais aussi quelques nouveautés littéraires qu'il avait achetées dans les librairies de New York au cours de la semaine. Elle avait attrapé un petit livre qui se trouvait à côté de sa valise et, machinalement, avait commencé à le feuilleter, pour se changer les idées, pour trouver le sommeil, pour se remonter le moral. Elle avait le vague souvenir d'avoir entrevu l'auteure à la télé, lors d'un de ses séjours à New York, et se souvenait d'une jeune femme frêle avec autant de charisme qu'une morue. Elle lut quelques pages au hasard. Puis revint au début. Et lut tout le livre.

C'était un mauvais roman, mal fichu, à l'intrigue trop lâche, aux personnages mal définis et impossibles à distinguer les uns des autres. Mais quelques chapitres étaient d'une remarquable efficacité, tout simplement... exquis. Quand elle eut terminé le livre, Katia sut qu'il ne connaîtrait jamais de grand succès. Il était beaucoup trop imparfait. Il disparaîtrait et on l'oublierait rapidement.

— Le roman était mauvais, se défendit-elle plus tard, quand Alex se rendit compte de ce qu'elle avait fait.

— *So what?*

— Je lui ai rendu service. Ses pages auraient sombré dans l'oubli, alors que maintenant, au moins, elles seront lues par des milliers de lectrices. Tu devrais me féliciter, pas te fâcher !

— *Insane. You are completely insane.*

Était-elle folle ? Elle se trouvait plutôt lucide.

Elle avait emprunté quelques chapitres par ci, par là, les avait ajoutés à son roman. Où était le mal ? N'était-ce pas ce qu'elle avait fait toute sa vie ? À ce compte-là, on aurait pu dire que son existence entière était un plagiat. Elle s'était plu pendant des années à copier la belle blonde des téléséries américaines et avait fini par obtenir un résultat assez convaincant. Elle teignait ses cheveux depuis si longtemps que même sa sœur avait oublié qu'elle était brune, elle entretenait son corps pour qu'il soit aussi efficace qu'enviable. Qui le lui avait reproché ? Personne, au contraire. On l'admirait, on la complimentait. Son chemin n'avait rien d'original : il avait été mille fois écrit, mille fois imité, toujours envié. Alex avait été son amoureux riche et séduisant, celui qui allait la demander en mariage et avec qui, au fil des ans, elle transformerait son visage, l'empêchant de vieillir malgré les années, et le rendant plus semblable à celui des autres femmes qui, comme elle, avaient ce *type de vie là*. Une vie plagiée sur celle qu'on lui avait présentée en modèle, un genre de Walt Disney sans le «Ils eurent beaucoup d'enfants», parce que, contrairement à ce qu'avait craint Alex,

Katia n'avait surtout pas l'ambition de se reproduire. Elle ne voulait pas d'enfant, mais un petit chien qu'elle remplacerait tous les sept ans par un chien identique.

L'originalité, ça n'avait jamais été un but dans la vie, pour elle. Elle avait déjà été assez différente dans une banlieue où tout le monde s'appelait Bouchard et Tremblay, elle avait déjà reçu assez de commentaires en ouvrant sa boîte à lunch remplie des pâtes à l'ail que sa mère persistait à cuisiner même pendant la disparition de son père, sans doute pour qu'il reste une trace de l'Italie dans l'éducation de ses filles. À l'adolescence, une fois sa famille miraculeusement redevenue nucléaire, elle s'était démarquée malgré elle en devenant la fille dont le père sifflait les profs et les élèves devant l'école, dans un bel élan d'enthousiasme macho qu'il appelait son «caractère latin». Pour Katia, l'originalité et la différence étaient liées à l'humiliation, pas au talent. Elle avait eu sa dose de différence. Elle aspirait à une certaine normalité. Mais pas à la banalité. Et surtout pas à la médiocrité.

Alors, quelques passages recopiés, qu'est-ce que c'était? C'était ça, le grand drame? C'était ça, le plagiat? Vraiment?

Pour elle, ce n'était rien.

Ce que Laurence Turcot avait fait était mille fois pire. Et elle devrait, elle aussi, payer pour ses crimes.

12.

Ne sachant trop vers qui se tourner pour dénoncer Laurence, Katia décida finalement d'appeler son éditrice.

— Je dois parler à Marie-Andrée, annonça-t-elle au téléphone d'une voix déterminée.

— Bien sûr, qui dois-je annoncer ?

— Katia. Katia de Luca.

— Ah, madame de Luca ! Je crois que Marie-Andrée voulait justement discuter avec vous… À propos de vos livres pilonnés… Attendez, je vous transfère.

Une musique vaguement classique résonna pendant quelques interminables secondes, puis la voix de la réceptionniste retentit de nouveau.

— Madame de Luca, je suis désolée. Marie-Andrée est en réunion. Je dois lui dire de vous rappeler ?

— C'est important. Je dois absolument lui parler.

Au bout du fil, son interlocutrice prit le ton doux et patient qu'elle devait utiliser chaque fois qu'un auteur avait quelque chose d'*important* à dire *absolument* à l'éditrice :

— Je comprends. Mais elle est au milieu d'une réunion. Elle vous rappellera sans faute.

Katia lâcha un grognement, qui dut être pris pour un gémissement, puisque la réceptionniste, comme pour la réconforter, s'empressa d'ajouter :

— Oh… Au fait, madame de Luca. Maintenant que vous êtes de retour, allez-vous publier un autre roman ?

— Je veux aussi parler de ça à Marie-Andrée, justement.

— Génial ! En tout cas, ma mère va être contente d'apprendre que vous êtes revenue. C'était une grande fan de vos livres !

Katia raccrocha. *C'était une grande fan.* Quelque chose l'insultait dans cette phrase, l'imparfait ou le fait que la réceptionniste lui parle de sa mère. Elle avait l'impression qu'une tonne de poussière venait de lui tomber dessus.

$$O$$

Quand Marie-Andrée rappela Katia, c'était surtout dans l'intention de l'engueuler pour avoir fait passer les frais de ses achats sur le compte de la Maison. Mais elle se ravisa en entendant sa voix éraillée.

— Je te réveille ? demanda-t-elle en regardant l'heure – deux heures de l'après-midi. Tu es malade ?

— Non, non. J'étais en train de travailler.

Katia contempla l'écran de son ordinateur. Elle avait passé la matinée et le début de l'après-midi à se créer de faux noms d'utilisateurs pour entrer des mauvaises critiques sur les sites publics de critiques littéraires. Devant elle se trouvaient maintenant les commentaires de Mimi10-4, son douzième faux nom de la journée, qui disait :

Je ne comprends pas l'engouement autour de ce roman, l'un des plus mauvais que j'ai lus de ma vie. D'ailleurs, Laurence Turcot est une femme détestable, il suffit de la voir en entrevue pour comprendre ça. À vrai dire, je ne vois pas comment elle a pu écrire un livre, elle est beau-coup trop idiote. Je suis certaine que c'est une menteuse et une hypo-crite.

Elle s'apprêtait à recommencer ce commentaire, où elle s'était laissé emporter, peut-être à cause de ce troisième verre de limoncello qu'elle n'aurait pas dû prendre et qui donnait de la vigueur à sa haine, quand le téléphone avait sonné. Elle avait ressenti une petite joie en voyant qu'il s'agissait de Marie-Andrée, vieux réflexe des années passées où un appel de son éditrice était toujours annonciateur d'une bonne nouvelle. Elle n'aurait pas dû répondre. Mais il était trop tard maintenant.

— Je suis contente de savoir que tu travailles fort. Ça avance bien, ton manuscrit?

— Oui.

Katia avait la bouche pâteuse et les idées embrouillées. Elle décida de s'en tenir au minimum pour ne pas lâcher quelque chose d'inapproprié, du genre:

— Laurence Turcot m'a volé mon roman!

Avait-elle prononcé cette phrase à voix haute?

— Qu'est-ce que tu racontes, Katia?

Elle avait prononcé cette phrase à voix haute.

Elle s'était pourtant juré de ne jamais dire *Laurence Turcot m'a volé mon roman.* Elle savait comment les autres réagiraient. Ils ne la croiraient pas. Ils lui demanderaient des preuves. Et où étaient ces preuves? Dans ses carnets de notes abandonnés dans un appartement du Upper East Side dont elle n'avait plus la clé. Ou dans un sac-poubelle, en route vers l'incinérateur.

Au bout du fil, le silence de Marie-Andrée confirmait son appréhension. L'éditrice lâcha finalement un long soupir:

— Katia, laisse faire Laurence Turcot. Tu as peut-être des raisons de lui en vouloir, mais ça sert à rien d'essayer de lancer des rumeurs aussi… absurdes. Tu vas juste t'enfoncer.

Katia savait qu'il aurait mieux valu se taire, mais elle ne put s'empêcher d'ajouter :

— Mais c'est vrai ! C'est mon histoire qu'elle raconte dans son roman !

— Katia. C'est pas *ton* histoire. Elle raconte l'histoire d'une actrice qui essaie de percer à Broadway. Ç'a rien à voir avec toi.

— Ç'a tout à voir avec moi ! C'est MON histoire !

— Arrête, Katia. Elle a écrit un livre, ça marche bien. Tant mieux pour elle, qu'est-ce que tu veux que je te dise ? Tu le sais, comment c'est. Quand les affaires sont bonnes, tu en profites. Puis après, tu t'accroches et tu fais tout ce que tu peux pour rester dans les bonnes grâces des lectrices.

Katia grogna, contenant avec peine sa colère :

— C'est mon livre ! Elle m'a volé l'histoire que je lui ai racontée à New York !

— Donc, si je comprends bien, tu es en train d'accuser Laurence de t'avoir… Quoi ? Plagiée ?

— Oui !

Avait-elle crié ou simplement parlé avec beaucoup d'émotion ? Elle ne le savait pas trop. Chose certaine, son éditrice ne disait plus un mot. Katia toussota, et se reprit, plus calmement :

— OK, je sais que ça peut paraître bizarre, mais c'est exactement ça.

Au bout de la ligne, Marie-Andrée restait muette et Katia l'imagina en train de bloquer le récepteur de son téléphone pour appeler le 9-1-1 sur une autre ligne et faire venir une ambulance chez elle : « Sortez la camisole de force ! J'ai une auteure en plein délire paranoïaque, vite, internez-la!» Après quelques secondes, l'éditrice prononça d'une voix très douce, comme si elle parlait à un jeune enfant, ou à une vieille personne sourde, souffrant d'Alzheimer et un peu démente :

— Katia. Tu te rends compte que ce que tu dis est ridicule, n'est-ce pas ?

— Non.

— OK, et tu vas me dire que tu as des preuves, c'est ça ?

— J'ai plein de preuves !

Katia inspira longuement en fermant les yeux. Elle aurait tout donné pour récupérer les cahiers de notes laissés chez Alex.

— Le problème, c'est que je suis pas sûre de pouvoir les retrouver…, avoua-t-elle d'une voix piteuse.

Cette fois, Marie-Andrée perdit son ton compréhensif :

— OK, Katia, là, tu vas m'écouter. Je sais que les choses ont été dures pour toi, mais ressaisis-toi. *Adieu Nadia*, ça fait deux ans. Maintenant, c'est le temps d'écrire un nouveau roman, pas de te mettre à envier le succès des autres. Je comprends que c'est difficile de se faire accuser de plagiat, mais c'est certainement pas une raison pour accuser les autres à ton tour. Et, je suis désolée de te dire ça, mais compte tenu de la situation, tu as zéro crédibilité dans le domaine. C'est clair ?

Katia se demanda si elle devait se fâcher, applaudir ou pleurer. Elle opta finalement pour le silence, laissant à Marie-Andrée le champ libre pour terminer sa tirade :

— Et au fait, tu as intérêt à nous soumettre un nouveau roman, un *bon* roman, parce que tu nous dois des milliers de dollars.

Le bruit de ressort de la chaise de l'éditrice résonna et Katia l'imagina dans son grand bureau, impatiente de passer à un autre appel.

— Acheter tous tes livres pour éviter qu'ils soient pilonnés… Ma pauvre Katia, à quoi tu pensais ?

○

Après avoir raccroché, Katia alla courir avec Roméo, s'arrêtant au retour dans un dépanneur pour faire le plein de produits de base essentiels : vin, chips au vinaigre et croquettes de chien. À son retour, elle passa devant trois locataires assis sur la galerie avant de l'immeuble, qui émirent quelques salutations polies et dissimulèrent leurs cigarettes – l'immeuble était officiellement devenu non fumeur depuis le dernier incendie en date, cinq ans plus tôt.

— Bonjour, madame de Luca.

À d'autres moments, ça l'aurait bien fait rigoler, se faire traiter aussi respectueusement par ces locataires sans-le-sou qui la croyaient riche, alors que sa situation financière était encore plus catastrophique que la leur. Mais elle était trop en colère pour avoir envie de rire. Elle s'installa chez elle pour la soirée, alla vérifier si Alex lui avait répondu. Son dernier message portait la mention IMPORTANT et avait été envoyé au milieu de la nuit. Elle y écrivait :

Je te demande une seule faveur. J'ai laissé mes cahiers de notes chez toi. Les as-tu gardés ? Peux-tu me les envoyer ? C'est SUPER IMPORTANT, Alex. J'en ai BESOIN. S'il te plaît, réponds-moi.

Ce message ayant été précédé, trois jours plus tôt, d'un long courriel rempli de haine où elle avait fait preuve d'une très grande originalité dans les insultes, elle doutait fort qu'il s'empresse de lui répondre. Elle imaginait néanmoins un miracle, Alex nettoyant le plancher où ses lunettes avaient été écrasées, puis récupérant délicatement les cahiers et venant les porter lui-même à Montréal.

Quelles étaient les chances que ce scénario se produise ? Dans une comédie romantique : à peu près nulles. Dans la réalité : complètement, totalement, absolument nulles.

Constatant qu'il n'avait pas donné de nouvelles, Katia jeta son téléphone contre le mur en espérant qu'il éclate en morceaux, et que disparaissent avec lui tous les souvenirs de cette relation qui, au-delà de la route Montréal-New York, ne l'avait menée nulle part. L'appareil fit une bosse sur un livre, mais ne se cassa pas. Sous le choc, par contre, l'écran s'ouvrit et la photo d'Alex apparut, comme pour la narguer, cette photo qu'elle avait mise avec son nom dans son répertoire, prise au lendemain de leur première nuit dans son appartement new-yorkais. Elle lui avait dit, en prenant un air un peu nunuche pour montrer qu'elle jouait la comédie, qu'elle ne prononcerait jamais une phrase aussi cliché sans ironie : « Je t'ajoute à mes contacts parce que je sens que toi et moi, c'est pour longtemps. » Il avait souri, elle avait immortalisé le moment en pensant que, n'empêche, elle y croyait. Sur la photo, Alex était couché dans le lit, son torse nu dissimulé par un drap bleu pâle, ses cheveux, gris mais abondants, élégamment décoiffés. Katia se souvenait de la façon dont il lui avait fait l'amour, de leurs corps emboîtés l'un dans l'autre, comme s'ils avaient toujours été faits pour rester ainsi soudés. Dieu qu'elle avait aimé faire l'amour avec cet homme ! Et maintenant… Comme s'il pouvait l'entendre, ou parce qu'il *ne pouvait pas* l'entendre, elle cria : « Disparais, Alex ! »

Et son regard se posa alors sur le roman de Laurence, auquel elle n'avait pas retouché depuis le moment où elle avait rapidement parcouru quelques pages, paniquée, ahurie d'y voir racontée son histoire à elle. D'un geste déterminé, elle s'en empara et, après s'être versé un grand verre de vin, elle l'ouvrit.

— Voyons de quoi tu es capable, Laurence Turcot.

Elle finit la bouteille au moment où elle tournait la dernière page, quelques heures plus tard. Elle referma le livre doucement, caressa la tête de Roméo en fixant la longue lézarde qui traversait le plafond de sa chambre. Elle avait envie de réduire Laurence en poussière. De la faire disparaître de la surface de la Terre. Si elle avait été dotée du don d'invisibilité, c'est ce qu'elle aurait fait, là, tout de suite. Elle serait entrée chez Laurence, elle aurait trouvé une massue, aurait fermé les yeux et, de toutes ses forces, une, deux, trois, paf!, elle se serait arrangée pour ne plus jamais entendre parler d'elle.

Hélas, Katia n'avait pas le don d'invisibilité – elle n'avait *aucun* super pouvoir.

Machinalement, elle alluma son portable et, pour la millième fois de la semaine, elle tapa les mots «Laurence Turcot» sur Google. Son écran fut aussitôt envahi par une multitude de photos, d'étoiles. Laurence était photogénique et tout le monde aimait son roman. Tout le monde… Même Katia.

«Je vais la tuer, pensa-t-elle. Oui. Je vais la tuer.»

Seule dans sa chambre, entourée de ses livres qui transformaient les lieux en un drôle de château fort rose bonbon, Katia de Luca ouvrit un nouveau document Word. Elle avait peut-être tout perdu, mais elle savait encore écrire.

Comme avec Nadia, elle décida que le temps était venu de se débarrasser de Laurence Turcot.

TROISIÈME PARTIE
POULETTES

13.

Ainsi, Katia recommença à écrire. Enfermée dans sa petite chambre, assise sur son matelas gonflable, elle passa de longues journées à taper sur son ordinateur, ne sortant que pour courir et acheter de quoi nourrir Roméo. De temps en temps, elle restait sur le balcon pour fumer avec les chambreurs qui, voyant qu'elle enfreignait les règles, s'empressaient de lui rouler des cigarettes.

Pour la première fois depuis des années, l'inspiration jaillissait à grands flots et l'écriture coulait de source. Ce qui avait fait l'énergie et le rythme du premier roman de Katia tenait à une chose, elle l'avait toujours dit : quatre-vingt-dix-neuf pour cent de défoulement. Elle avait maintenant assez de sources de frustration pour écrire jusqu'à la fin de sa vie, pensait-elle en piochant sur son clavier, accumulant des pages et des pages, jour après jour. Elle n'avait pas fait de plan, mais son objectif était clair. Elle se débarrassait de Laurence. Elle l'écrasait de ses mots, en Cambria, double interligne, noir sur blanc, sur son écran. Par contre, ce qu'elle ressentait ne ressemblait en rien à ce qu'elle avait connu pendant l'écriture de son premier roman. Cette fois-ci, il y avait de cette douleur que l'on éprouve en se passant la soie dentaire entre deux dents abîmées. Ça faisait aussi mal que ça soulageait, et elle avait l'impression qu'elle ne pourrait jamais arrêter.

En élaborant différentes façons d'éliminer sa rivale, Katia se découvrit une imagination plus fertile qu'elle ne l'avait cru. Imaginer les détails de la mort de Laurence était un exercice demandant beaucoup de concentration, un genre de yoga mental qui, bien maîtrisé, lui

permettait de voir son ennemie expirer avec presque autant de préci-
sion que si la scène se déroulait réellement devant ses yeux. Durant
cette période, Laurence mourut donc au moins trente fois, et, selon
divers scénarios, dont quelques-uns revinrent si souvent que Katia
finit par les retravailler pour en faire cinq nouvelles. Désormais, elle
n'essayait plus d'être originale : elle donnait ses sources et s'en inspirait abondamment. Ce n'était pas du plagiat ; c'était du pastiche, un
exercice littéraire noble et respecté. Ses textes étaient des reconstitu-
tions arrangées à son goût de classiques des grands maîtres du crime
et de l'horreur, aussi diversifiées que les pizzas sur le menu d'un restaurant italien. Il y avait :

1) La Tarantino

C'était la version violente ultime, l'apothéose du meurtre par écla-
tement de têtes.

Elle s'imaginait réunir Mylène Royer, Sophie Steele et Laurence
Turcot dans une grange au bout d'un rang désertique, chacune munie
d'une carabine et d'une raison valable de tuer l'autre. Il suffisait d'un
coup de fusil, et l'effet domino démarrait. Ça commençait par une histoire de gars, un truc de jalousie féminine, Mylène reprochait à Sophie
d'avoir essayé de séduire son amant.

— Ton homme, il préfère les jeunes, lançait Sophie.

Puis, elle crachait sur le plancher sale de la grange. Mylène dégai-
nait alors son fusil en criant :

— Répète ça ?

— Non seulement il préfère les jeunes, mais il m'aime, moi !

Alors, Mylène tirait sur Sophie, qui chancelait, et tirait par mégarde sur Laurence, qui essayait à son tour d'atteindre Katia, histoire
de ne pas être en reste, mais, d'un bond rapide et félin, celle-ci se réfu-
giait derrière une botte de foin et échappait ainsi à une mort certaine
et douloureuse – Laurence était vicieuse, elle avait visé son ventre, le
pire endroit pour mourir lentement en se vidant de son sang. Katia

avait tout de même l'épaule un peu amochée, parce qu'on ne se tire jamais d'une situation comme celle-là sans perdre un peu de sang, mais rien de trop mal. Quand elle le racontait, après l'enterrement des trois autres, les gens hochaient la tête d'un air pensif et disaient qu'elle avait eu bien de la chance de s'en sortir vivante. Elle acquiesçait, son regard perdu au loin, comme si elle revivait la scène, et partait sans dire un mot, très *lonesome* cowboy. On chuchotait derrière elle, pas par médisance, non : on vantait son courage et sa dignité.

2) La Christie

C'était la version à lire avec une tasse d'Earl Grey, le petit doigt en l'air, et un shortcake au beurre à portée de la main. Dans un vieux manoir anglais transformé en hôtel, en plein hiver, se retrouvaient dix auteures rivales, censées assister à un festival littéraire à Londres, mais arrêtées à mi-chemin à cause d'une tempête de neige. Dehors, le blizzard faisait rage. Une panne d'électricité empêchait toute communication avec le monde extérieur et les routes étaient trop dangereuses pour s'y aventurer. Les dix femmes devenaient prisonnières du manoir. Elles soupaient à la chandelle, servies par un majordome bossu. À la fin du repas, elles se rendaient compte que l'une d'entre elles avait disparu. Elles partaient à sa recherche et retrouvaient sa voiture non loin du manoir, aplatie contre un arbre, avec, au volant, le corps inanimé de la conductrice, qui semblait être morte sur le coup après avoir dérapé sur la route glacée et enneigée. Le lendemain, une autre auteure était trouvée morte dans son lit, apparemment victime d'une surdose de médicaments. On plaçait son cadavre à côté du premier dans l'écurie abandonnée du manoir. La tension montait. Le majordome, placide, continuait de servir des repas anglais, viande bouillie au souper et porridge au déjeuner. La tempête ne se calmait pas. On retrouvait alors un autre cadavre. Puis un autre. Puis un autre. À la fin, il ne restait plus qu'une dénommée Laurence, qui finissait par fuir le manoir maudit, de nuit, sous la neige, s'enfonçant seule dans le bois glacé. Au matin, la tempête se calmait. Le majordome retrouvait le cadavre gelé de Laurence et le plaçait à côté des neuf autres.

3) La Romero

C'était la version post-apocalyptique, à mi-chemin entre *Night of the Living Dead* et *I Am Legend*. Dans un appartement de la 77ᵉ Rue, à New York, une brunette se faisait réveiller par des cris et des grognements. Elle jetait un coup d'œil par la fenêtre et réalisait que les rues de la ville grouillaient de créatures monstrueuses. Elle appelait ses amies, sa famille, mais personne ne lui répondait. Elle devinait, dans un élan de clairvoyance incroyable, qu'elle était la seule survivante de la race humaine. Elle passait le reste de l'histoire à fuir, à fuir, et à fuir encore, poursuivie par des zombies auxquels il manquait, au choix, un bras, une jambe, un œil, une oreille – et ils avaient tendance à perdre des morceaux de plus en poursuivant leur pauvre victime. Le texte était un peu répétitif, mais Katia ne s'en préoccupait pas : elle aimait faire courir Laurence dans New York, ses escarpins la faisant sans cesse trébucher. Jusqu'à ce qu'elle tombe en bas du Brooklyn Bridge et que l'histoire se termine.

4) La Hitchcock

C'était une version tout en sobriété. Un personnage très semblable à Katia saoulait sa partenaire d'affaires, qui avait secrètement détourné une somme importante de la compagnie. Une fois que celle-ci était assez ivre pour avoir envie de s'endormir, elle lui indiquait un lit confortable et duveteux, qui s'avérait en réalité être un cercueil. La fraudeuse s'y couchait et, dès qu'elle fermait les yeux, l'autre femme refermait le couvercle, le vissait et faisait ensuite glisser le cercueil dans un trou préalablement creusé dans le jardin, qu'elle recouvrait d'une bonne terre noire et dense. Quand elle se réveillait, la méchante voleuse constatait avec horreur qu'elle était enterrée, six pieds sous terre. Elle hurlait, mais personne ne l'entendait. Son associée était déjà loin : elle avait récupéré l'argent détourné et avait profité de sa disparition pour lui voler son amoureux. À la fin de l'histoire, celui-ci lui servait d'ailleurs un verre de prosecco, qu'elle buvait en lisant le journal. Sur la page couverture, on pouvait lire : *Disparition de Laurence Turcot. La police est toujours sans nouvelles.*

5) La King

C'était la version préférée de Katia. Une écrivaine rondouillette se trouvait seule dans le bois, poursuivie par un méchant homme qui ressemblait à s'y méprendre à Alex. Il l'attrapait, l'amenait dans son refuge, une espèce de cabane en bois rond ayant autrefois servi de cabane à sucre, mal éclairée, mal chauffée. Il la ligotait à une vieille chaise en métal et la torturait pendant des jours, la forçant à manger des racines de plantes au goût amer et à avouer tous les crimes qu'elle avait commis. Elle finissait par confesser avoir volé le livre d'une femme qui avait beaucoup plus de talent qu'elle. Elle réussissait ensuite miraculeusement à se sauver en défaisant les liens qui la retenaient prisonnière et se mettait à courir dans le bois, ne sachant trop dans quelle direction aller, s'écorchant les genoux, tombant, se relevant, tombant de nouveau. Et quand elle apercevait enfin une route et entendait le bruit d'un moteur, elle se retrouvait nez à nez avec… la maîtresse de son agresseur, une Asiatique sadique qui la ramenait aussitôt dans leur cabane puante et lui cassait les tibias pour l'empêcher de repartir. L'homme lui servait alors un plat de champignons aux vertus purificatrices. Le lendemain, la captive se réveillait avec un mal de tête incroyable. Un calme inhabituel régnait dans la cabane. Ses agresseurs étaient-ils partis? Victime d'hallucinations et de vomissements, elle tentait de nouveau de défaire ses liens, plus serrés cette fois-ci. Ses jambes la faisaient souffrir. Elle ne parvenait pas à se libérer, mais réussissait à renverser sa chaise et à se traîner vers la cuisine. Après de longues minutes – des heures? – de souffrance, à ramper sur le plancher en bois, qui lui faisait de grosses échardes douloureuses, elle arrivait enfin dans ce qu'elle croyait être la cuisine, où elle espérait trouver de quoi couper les cordes qui la retenaient à la chaise. Elle découvrait alors que ce n'était qu'une pièce vide, au centre de laquelle se trouvaient les cadavres de ses agresseurs, empoisonnés par les champignons qu'ils avaient aussi mangés. Elle comprenait alors le sort qui l'attendait. Rien ni personne ne pourrait la sauver. Elle était vouée à mourir empoisonnée dans cette cabane au fond des bois. Elle s'évanouissait.

O

Pendant les trois semaines que dura cette période d'écriture intensive, Katia but beaucoup de mauvais vin – avec des glaçons, pour se garder hydratée –, courut plus que d'habitude, épuisa Roméo avec de longues marches au milieu de la nuit, durant lesquelles son taux de sucre fut si difficile à contrôler qu'elle faillit à plusieurs reprises le rendre à sa sœur. Mais il était son fidèle compagnon dans la dérive, héros chétif et maladif : comment aurait-elle pu se débarrasser de lui ? Il suffisait qu'elle y pense pour qu'il vienne baver sur sa jambe et la regarder avec ses yeux exorbités qui contenaient tout l'amour et toute la soumission du monde. Dans le rôle du fidèle compagnon d'infortune, il ne donnait pas sa place. Une fois ou deux, Katia crut l'avoir tué. Mais il avait une bonne résistance malgré la maladie et, avec un petit sucre, il finissait toujours par se relever. Si quelque chose la réjouit durant cette période, ce fut bien ça : apercevoir Roméo couché, pendant quelques secondes, aussi immobile que s'il n'allait jamais se relever, puis le voir ressusciter grâce à un carré de glucose glissé sous sa langue gluante et bondir comme si rien ne s'était passé. Elle lui donnait un bol d'eau, le caressait un peu, se servait un verre et continuait à écrire.

Elle ne prenait plus ses messages.

Sa sœur, pourtant, l'appelait régulièrement. Elle passa à quelques reprises vérifier son état de santé et celui du chien, les auscultant tous les deux avec la même inquiétude professionnelle. Elle prescrivit un régime d'exercices moins intensif à Roméo et conseilla à Katia d'étudier le *Guide alimentaire canadien* :

— Tu constateras que l'alcool fait partie d'aucun des groupes d'aliments, dit-elle en jetant un coup d'œil au bac de recyclage, où les bouteilles vides s'accumulaient.

— Je cours et je mange des barres protéinées.

— Tu dors ?

— Dormir, c'est pour les paresseux.

— Tu veux venir souper avec nous cette semaine ?

— Mmmh. Je peux pas, ces jours-ci. J'ai un truc à finir.

— Katia...

— Pour les conseils, vous pouvez vous adresser au service des plaintes, New York. Maintenant, vous m'excuserez, mais j'ai un rendez-vous important avec moi-même. Devant mon ordi.

Valérie lui laissa finalement quelques fruits, des céréales et des calmants pour chien.

— D'après moi, tu pèses à peu près deux fois le poids d'un grand caniche. Double la dose, ça t'aidera à dormir.

— Des calmants pour chien? Tu es sérieuse?

— C'est des somnifères, exactement les mêmes qu'on prescrit aux humains. Fais-moi confiance. Mais essaie d'éviter l'alcool, ça accentue les effets.

O

Quand Katia sortit de sa réclusion, le printemps était arrivé – ou était-ce l'été? Elle était épuisée, comme si elle sortait d'un long combat contre un adversaire aussi fort qu'elle, dont elle serait venue à bout seulement parce qu'elle possédait une volonté de fer et un désir de destruction puissant. C'était un jeudi matin de mai, il faisait déjà chaud. Elle regarda ses courriels pour la première fois depuis des semaines, alla voir ce qu'elle avait manqué sur Facebook, évita d'ouvrir la page d'Alex, se concentrant sur les mentions «*J'aime*» et les louanges qu'avait reçues sa nouvelle photo de profil, changée le lendemain de son retour à Montréal.

Bellissima! s'extasiaient certains.

Tu changeras jamais! notaient d'autres.

En tout, elle avait reçu 492 «*J'aime*» et constater que des gens qu'elle connaissait à peine – ou pas du tout – étaient prêts à la complimenter lui redonna confiance en l'humanité. Elle avait rompu avec un homme qu'elle avait aimé, avec qui elle avait cru possible d'envisager le futur? On l'avait volée, et elle n'avait aucun moyen de le faire reconnaître? Peu importe. Ses fans se comptaient par milliers et les hommes prêts à se jeter à ses pieds seraient très nombreux dès qu'elle annoncerait officiellement sa séparation et redeviendrait une auteure populaire et admirée.

Katia apporta quelques modifications à son recueil de nouvelles, enleva deux ou trois adverbes. À regret, elle changea le nom des personnages – *Laurence* passa à *Liliane*. Elle modifia aussi les descriptions physiques. Ainsi transformés, les personnages devinrent fictifs et toute ressemblance avec des personnes existant ou ayant existé serait le fruit d'une grande coïncidence ou d'une paranoïa certaine. Ensuite, elle enregistra le document sur une clé USB et partit à la recherche d'un lieu où l'imprimer pour en faire une dernière lecture avant de l'envoyer à Marie-Andrée. Elle se trouvait très audacieuse : depuis plus de deux ans, elle rêvait de retrouver sa gloire passée en écrivant de la *chick lit* nouveau genre, et voilà qu'elle venait de faire quelque chose de tout à fait différent. Elle se sentait comme une Spice Girl qui aurait décidé de lancer un album de *death metal*. Qui la suivrait? Elle brûlait d'impatience de le savoir.

Elle se coiffa, plaça dans le panier de lavage tous les vêtements mous des dernières semaines, pantalons de jogging, shorts de coton et t-shirts portant des inscriptions variées – *I love Florida, I love New York, I hate surfers.* Après avoir revêtu des jeans et un léger chandail, elle s'empara de la laisse de son chien.

— Tu viens, Roméo? On sort!

Pour la première fois depuis un mois, elle avait envie de jus frais et de fruits, de pain doré et de café au lait. Quand elle mit les pieds dehors, elle sentit le soleil sur sa peau et sut qu'il ne brillait que pour elle.

Elle s'aventura dans les rues de Montréal, s'arrêta chez un imprimeur, plaça son texte dans une grande enveloppe brune et marcha jusqu'à la terrasse d'un petit café sympathique, à l'intersection de deux rues passantes. Elle trouva le menu attrayant et l'endroit parfait pour observer les gens et reprendre le pouls de sa ville. Elle commanda le déjeuner le plus copieux, avec des fraises et de la crème fouettée, et un verre de champagne pour fêter la fin de sa réclusion.

À côté d'elle, deux jeunes femmes qui chuchotaient depuis un moment en l'observant finirent par s'approcher pour lui demander :

— Désolée de vous déranger, mais... Êtes-vous Katia de Luca ?

Elle leur fit un sourire affable.

— Oui.

— On a lu tous vos livres !

— Ah oui ?

— Est-ce que vous allez bientôt publier un nouveau roman ?

— Oui, très bientôt.

— Cool !

Elles se consultèrent du regard, puis, la plus âgée des deux demanda :

— On pourrait prendre une photo avec vous ?

— Bien sûr.

Katia se sentait revivre. Elle avait confiance en l'avenir. Elle s'était débarrassée de Laurence, elle était prête à passer à une autre étape de sa vie. Elle tapota la tête de Roméo, qui bava sur le bout de sa sandale.

14.

Les choses en seraient peut-être restées là si Katia n'avait pas croisé Laurence ce jour-là.

Elle aurait envoyé son manuscrit à Marie-Andrée, qui l'aurait appelée pour lui dire: «Wow, c'est fantastique!» ou lui aurait écrit: «Mais tu es complètement cinglée, ma grande! On ne publiera jamais ça!» Les pourparlers auraient alors commencé. Katia aurait accepté certains compromis, mais pas trop. Après tout, ce serait le début d'une nouvelle période pour elle, elle produirait désormais des œuvres violentes et méchantes. Elle expliquerait aux journalistes qu'au fond, elle avait toujours été plus encline à écrire des romans d'horreur que des romans à l'eau de rose. Elle dirait que le monde était devenu trop sombre pour faire dans la légèreté. Elle se promènerait en compagnie de son chien malade, elle clamerait l'importance de vivre la douleur dans sa chair et dans son cœur pour pouvoir écrire des textes vrais, elle utiliserait des mots comme catharsis, révolte, vérité. Elle serait la nouvelle vedette de l'horreur au Québec, une espèce d'Amélie Nothomb qui porterait du vernis à ongles noir, fumerait des Gitanes puantes, même dans les studios de Radio-Canada, et publierait chaque année une plaquette de cent pages en gros caractères que tout le monde s'arracherait. Elle deviendrait gourou ou animatrice d'une émission de radio. Elle donnerait des ateliers de création littéraire dans des donjons.

Après son copieux déjeuner, Katia alla chercher à la SAQ de quoi continuer à fêter sa nouvelle carrière littéraire. Elle avait donné rendez-vous le lendemain à une vague connaissance, un ami d'ami qui semblait célibataire et avait mis assez de points d'exclamation derrière son « Quelle beauté » en appréciant sa photo de profil pour qu'elle se renseigne un peu plus à son sujet. Recherches faites, elle avait conclu qu'il correspondait à tous les critères nécessaires pour passer une bonne soirée et mettre fin à ce long mois d'abstinence durant lequel Alex n'avait pas daigné manifester sa présence. Beau, drôle, il écrivait sans faire de fautes et occupait une fonction importante dans une compagnie de télécom. Ça tombait bien, elle s'était juré de ne plus jamais fréquenter un homme du milieu de l'édition.

Elle entra à la SAQ le pas léger, laissant Roméo dehors. Lunettes de soleil sur les yeux, chapeau sur la tête, vêtue de la petite robe noire qu'elle venait d'acheter – elle avait l'intention de ne s'habiller qu'en noir, maintenant qu'elle écrivait des livres d'horreur –, elle hésitait entre différentes bouteilles de prosecco quand elle aperçut Laurence, quelques rangées plus loin. Elle cligna des yeux à plusieurs reprises, surprise de la voir apparaître devant elle en chair et en os alors qu'elle l'avait tuée à plusieurs reprises durant les dernières semaines. C'était comme se trouver face à face avec un fantôme.

— Laurence ? Laurence Turcot ?

Laurence tourna la tête vers elle, esquissa un pas de côté, dans le but évident de faire semblant qu'elle ne l'avait pas vue, pas entendue, ou peut-être même de prétendre qu'elle n'était pas Laurence – Katia connaissait assez ce genre de réflexe pour le détecter chez quelqu'un d'autre. Mais entre la section des vins italiens et celle des bordeaux, il n'y avait qu'un mur de cabernet-sauvignon – aucune issue possible. Aussi, Laurence se retourna-t-elle finalement vers Katia et, d'une voix faussement joyeuse, s'exclama :

— Hein ? Katia ?

Elle se pencha pour lui faire la bise et Katia, en posant les lèvres sur sa joue trop douce, perçut de nouveau ce parfum qu'elle détestait et dont elle n'avait réussi à débarrasser l'appartement d'Alex qu'en lavant les housses du fauteuil au cycle long avec un savon fort. Ça paraissait très lointain, et pourtant, l'odeur ramena toutes sortes de souvenirs désagréables à sa mémoire, dont l'impression, maintenant tenace, que les vêtements d'Alex en avaient été imprégnés.

— Qu'est-ce que tu fais ici? T'es plus à New York?

— Non. Je suis de retour à Montréal.

— Wow! C'est super!

Laurence fit un pas vers les caisses, son saint-émilion à la main. Elle n'avait apparemment pas l'intention de s'éterniser dans le coin.

— Il faut absolument qu'on s'organise quelque chose bientôt!

Katia aurait dû s'écrier: «Tu m'as volé mon livre! Ton succès est une escroquerie!», se jeter sur elle et la ruer de coups. Malheureusement, face à sa rivale, elle avait perdu tous ses moyens. Elle finit par articuler bêtement, alors que Laurence se trouvait déjà trop loin pour qu'elle l'attrape par le collet:

— J'ai su que tu avais écrit un roman.

Elle avait voulu donner un ton menaçant à sa voix, un peu comme un avertissement, de quoi lui faire peur et l'empêcher de dormir paisiblement, une phrase qui la rongerait, lui ferait perdre son assurance. Mais Laurence ne prit même pas la peine de relever la tête. Elle fouilla dans son portefeuille et présenta sa carte à la caissière.

— Oui! Ça faisait tellement longtemps que j'y pensais! Je t'en enverrai une copie, si tu veux. Tu me donneras ton avis.

Elle prit sa bouteille de vin et agita les doigts dans les airs.

— Faut que je me sauve. Ça m'a fait vraiment plaisir de te revoir!

Elle franchit la porte du commerce et Katia l'observa se frayer un chemin dans la rue achalandée, vêtue d'une robe moulante qui ne cachait aucune de ses courbes, finalement plus avantageuses que dans son souvenir.

Elle se demanda pourquoi elle ne lui avait pas bloqué le chemin. Depuis plus d'un mois, elle rêvait du moment où elle se trouverait face à sa rivale. Elle avait imaginé lui crier toutes sortes d'insultes, la faire pleurer et se lamenter. Elle avait imaginé Laurence repentante, prête à tout avouer devant témoins. Elle avait imaginé un face à face qui lui aurait permis à elle, Katia de Luca, de récupérer son livre et sa dignité. Mais là…

Je t'en enverrai une copie. Tu me donneras ton avis.

Elle n'aurait jamais cru que Laurence feindrait l'innocence. Qu'elle ne paraîtrait pas se sentir le moindrement coupable.

— Madame ? Ça fait 208,40 $.

Katia sortit sa carte de crédit et quitta la SAQ, son sac rempli de bouteilles de mousseux, son esprit bouillonnant de colère. Comment avait-elle pu être assez bête pour croire que détruire Laurence dans ses écrits suffirait à lui apporter une satisfaction durable ? C'était si naïf. En réalité, elle aurait beau écrire les livres les plus sanglants, tuer Laurence de toutes les façons possibles et imaginables, elle ne serait jamais soulagée. Tant que Laurence vivrait – et écrirait, parce qu'elle écrirait bien un nouveau roman –, elle n'aurait pas l'âme en paix.

Katia venait de frapper un mur. L'écriture ne l'avait pas soulagée de sa frustration, ne réglait aucun de ses problèmes, ne rétablirait jamais la justice. Ce ne serait jamais qu'une autre façon de ne pas confronter ses problèmes. Ne devait-elle pas cesser de fuir ? Sortir de sa petite bulle d'auteure ? Arrêter de jouer avec ses virgules et passer véritablement à l'action ? N'était-ce pas les conseils que Laurence Turcot elle-même lui avait donnés un an plus tôt à New York ?

Une heure après, à l'épicerie, dans l'allée des viandes, Katia s'immobilisa devant les carcasses de bœuf, de porc, de poulet. Tout ce rouge. Le silence parfait de ces bêtes qui avaient passé leur vie à s'agiter et à caqueter inutilement. Ça avait quelque chose de franchement inspirant.

Et si elle tuait *vraiment* Laurence Turcot ?

C'était une idée folle, méchante, et, en rentrant chez elle, Katia ouvrit une bouteille pour calmer les frissons d'excitation qui la traversaient.

○

Le lendemain, Katia de Luca ne se leva pas en se disant : « Voilà une bonne journée pour élaborer le plan de mise à mort de ma rivale », non. Elle n'était pas si horrible. À la lumière du jour, une fois dégrisée, cette idée paraissait aussi absurde qu'irréalisable. Elle se fit un café instantané noir, amer, y ajouta quelques cuillerées de sucre, ce qui ne le rendit pas tellement meilleur. Elle le but tout de même en regardant par la fenêtre de sa chambre – rien d'intéressant à voir, à part un encombrement de fils électriques et la brique foncée de l'immeuble voisin.

Absurde et irréalisable.

Et pourtant…

Elle devait se rendre à l'évidence. Elle voulait que Laurence disparaisse. Or, l'assassinat étant la méthode la plus efficace, à long terme, pour s'assurer de ne plus jamais l'avoir dans le décor, l'idée de la tuer n'était pas *si* mauvaise. Difficile à faire, contraire à toutes les règles sociales, éthiques, morales. Mais efficace. Et elle s'imposa donc, tenace, dans ses pensées.

C'est avec cette idée qu'elle courut cette journée-là, avec cette idée qu'elle promena Roméo au parc, avec cette idée qu'elle but un verre en compagnie de Loïc, son nouveau prétendant, un jeune homme charmant qu'elle se promit de revoir. Du coup, sa journée sembla très remplie. Son parcours de course habituel sur la montagne se révéla sous un jour nouveau : elle voyait dans les arbres la possibilité d'une branche qui s'écrase sur une piétonne imprudente, elle comptait le nombre de marches en bois du chemin Olmsted et imaginait le choc d'un corps victime d'une mauvaise chute. À l'épicerie, elle s'intéressa de nouveau à l'apparence figée de la viande, tripota des bouts de filet de porc, enfonça ses doigts dans une poitrine de poulet, une grimace fascinée au visage. Quand elle sortit dans l'après-midi, avec Roméo, elle s'interrogea longuement en le regardant s'arrêter devant chaque tronc d'arbre, humer l'odeur des autres bêtes, marquer son territoire en levant la patte, s'immobiliser devant la menace d'un grand labrador. Le monde était rempli de dangers, et il était finalement miraculeux qu'entre le café du matin et le premier ronflement du soir, la majorité des individus s'en sortent sans trop de blessures graves.

Dans ces circonstances, qui trouverait si étrange qu'une jeune femme disparaisse ? Il était déjà assez étonnant qu'elle se soit rendue jusque-là sans débouler des marches ou se faire attaquer par un pitbull. L'important serait de ne pas se faire prendre. De ne parler à personne, d'être discrète. De se faire oublier.

Ceci dit, le fantasme d'assassiner sa rivale ne franchit le cap de la réalité que le lendemain, lorsque Katia tomba sur un long article où Laurence parlait de ses séjours fréquents à New York, une ville qui était pour elle « comme une deuxième maison » et qui « l'inspirait depuis longtemps ». Elle partageait ses meilleures adresses, sans préciser, évidemment, qu'elle avait visité ces lieux *avec* Katia, s'étendait longuement sur l'excellence des margaritas servis dans un petit restaurant mexicain qu'elle avait découvert « par hasard ». À la fin de l'article, on la voyait dans Central Park, rayonnante, vêtue de sa fameuse robe rouge. Katia grinça des dents : c'est elle-même qui avait pris cette photo ! Elle resta longtemps figée devant son écran à fixer le sourire victorieux de Laurence, avant de se décider à fermer son ordinateur.

Cette fille était une garce.

Débarrasser la surface de la Terre de sa présence serait une bénédiction pour l'humanité.

Ce soir-là, Katia se fit cuire un steak sur le réchaud de camping apporté par sa sœur, qui la trouvait blême et la soupçonnait de souffrir d'anémie. Elle le mangea à peine cuit : elle avait des envies de viande saignante.

15.

Bien que Katia aimait l'idée de passer d'auteure de série à *serial killer*, elle n'avait pas tellement le profil de l'emploi.

Le tueur en série est un être facile à identifier, si l'on se fie aux statistiques. Blanc, élevé dans une famille de la classe moyenne où le père est souvent absent, amateur de jeux vidéo et de plats congelés, rejeté à un moment ou un autre de son existence, à la fois complexé et convaincu de sa supériorité. En général, il est dans la vingtaine lorsqu'il perpètre ses crimes, mais il a déjà une longue pratique de la torture derrière lui, comme en témoignent les carcasses d'insectes écartelés et de rongeurs démembrés enterrés dans sa cour – ou conservés dans le grand congélateur du sous-sol. Il s'attaque souvent à des femmes, elles lui rappellent sa mère ou sa voisine, mais aux hommes aussi, surtout s'il est muni d'une arme semi-automatique qui ne lui laisse pas tellement le temps de faire la distinction sexuelle entre ses victimes. Dans ce cas, on parle de *mass murderer*, parce qu'à un certain moment, il faut bien faire des catégories si on veut comprendre le phénomène et éviter de mettre tout le monde dans le même palmarès des horreurs. En général, le tueur en série ne connaît pas ses victimes et, puisqu'il n'est pas très sociable, il ne connaît pas grand monde : ses victimes potentielles sont donc *très* nombreuses. C'est peut-être elle, ou elle, ou elle – comment savoir ? Le tueur en série fait peur. On ne sait jamais quelle pulsion le poussera à agresser un type de personne ou un autre. C'est un psychopathe – imprévisible – et, contrairement au zombie, au vampire ou au cyclope, il ne possède pas de signe distinctif permettant de le repérer et de prendre ses jambes à son cou lorsqu'on le croise dans la rue ou à la buanderie.

Katia de Luca n'avait pas grand-chose de la tueuse en série – ni même de la tueuse tout court. Elle n'avait pas une tête d'illuminée, pas de batte de baseball cachée sous son lit pour casser des jambes ou éclater des crânes, pas d'arsenal d'armes à feu alignées dans un coffre-fort secret, pas de gants de caoutchouc pour éviter de laisser des empreintes digitales avant, pendant et après l'acte. Elle ne cachait pas de collection de crânes d'écureuils dans un vieux coffre en métal, elle n'écrasait pas les coccinelles pour entendre le bruit de leur carapace qui se fend – ou, en tout cas, ça lui arrivait assez rarement, dans les moments de grand ennui seulement, les jours de canicule. La simple vue d'une goutte de sang lui faisait tourner la tête et, avant l'histoire de Lyly Wong, elle avait souvent pensé devenir végétarienne en jetant des restes de poulet à fleurs vertes oubliés au fond de son frigo.

Ceci dit, elle n'allait pas se laisser décourager par si peu, d'autant plus que, dès qu'elle se mit à penser à assassiner sa rivale, les astres semblèrent s'aligner pour lui donner les moyens de réaliser son plan. Elle avait beau ne pas trop croire en Dieu ni au Dessein Invisible de l'Infini, elle était tout de même à cinquante pour cent Italienne: la superstition était pour ainsi dire inscrite dans son code génétique. Pourtant, lorsqu'elle reçut un appel de sa sœur, une semaine après avoir croisé Laurence à la SAQ, elle ne perçut pas cette interruption dans sa solitude comme un signe divin. Au contraire.

«Quoi?» répondit-elle brusquement lorsque le téléphone sonna pour la troisième fois et la força à interrompre une recherche sur le cannibalisme. Elle lisait l'histoire d'une femme, surnommée la Mante religieuse, qui avait tué et mangé deux de ses maris, et trouvait cela absolument fascinant. Quelle belle manière de se débarrasser de quelqu'un sans laisser de trace – et sans gaspiller. C'était à la fois complètement malsain et tout à fait écologique, la seule forme de meurtre qui pourrait recevoir l'approbation de Greenpeace ou une certification LEED.

— Katia, il faut que je te parle.

— Je m'en doutais.

— Tu peux pas continuer comme ça.

Katia fit le tour de la pièce des yeux, se demandant si sa sœur avait posé des caméras de surveillance et savait à quel type de recherche elle était en train de s'adonner.

— Qu'est-ce que tu veux dire?

— Tu peux pas rester là, comme ça, sans voir de monde, toute seule.

— Je suis pas toute seule. J'ai Roméo.

— Tu sais ce que je veux dire.

— Non, je sais pas ce que tu veux dire. Je suis écrivaine, Valérie. Au cas où tu le saurais pas, ça s'écrit pas en groupe, un roman.

— OK. Donc, tu écris un nouveau roman. C'est ça?

Katia ne répondit pas. Elle jeta un coup d'œil à la bouteille de vin sur le comptoir de ce que sa sœur appelait pompeusement la cuisine, en réalité un coin minuscule avec évier et mini-frigo, et à l'enveloppe brune où reposait son manuscrit, qu'elle n'avait finalement pas remis à Marie-Andrée. Elle leva les yeux vers l'horloge fixée juste au-dessus, décida qu'onze heures du matin était un bon moment pour se verser un verre et, au lieu de répondre, elle déboucha la bouteille.

— Katia? insista sa sœur. Tu écris un nouveau roman?

Elle avala deux gorgées, qui lui parurent atroces après le café, hésita, puis, sachant que Valérie ne lâcherait pas le morceau tant qu'elle ne lui aurait pas donné une réponse satisfaisante, elle prononça du bout des lèvres:

— Pour l'instant, je fais surtout des recherches.

Au bout du fil, sa sœur soupira.

— Donc, tu écris rien.

— *Come on*, Val. C'est pas comme ça que ça se passe.

— OK. Alors pourquoi tu viendrais pas m'expliquer comment ça se passe en personne ?

— Je suis pas en personne, là ?

— J'ai dit à maman que tu étais de retour.

— Val !

— Elle se demande comment ça se fait que tu l'as pas encore appelée.

Katia lâcha un grognement.

— Je t'avais demandé de pas…

— De pas *quoi*, Katia ? De pas lui dire que tu es de retour à Montréal ? Tu veux que je fasse comme la dernière fois, que je la laisse apprendre dans les journaux ce qui se passe dans ta vie ?

Katia passa une main lasse sur son visage et se demanda si elle ne devait pas raccrocher maintenant. Elle n'avait pas besoin que sa sœur lui rappelle la dispute qui avait éclaté entre elle et sa mère au moment où celle-ci avait découvert le fameux article où on l'accusait de plagiat :

— T'auras plus un sou de l'héritage de ton père tant que tu feras pas un travail honnête, avait-elle décrété.

Elle était promptement passée à l'acte, avait coupé les versements mensuels qu'elle faisait dans le compte de Katia, sa part des revenus de l'immeuble à logements, cette rente qui, avec ses droits d'auteur, lui permettait de garder un certain train de vie – rien de très extravagant, mais de quoi se permettre des bouteilles de vin un peu plus chères et des robes achetées ailleurs que chez H&M. Depuis quand Katia n'avait pas parlé à sa mère ? Une éternité.

— Ça fait… quoi ? Presque deux mois que tu es revenue ? Je pouvais plus lui cacher que tu étais à Montréal, déclara Valérie. Elle aimerait te voir.

Katia gratta le cou de Roméo, qui était venu s'installer sur ses genoux. Avec l'arrivée du printemps, il s'était mis à perdre tant de poils que le tapis de la chambre ressemblait maintenant à une prolongation de son existence, comme s'il cherchait à tout prix, lui aussi, à marquer son territoire. Les livres de la maîtresse sur les murs, les poils de la bête sur le tapis : c'était une forme d'équilibre. « Il faudrait quand même que j'achète un aspirateur », songea Katia. Mais acheter un aspirateur, ce serait un peu comme s'installer de façon permanente dans l'immeuble – elle préférait éviter d'y penser. Elle dit d'une voix lasse :

— Je suis désolée, Val. J'ai pas d'énergie pour ça, en ce moment…

— Elle aimerait qu'on soupe ensemble.

— Valérie. Pas maintenant.

— Ça fait combien de temps que tu l'as pas vue ?

— Je suis super occupée, ces temps-ci.

— Donc, demain soir chez maman. Si t'es pas là, je t'avertis, je viens te chercher.

— C'est des menaces ?

— Tu te souviens de l'adresse ?

— Ha ha.

— À six heures.

○

Le lendemain, à 18 h 30, *fashionably late*, même pour un souper en famille, Katia, toute de noir vêtue, se rendit chez sa mère, rue

Brodeur à Boucherville. Elle mit Roméo dans sa boîte à chien et fit le trajet en transport en commun, ses lunettes de soleil sur les yeux, comme une star trop fauchée pour se payer une limousine – ou un vampire à qui l'on aurait dit que le sang était plus frais sur la Rive-Sud. Arrivée au métro Longueuil, elle se sentit nerveuse : elle réintégrait le territoire du passé et n'était pas certaine de pouvoir passer à travers la soirée sans sombrer dans le désespoir. Dans sa boîte, Roméo s'agitait : la pauvre bête était peut-être claustrophobe en plus d'être diabétique, songea Katia.

— Pas de panique, Roméo, le rassura-t-elle. On est bientôt arrivés. Et je t'amène pas à l'abattoir. Juste dans une version très *soft* de l'enfer…

Elle prit tout de même le temps de s'acheter un paquet de cigarettes et un paquet de gommes à la cannelle au dépanneur du métro, comme à l'adolescence, avant de monter dans l'autobus.

Une fois arrivée devant la maison, elle s'immobilisa quelques minutes avant de sonner à la porte. Son dernier passage chez sa mère datait de la veille de son départ à New York et, cette fois-là, elle avait ressenti une bouffée de colère aussi inattendue qu'insupportable en observant la grosse haie de cèdre, l'olivier du Japon, les faux volets bruns et la large *bay window* qui dévoilait le salon, où son père avait passé ses dernières années. Le fauteuil où il s'assoyait était toujours là, *au même endroit*, comme s'il risquait de revenir treize ans plus tard. Katia ne comprenait pas pourquoi sa mère n'avait pas décidé de vendre, d'aller vivre ailleurs, n'importe où, au lieu de rester dans cet endroit rempli de souvenirs malheureux. Qu'elle avait détesté habiter ici ! Et pourtant, maintenant qu'elle se trouvait de nouveau dans l'entrée de la maison où elle avait grandi, elle se sentait gagnée par la nostalgie. Elle aurait voulu avoir huit ans de nouveau, passer d'une cour à l'autre, se frayer un chemin entre les haies de cèdre pour aller rejoindre Roxanne ou Stéphanie, chercher des vers de terre avec elles, espionner le gros voisin d'à côté, faire semblant qu'elles étaient prisonnières d'une méchante sorcière, manger des framboises, jouer à la Barbie. Voilà ce qu'était l'enfance, songea Katia en s'avançant dans l'entrée d'asphalte.

Ou plutôt, voilà ce qu'était vieillir : on se mettait à embellir le passé, activité tout à fait inutile à laquelle il fallait couper court en revenant au présent. Rien de tel que la réalité pour replacer les souvenirs sous leur vrai jour et faire fondre le filtre rose de la nostalgie.

Elle ouvrit la porte.

— Katia ! s'exclama sa mère dès qu'elle la vit.

En lui faisant une accolade, Katia songea qu'elle avait rapetissé depuis leur dernière rencontre. Mais, mis à part ce détail, rien n'avait changé, ici. Elle avait l'impression que même les fruits qui se trouvaient dans le panier d'osier sur le comptoir de la cuisine reposaient là depuis des années, momifiés.

— *Mi figlia ! Come estai ?* demanda sa mère dans un mauvais italien.

Depuis plusieurs années, souffrant apparemment elle aussi de nostalgie mal placée, sa mère avait développé la manie de s'adresser à ses filles dans la langue de son défunt et détesté mari. Katia la soupçonnait de vouloir ainsi redonner du lustre à une histoire qui n'avait jamais été le conte de fées désiré, mais que le temps lui permettait de réorganiser à sa manière.

— Maman, *come on !* Personne parle italien dans la famille.

Sa mère pinça les lèvres, tandis que Valérie arrivait derrière elle, vêtue d'un tablier taché de sauce tomate.

— Oh, ça commence bien ! Ça va, Katia ?

— Ça va super bien, merci.

— Qu'est-ce qui t'arrive ? Tu es en deuil ?

Katia n'eut pas le temps d'expliquer sa tenue, puisque Valérie, qui venait d'apercevoir Roméo, s'écria :

— Roméo ! Tu as amené Roméo ! Viens, mon bébé !

Dès que la porte de la boîte s'ouvrit, le chien s'élança vers Valérie, la queue frétillante. De mauvaise humeur, Katia coupa court à ce beau moment de retrouvailles en le rappelant à ses pieds avec un « Roméo ! » autoritaire, histoire de bien montrer qui était le maître, désormais. Vouloir faire la démonstration de son pouvoir sur un chien laid était tout à fait puéril, mais aussi plus fort qu'elle. La bête, heureuse d'être soudain le centre de l'attention, après avoir passé une heure enfermée dans une petite boîte, se mit à baver encore plus que d'habitude, comme si tant de bonheur stimulait ses glandes salivaires. Katia prit un mouchoir et essuya le bas de sa robe. Quand elle releva la tête, deux invitées étaient apparues aux côtés de sa mère et de sa sœur.

— Surprise ! clamèrent-elles joyeusement.

Katia, après un moment de confusion, reconnut Stéphanie et Roxanne, souriantes, comme de vieilles versions d'elles-mêmes : plus grosses, plus fatiguées, moins jolies. Les voir ainsi transformées dans cette cuisine qui, elle, n'avait pas changé, avait quelque chose de très troublant. Elle réprima un frisson. N'était-il pas profondément injuste que le prélart résiste beaucoup mieux au temps que les humains ?

— Stéph, Roxanne ! Wow. Je m'attendais pas à ça, bafouilla-t-elle en essayant de camoufler son désarroi.

Valérie rayonnait de joie.

— J'étais sûre que ça te ferait plaisir !

Puis, apparemment désireuse d'excuser le comportement de sa sœur et de justifier le fait qu'elle n'avait même pas pris la peine d'appeler sa mère et ses amies depuis son retour au pays, Valérie précisa :

— Katia est un peu solitaire, mais elle a besoin de voir du monde ! Hein, Katia ?

— Oui. Oui, bien sûr.

Des yeux, Katia chercha désespérément une bouteille de vin, de bière, ou de n'importe quel autre remontant. S'il y avait une chose dont elle n'avait pas envie, c'était d'un souper en famille. Mais un souper en famille *avec* ses amies d'enfance? Elle n'était pas préparée à ça. Elle s'empressa de servir un verre de vin à tout le monde dans les coupes de cristal que sa mère avait sorties pour l'occasion – et avala son verre beaucoup plus vite que les autres.

O

Comme l'appréhendait Katia, le début de la soirée fut plutôt pénible. Pour ne pas provoquer de malaises, Roxanne et Stéphanie évitaient de se renseigner sur les problèmes de Katia ou d'aborder certains sujets délicats – leur carrière réussie, leur vie de couple épanouie, les progrès extraordinaires de leurs enfants à l'école. Évidemment, tout ça laissait peu de place à la discussion. Elles essayèrent de se rabattre sur les séries télévisées, nombreuses, qu'elles avaient regardées sur Netflix, mais devant le manque d'intérêt de Katia, elles finirent par tourner leur attention vers la présence enthousiaste de Roméo et la conversation s'orienta naturellement vers LE sujet inoffensif par excellence : la vie des bêtes. Pour cela, tout le monde fut reconnaissant à Valérie : elle avait un répertoire inépuisable d'anecdotes animalières et ne se lassait pas de les raconter. Le souper passa sans silence et sans polémique. C'était parfait, d'autant plus que le repas, après des semaines de chips et de barres tendres, parut divin à Katia. À un point tel qu'une fois bien nourrie, tandis que la discussion dérivait tranquillement vers le système de reproduction des animaux et les pratiques sexuelles bizarres de certaines espèces, Katia abaissa ses barrières et échappa quelques phrases à propos de l'endroit peu inspirant où elle vivait et travaillait. Aussitôt, le visage de Roxanne s'égaya :

— J'ai une super bonne idée pour toi! Pourquoi tu irais pas écrire à notre chalet?

— Votre chalet?

Katia ne savait pas que son amie appartenait désormais à cette catégorie de gens qui possédaient un chalet – et se retint de remarquer qu'elle ne comprenait pas pourquoi une personne ayant déjà une maison en banlieue voudrait aussi s'acheter un chalet puisque, pelouse verte mise à part, il s'agissait pour elle essentiellement de la même chose : un endroit trop silencieux où, pour satisfaire ses besoins de base, lait, alcool, papier de toilette, il fallait nécessairement parcourir plusieurs kilomètres en voiture. Elle s'imagina un instant isolée dans une cabane dans le bois, avec comme seule musique le bruit du vent dans les épinettes, et ça lui donna la chair de poule. Pour elle, le silence, c'était la mort.

— Je suis pas certaine que ce soit une bonne solution. J'ai besoin d'action autour de moi quand j'écris.

— Voyons ! Les écrivains vont toujours s'isoler dans des coins tranquilles ! J'ai lu dans un magazine que c'est comme ça que Mary Higgins Clark a écrit tous ses romans. Même J. K. Rowling a une maison à la campagne. Le calme de la nature, c'est super inspirant, tout le monde le dit.

Katia se contenta de hocher la tête d'un air peu convaincu. La version chalet-d'une-amie-dans-Lanaudière de la somptueuse résidence d'auteure dans le Maine dont elle avait rêvé lui semblait minable – mais sa chambre remplie de livres réchappés du pilonnage l'était encore plus. Roxanne insista, convaincue que son offre était irrésistible et que Katia hésitait seulement parce qu'elle aimait ne rien devoir à personne :

— Mais oui ! En plus, Nicolas préfère que je m'éloigne pas trop de la maison avec les complications de ma grossesse…

— Quoi, tu es *encore* enceinte ?

— Katia ! Gabriel a quatre ans. Il était temps qu'on lui fasse un petit frère ou une petite sœur…

Roxanne se mordit la lèvre, tandis que Stéphanie lui faisait de gros yeux, petit manège qui n'échappa pas à Katia. Elle se demanda si elle devait en rire ou en pleurer. Que croyaient-elles ? Qu'elle allait s'écrouler en larmes en constatant que leur famille s'agrandissait, qu'elles vivaient leur vie d'adultes, de femmes épanouies, alors qu'elle… Pour la première fois, elle prit conscience de ce qu'elle représentait pour ses amies d'enfance : une fille larguée, condamnée au célibat et à la solitude, incapable de se trouver un véritable emploi. Une espèce d'handicapée, sans place de stationnement réservée. Elle se versa un autre verre. Roxanne et Stéphanie pouvaient bien ajouter « alcoolique » à la liste de ses qualificatifs, elle s'en fichait.

— C'est un endroit tranquille ?

Roxanne sembla soulagée que Katia cesse de fixer la main qu'elle avait posée sur son ventre et revienne à ce sujet plus anodin.

— Très tranquille !

— Il y a des voisins ?

— Oui, mais on les voit rarement… Les chalets sont loin. Il y a une famille avec des ados, d'un bord, pas souvent là, et une vieille femme de l'autre bord – on l'entend jamais.

Katia réfléchit. Finalement, l'idée d'aller vivre au fond des bois et de se faire oublier de la population terrestre n'était pas si mauvaise. Elle pourrait en profiter pour faire un changement radical dans sa vie, se faire pousser les poils sous les aisselles et sur les jambes, arrêter de se brosser les dents et les cheveux, oublier Laurence et Alex, hurler à la lune, chasser des écureuils, mordre les fesses du facteur. Devenir une bête ou écrire des haïkus. Pourquoi pas ? Elle se versa un autre verre en pensant à la vie qu'elle mènerait au fond de la forêt québécoise. Roxanne était en train de lui offrir un accès au meilleur endroit pour disparaître.

Ou… pour commettre un meurtre.

Rapidement, quelques films lui revinrent en tête. Le point commun entre *The Blair Witch Project*, *Misery* et quatre-vingts pour cent des films d'horreur ? La forêt, toujours la forêt, ce lieu où la lumière se perd et où les corps se fondent à l'humus tiède des feuilles à moitié décomposées.

Katia hocha la tête pensivement.

Oui, dans la forêt, il serait facile de faire disparaître un corps.

Ou deux.

Ou trois, une fois partie.

Roxanne prit ce hochement de tête pour la preuve qu'elle avait réussi à convaincre son amie :

— En plus, il y a le lac! Tu nages encore?

— Oui. En fait, je cours, surtout, mais…

— Alors, tu vas adorer! L'eau est assez froide et pas très claire, mais vraiment agréable si on a le courage de plonger. C'est tellement calme. L'idéal pour une solitaire!

— Si on a le courage de plonger…, répéta Katia.

Elle aurait pu expliquer qu'elle n'était pas une solitaire, qu'elle aimait la compagnie, qu'elle voulait être le centre du monde et peut-être même de l'univers mais… Elle se tut et tourna plusieurs fois sa langue dans sa bouche en se rappelant la règle numéro un du tueur en série : surtout, ne pas éveiller de soupçon. Il fallait mettre son ego de côté. Il serait toujours temps de revenir sur certains faits. Plus tard.

À son retour de Boucherville, Katia se fit un café et, comme si elle amorçait un nouveau roman, elle s'installa devant son ordinateur. Les cinq nouvelles sur la mort de Laurence avaient été des hors-d'œuvre – rien de bien sérieux, du divertissement. Il était temps de passer au plat principal. Il fallait imaginer la scène, définir l'histoire.

«Quelque chose de grave vient d'arriver au chalet, écrivit-elle. Une terrible tragédie, dont je ne me remettrai jamais.» Elle poursuivit pendant toute la nuit, s'arrêta le temps de fouiner dans le garde-manger, où elle ne trouva rien d'autre qu'un sac de bâtonnets de sésame, une conserve de nourriture pour chien et une panoplie d'alcools forts italiens : amaretto, grappa et limoncello. Elle remplit deux bols, l'un pour Roméo et l'autre pour elle, se versa un grand verre où elle mélangea les trois alcools, ajouta un reste de tonic qui avait depuis longtemps perdu sa tonicité, appela ça un cocktail. Entre le sésame et l'alcool, elle aurait de quoi tenir quelques heures. Elle cogna son verre contre le bol d'eau de Roméo :

— À ta santé, ma vieille !

Comme seule réponse, le chien aboya. C'était un partage de joie somme toute assez rudimentaire, mais Katia ne s'attendait pas à plus de la part de son animal de compagnie. Elle but son verre d'un coup, ce qui manqua la tuer, et, une fois remise, elle se replongea dans l'écriture de son histoire avec une ardeur redoublée.

Vers cinq heures, les yeux irrités et le corps ankylosé, elle finit par s'arrêter. Dès qu'elle se leva pour s'étirer, Roméo se mit à courir dans tous les sens. Elle dormirait plus tard – le chien avait besoin de se vider la vessie. À regret, elle ferma son ordinateur et partit marcher dans la ville ensommeillée. Elle en avait assez fait pour le moment.

16.

Quelques heures plus tard, la sonnerie de son téléphone la réveilla.

— Mardi prochain, c'est le lancement de Mylène Royer, annonça Marie-Andrée au bout du fil.

Katia regarda l'heure – 11 h 15 – et regretta de ne pas avoir passé les dernières années à Los Angeles ou à Pékin, ce qui lui aurait donné un prétexte valable pour justifier le fait qu'elle était encore au lit. Elle se frotta les yeux.

— Ce serait le moment idéal pour faire ton *come back*, Katia.

— Mon... *come back*?

— Relations publiques, ma grande. La seule façon de rester dans la *game*. Te sens-tu d'attaque?

— Oui... Évidemment.

— Mais attention: les médias aiment pas les perdants. Si on te demande sur quoi tu travailles en ce moment, tu dévoiles rien mais tu dis que tu es sur un projet passionnant. Mystère, enthousiasme, sourires.

— OK.

— Oh... Et Katia?

— Oui?

Au bout de la ligne, Marie-Andrée hésita brièvement.

— Laurence Turcot risque d'être là. Mais je veux surtout pas entendre parler de tes histoires de complot. OK?

— Mmh-mmh.

— Katia. Sans blague.

— Franchement, Marie-Andrée! Je sais comment me comporter. Je ferai pas de scandale.

— Je compte sur toi.

Le jour du lancement, Katia passa la journée à chercher une robe pas très chère mais assez originale pour ressembler à une création new-yorkaise – ce serait beaucoup plus glamour de dire qu'elle l'avait achetée dans une boutique d'East Village que dans une friperie du Plateau. Elle alla chez le coiffeur, se maquilla avec soin. Elle fut si occupée qu'elle en oublia même de maudire Alex et sa descendance – s'il en avait un jour une – et de penser à toutes les souffrances qu'elle infligerait à Laurence lorsque l'heure serait venue.

Son *come back*.

Elle était prête.

○

Le lancement se déroulait dans un grand local industriel du Vieux-Montréal, avec une vue splendide sur le fleuve. La maison d'édition de Mylène avait mis le paquet pour créer l'évènement, réinventer une vieille formule, organiser une soirée susceptible d'attirer des médias plus affamés de célébrités que de livres. On avait décidé d'en mettre plein la vue, promettant des cocktails, des paillettes et des vedettes. Des centaines d'invitations avaient été envoyées, où on garantissait une soirée mémorable, évoquant la présence du gratin du milieu culturel. On avait même engagé une actrice pour lire quelques extraits, une comédienne très en demande qui, selon diverses sources assez peu fiables mais très répandues, s'apprêtait à tourner à Hollywood; on avait fait circuler sur les médias sociaux une photo d'elle et de Mylène, un verre de champagne dans une main, un exemplaire du nouveau roman dans l'autre, vêtues de robes d'un rose nanane qui rappelait la couverture du livre. On avait organisé des tirages et des milliers de lectrices enchantées avaient partagé l'information et garanti ainsi une bonne visibilité à l'œuvre plusieurs jours avant sa sortie.

Comme espéré, de nombreux journalistes se présentèrent au lancement, accompagnés de leur photographe, et quelques acteurs en vue ajoutèrent la touche qu'il fallait pour rendre la soirée magique. Avec les amis, les auteurs, les membres de la famille et tout le personnel de la maison d'édition, l'endroit se remplit vite et quand Katia entra dans la salle, elle se sentit incroyablement nostalgique de l'époque où elle était celle qui attirait tout ce beau monde – incroyablement nostalgique et, surtout, terriblement jalouse. Elle s'immobilisa près de la porte d'entrée et écouta l'éditeur de Mylène qui, au micro, présentait le nouveau roman et remerciait la foule de s'être déplacée. Il termina en disant deux mots sur l'avenir prometteur de la littérature au Québec et personne ne fut assez rabat-joie pour ajouter un commentaire sarcastique. Les convives avaient le cœur à la fête.

Quand il eut fini son discours, Katia fut gagnée par la nervosité, le trac d'avant les grandes occasions. Elle avait tout à coup très envie de se réfugier derrière son ordinateur, cet endroit si peu confrontant où elle ne risquait jamais de faire de faux pas. «Vas-y», s'intima-t-elle à voix basse avant d'avancer dans la salle, consciente des regards curieux qui se tournaient vers elle, donnant le plus d'assurance possible à son pas, souriant, faisant comme si elle se sentait tout à fait à sa place. Quelques flashs crépitèrent. Elle élargit son sourire et balaya la pièce du regard, à la recherche de son éditrice. Assise à une table, elle aperçut Mylène Royer, qui avait déjà commencé sa séance de dédicaces et était accompagnée d'un joli garçon qui faisait le pied de grue à ses côtés, assez semblable au précédent – un peu plus jeune, un peu plus pâle, aussi, mais c'était peut-être la saison. Elle distingua, au bar, Sophie Steele, la jambe très nue et le talon très haut, entourée d'une cour de prétendants parmi lesquels elle reconnut le chroniqueur vedette d'un grand quotidien, qui disait toujours le plus grand bien de ses romans. Elle remarqua quelques visages de sa vie d'avant. Mais elle ne vit pas de traces de Marie-Andrée. Où était son éditrice ? Katia avait *besoin* d'elle, comme si sa présence pouvait la protéger d'éventuelles attaques – insultes, jambettes ou assassinat.

Elle inspira un bon coup.

Il ne fallait pas s'énerver. Elle devait se concentrer sur le moment présent. Être fière, au-dessus de la mêlée. Prendre l'attitude royale de la reine d'Angleterre en visite dans une ancienne colonie. Elle avala d'un trait le verre de blanc tendu par un serveur et commença à faire le tour des invités, souriant aux objectifs qui s'arrêtaient sur elle, répondant aux salutations de quelques journalistes, constatant à quel point, comparé à la très hiérarchisée société new-yorkaise, le milieu québécois semblait petit et facile d'accès. Elle but un deuxième verre, chercha encore Marie-Andrée des yeux, constata qu'elle n'était toujours pas là. Elle but un troisième verre, fit quelques bises à de vagues connaissances. Maintenant que l'alcool faisait effet et qu'elle réalisait que tout le monde répondait plutôt cordialement à ses sourires, son stress retombait. Mais de nouveaux sujets de préoccupations s'apprêtaient à prendre la place des précédents. Elle envoya un texto à son éditrice.

T'es où ?

La réponse fut presque instantanée :

Serai là dans 5.

Katia eut à peine le temps de se réjouir de cette nouvelle qu'elle se rappela que si son éditrice n'était pas encore arrivée, Laurence Turcot, elle, se trouvait sans doute déjà dans la salle. Où était-elle ? Comment réussirait-elle à la convaincre de venir au chalet de Roxanne avec elle sans que cette invitation paraisse, au mieux, hautement farfelue ? Depuis quelques jours, elle essayait de mettre son plan en place, mais n'était pas convaincue qu'il résisterait au choc de la réalité. Le plus crédible serait d'inventer un projet littéraire irrésistible, un truc grandiose et intrigant, qui demanderait la participation de Laurence. Pour donner un peu d'épaisseur à l'histoire et la rendre plausible, Katia songeait à inclure quelques personnages secondaires. Mylène Royer ou Sophie Steele, par exemple, pourrait très bien avoir un rôle à y jouer. Ce qui était certain, c'est que dans un contexte professionnel d'envergure, Laurence risquait d'accepter plus facilement une invitation de Katia que si elle lui proposait un tête-à-tête au fond des bois. Et ensuite… Katia avait déjà écrit quelques chapitres en prévision de ce qui se passerait *ensuite*, et elle devinait déjà que ce livre, son meilleur, serait le grand best-seller de l'année à venir. Si tout se passait comme prévu, bien entendu. Déjà, elle craignait que la colère la pousse à des excès pendant la soirée et que la vue de sa rivale la rende complètement dingue. Comment résister à la tentation de se jeter sur Laurence pour lui trancher la gorge avec le pied de son verre à vin? À cette idée, Katia sentit son cœur battre la chamade et elle alla se cacher dans les toilettes pour retrouver son calme. Elle épongea son visage avec un morceau de papier de toilette – l'émotion la faisait transpirer – et s'appuya un moment contre le mur de la cabine, prenant quelques longues inspirations pour se détendre. Elle s'apprêtait à regagner la réception lorsqu'une voix retentit dans les toilettes. Avait-elle rêvé ou cette voix venait de prononcer *son nom*? Dissimulée derrière la porte, elle tendit l'oreille.

— Mais qu'est-ce qu'elle fait à Montréal? s'informait une autre voix excitée, visiblement adepte de potins.

Katia savait très bien qu'elle aurait dû sortir à ce moment pour interrompre la discussion. Mais elle était incapable de bouger.

— Aucune idée… Elle a rien publié depuis son départ. Quand je l'ai croisée à New York, elle en menait pas large. Pauvre fille…

— T'es gentille. Moi, je pense qu'elle a eu ce qu'elle méritait.

Une minute plus tôt, Katia serait sortie et, tadam, elle serait tombée sur Laurence Turcot. Elle aurait retenu ses pulsions assassines, elle lui aurait souri, elle aurait peut-être même poussé les mondanités jusqu'à la complimenter sur sa robe. Elles auraient échangé quelques paroles vides dont aucune ne se serait souvenu plus tard. Katia aurait remarqué une fois de plus que Laurence était trop maquillée, elle aurait aussi noté que ses lèvres étaient étrangement plus charnues qu'à leur dernière rencontre et aurait déduit que le succès lui avait donné les moyens de se payer quelques injections de silicone ; Laurence aurait remarqué les cernes sous les yeux de Katia, que n'avait pas complètement dissimulés le fond de teint. Puis, Katia aurait dit :

— J'ai quelque chose à te proposer.

Hélas, la minute avait passé, la curiosité l'avait emporté sur la sagesse et il était désormais trop tard pour que cet échange ait lieu. À la place, Katia restait cachée, solution lâche, mais garante d'un certain ordre social. Les dents serrées, les poings fermés, elle recula d'un pas pour ne pas faire dépasser le bout de ses chaussures, et attendit la suite.

— Et pourquoi tu penses qu'elle est de retour ? demandait la voix excitée.

— Aucune idée. Mais si tu veux mon avis, j'ai comme l'impression qu'il y a une rupture derrière tout ça. Tu sais avec qui elle sortait ?

— Un vieil Américain ?

— Ouais. Clairement pas un adepte de la monogamie, si tu veux mon avis.

Les filles pouffèrent, tandis que Katia, les narines dilatées, se retenait pour ne pas crier. Quand elles eurent enfin quitté la salle de bain, après une éternité à se remaquiller, elle se rua hors des toilettes. Le destin devait s'amuser à la mettre à épreuve, puisqu'elle se retrouva presque aussitôt nez à nez avec Laurence et une fille en minijupe qui l'écoutait en secouant vivement la tête – la voix excitée, bien entendu. Katia eut tout juste le temps de se composer un sourire.

— Quelle surprise ! mentit-elle.

Laurence et son amie se jetèrent un coup d'œil, complices dans le crime, craignant sans doute que leur petite conversation ait été entendue par LA personne qui en était l'objet. Constatant que Katia ne manifestait aucun signe flagrant d'animosité à son égard, Laurence écarta cette possibilité et déclara d'un ton hypocrite :

— Katia ? Wow ! Je pensais jamais te voir ici !

Katia lutta pour garder une attitude relativement neutre et réussir à articuler quelques mots qui ne seraient pas « Je te déteste » ou « Je vais te tuer » ou, plus sobrement, « Dégage ». Heureusement, Marie-Andrée arriva à ce moment et la saisit par le bras.

— Katia ! Je te cherchais partout ! Viens. J'ai quelqu'un à te présenter !

— Pas maintenant, je suis…

Marie-Andrée tira plus fort pour forcer son auteure à la suivre.

— Qu'est-ce que tu fais ? protesta Katia quand elles se trouvèrent loin de Laurence.

— Je te protège.

— Merci, mais je suis capable de me défendre toute seule.

— Justement, non. Dis-moi sans mentir ce que tu t'apprêtais à raconter à Laurence.

— Rien de spécial.

— Ton nez allonge, Pinocchio.

Katia leva les yeux au ciel. Valait mieux changer de sujet de conversation.

— C'est qui, la personne que tu voulais me présenter ?

— En fait… Personne. Désolée. Les journalistes sont tous occupés à interviewer les acteurs.

Marie-Andrée indiqua la salle avec un rictus outré.

— Pfff. Tu te rends compte? On est dans un lancement de livre, mais c'est comme si la dernière chose qui intéressait les invités, c'était la littérature.

Katia haussa les épaules. Elle aurait voulu partager l'indignation de son éditrice, mais elle était trop préoccupée par sa propre situation pour s'inquiéter de l'État Général de la Littérature. Elle attrapa un autre verre de blanc qui passait sur un plateau et, après avoir promis à Marie-Andrée de maintenir un périmètre de sécurité de plusieurs mètres entre Laurence et elle, elle se dirigea près d'une fenêtre pour recentrer son énergie et faire passer son désir de meurtre – rien de tel que d'exercer sa vision périphérique pour retrouver un peu de quiétude et de confiance en l'avenir. Mais rien n'y fit. La soirée ne se passait pas comme prévu. Et maintenant qu'elle avait raté une belle occasion de mettre son plan en branle, elle ne voyait pas trop ce que ce lancement pouvait lui apporter, à part si elle se décidait à enfoncer un pic à glace dans le cœur de Laurence – si elle en avait un. Même quand Mylène Royer interrompit sa séance de dédicaces pour venir la saluer et demander de ses nouvelles, elle ne parvint pas à s'en réjouir.

— On ira boire un verre bientôt, maintenant que tu es de retour! lança Mylène avant de retourner à sa foule d'admirateurs.

Katia maugréa un «Bien sûr» peu enthousiaste.

Elle s'était décidée à partir et tentait de retrouver Marie-Andrée parmi les invités pour lui dire au revoir, quand un homme chauve l'arrêta et lui tendit un verre de vin rouge. Katia s'apprêtait à refuser, le rouge lui donnait des maux de tête, surtout après autant de blanc, et elle avait définitivement mis une croix sur tous les hommes de plus de trente-cinq ans, âge que dépassait largement le nouveau venu. Mais elle le reconnut subitement: Patrick, journaliste à potins pour un webzine populaire. Elle accepta le verre avec un sourire forcé. Tout n'est pas perdu, se dit-elle en s'approchant de lui, sans idée très précise de ce qu'elle allait lui raconter, mais décidée à trouver un moyen de mettre son plan en place. D'abord, il fallait donner l'illusion de la réussite, quitte à mentir, quitte à raconter n'importe quoi. Qui le remarquerait, après tout? Quel journaliste serait assez zélé pour aller vérifier si ce qu'elle disait était vrai? C'est donc avec assurance qu'elle affirma, après quelques minutes de bavardage sur la vie à New York:

— J'ai eu de la chance d'obtenir ce gros contrat…

Tout de suite, le regard du journaliste s'éclaira. Il changea de posture, avança légèrement le menton et demanda, d'un ton qui se voulait nonchalant, mais qui cachait mal l'appât du scoop:

— Quel contrat?

Dans la tête de Katia, une multitude de réponses se présentèrent, dont la plupart étaient liées aux fantasmes de gloire et de succès qu'elle avait caressés pendant deux ans. Elle élimina rapidement tous les rêves où figuraient Brad Pitt, Ryan Gosling et Robert Pattinson et sélectionna quelque chose d'un peu moins fracassant, mais de plus crédible – et de plus difficilement vérifiable:

— Je vais diriger une nouvelle collection de livres.

— Ah oui?

— Oui, tu sais comment sont les Américains, hein? Ils raffolent de la *french touch*. Ce sera l'orientation de la collection: *french touch*, *french kiss*, *French cancan*, tu vois le genre.

Le journaliste fronça les sourcils.

— *French cancan*?

Elle ignora sa question.

— Ça va être énorme.

— Et… C'est qui, l'éditeur?

Katia posa un doigt sur sa bouche:

— C'est pas encore annoncé publiquement. Mon agent…

Elle hésita un moment, puis pensa à un nom qui pourrait sonner juif – n'importe quel nom ayant une sonorité juive aurait de la crédibilité :

— Mon agent, Yossi Scheinlosberg, s'occupe du dossier.

— Yossi Schein… ?

Au lieu de répéter le nom, ce qu'elle n'était pas certaine de réussir, Katia leva son verre de vin et, l'indiquant de la tête pour montrer que l'alcool l'avait déjà trop fait parler, elle lâcha :

— C'est encore sous embargo. Tu gardes ça pour toi, hein ? Promis ?

— Promis, lui garantit-il.

C'était la meilleure manière de s'assurer que l'information se retrouve bientôt dans les médias.

— Je te tiendrai au courant, ajouta-t-elle avec un clin d'œil. Ça va être énorme, je te jure. Harlequin, à côté, c'est de la petite bière !

Katia se leva et, d'un pas légèrement titubant, alla retrouver Marie-Andrée. Elle ne sentait plus l'urgence de partir si vite.

— Alors, ton *come back* ? s'informa son éditrice. Ça se passe bien ?

— Tout baigne, assura l'auteure en entamant un nouveau verre de vin.

Après le lancement, elle suivit Mylène et quelques autres dans un bar du Vieux-Montréal qu'elle ne connaissait pas, bondé de touristes, et finit la soirée en dansant avec un bel Américain dont elle oublia le nom aussitôt qu'il le lui dit, aux baisers si doux que, le temps d'une chanson, elle se sentit prête à repartir aux États-Unis avec lui. Elle ne sut jamais comment elle avait réussi à rentrer chez elle.

Le lendemain, par contre, elle avait la tête lourde et sa chambre rose lui paraissait être l'unique lieu de repos pour elle en ce monde. Elle se promit d'y rester le plus longtemps possible.

17.

Convaincre ses rivales de venir passer quelques jours avec elle dans un chalet au fond des bois se révéla beaucoup plus facile que prévu. Katia s'était attendue à des objections, des « Désolée j'ai déjà plein de projets », des « Ah non, pas possible » qui cacheraient des « Quoi, tu crois vraiment que je vais m'embarquer dans ce projet sorti de nulle part ? » Mais non, rien de tel. Au contraire, elle comprendrait par la suite qu'elle les avait sauvées, en quelque sorte, d'une période creuse et morne où elles n'auraient rien fait d'autre qu'inonder les médias sociaux de statuts laissant croire qu'elles étaient en pleine période d'effervescence créative, la quantité de photos de leurs pieds nus et vernis avec décor de piscine creusée en arrière-plan faisant pourtant la preuve du contraire. L'été est dur pour les contractuelles – particulièrement pour celles qui ont perdu l'aura de la nouveauté dont jouissait encore Laurence, invitée d'honneur à toutes les chroniques Lectures d'été.

Katia commença d'abord par inviter Mylène à boire un verre, « pour renouer », écrivit-elle. Mylène accepta presque instantanément et lui donna rendez-vous sur Saint-Laurent, dans un petit bar branché au nom anglophone et aux allures asiatiques, plein de chandelles et de miroirs.

Katia la retrouva à l'entrée et, spontanément, chercha du regard le jeune homme qui, sous différentes incarnations, l'accompagnait habituellement.

— Cherche personne. Je suis célibataire.

— Et le beau brun du lancement ?

— Yan. Il est parti.

— Ah… Désolée…

Mylène lâcha un petit rire amer.

— Parti avec une femme plus vieille, en plus. Est-ce que c'est pas ironique, ça ? Faut croire que c'est la loi de l'offre et de la demande. Tu veux un conseil de femme d'expérience, Katia ?

— *Go.*

— Garde toujours une griffe sur ta proie si tu veux pas qu'elle s'échappe.

— Bon conseil. J'aurais dû le mettre en application plus tôt.

Elles s'installèrent à une table du fond, éclairée par deux petites chandelles. Une jeune femme aux cheveux courts, vêtue d'une chemise blanche à col Mao et d'un pantalon noir, vint prendre leur commande. Katia hésita entre différents cocktails et finit par choisir le même que Mylène – un drink au saké et au gingembre, qui avait beaucoup plus de classe que toutes les boissons sucrées auxquelles on avait associé ses propres livres. Entre deux gorgées, elle lâcha :

— Moi aussi, je suis célibataire.

Elle avait envie de se confier à Mylène, elle l'avait toujours trouvée si sympathique, si compréhensive et sans jugement et, maintenant qu'elles partageaient une situation semblable, elles auraient pu en rire ensemble. Sauf que celle-ci rétorqua :

— C'est ce que j'ai entendu dire.

Aussitôt, Katia se referma comme une huître. La sensation de complicité avait passé, et la futilité de la société humaine, où l'on se gave si facilement du malheur des autres pour pimenter sa propre vie, lui revint en tête. Comment Mylène avait-elle été mise au courant de sa séparation ? Laurence n'était donc pas la seule à parler de ses malheurs ? Elle avala une gorgée et s'efforça de prendre une attitude détachée. Après tout, elle était là pour convaincre sa rivale de l'accompagner au chalet, pas pour s'en faire une confidente.

— Je l'aimais plus depuis longtemps, lâcha-t-elle. Et Montréal me manquait.

Voilà qui paraissait bien : revenir par amour pour son pays, ça faisait très noble, très au-dessus de la mêlée. Si elle transformait son expérience foireuse à New York en acte d'amour pour son coin de pays, elle s'attirerait toutes les sympathies de ceux qui n'avaient jamais eu l'occasion de partir. Mais ce n'était pas nécessairement non plus le meilleur argument – quelle personne saine d'esprit préférerait la petite gloire du Québec à celle, grandiose, de New York ? – et le « Ahan » peu convaincu de Mylène fit bien sentir à Katia qu'elle n'y croyait pas.

— Et tu as fait quoi exactement pendant tes deux années à New York ?

— Plein de choses intéressantes…

— Génial !

Mylène attendait la suite, la paume sous le menton, attentive, ses cils battant l'air. Elle aurait tellement voulu, elle aussi, partir du Québec, aller voir ailleurs si elle y était. New York lui semblait être un bassin grouillant de jeunes hommes sveltes, accessibles, qu'elle séduirait facilement, comme dans un épisode de *Sex and the City*. Mais elle était prisonnière de sa petite province, où on lui avait toujours tout donné sans qu'elle fasse le moindre effort. Ça avait eu son lot d'avantages – elle était une célébrité et n'avait qu'à lever le doigt pour trouver un éditeur, un producteur, un boulot, n'importe quoi. Cependant, depuis ses quarante ans, elle avait l'impression d'avoir fait le tour du jardin et se demandait comment se réinventer. Écrire un autre livre ? Oui, bof, pourquoi pas ? Plus rien ne l'enthousiasmait vraiment, à vrai dire, à part se retrouver au lit avec des hommes qui avaient l'âge du fils qu'elle n'avait jamais eu – mais elle ne pouvait pas en faire un métier, tout de même. Elle mordilla le bout de sa paille en pensant au corps de Yan. Elle l'aurait bien gardé auprès d'elle quelques semaines encore.

— Tu as écrit un nouveau roman ? demanda-t-elle à Katia.

Katia prit une longue inspiration. Crédible, il fallait être crédible.

— Non… J'ai décidé d'arrêter d'écrire.

— Ah oui ? Génial ! s'exclama Mylène, avant de se reprendre. Je veux dire… Tant mieux pour toi. Tu es une fille d'action, ça se voit. Le mouvement, le changement. Moi, je t'encourage à cent pour cent. La vie est trop courte pour toujours faire la même chose.

— Justement, j'ai quelque chose à te proposer.

Une étincelle de curiosité apparut dans le regard de Mylène.

— Ah oui ? Ta nouvelle collection ?

Katia écarquilla les yeux. Décidément, les rumeurs couraient vite – Patrick avait fait du bon travail.

— Tu en as entendu parler ?

— J'ai vu passer un truc sur Internet… Ç'a vraiment l'air intéressant !

— Justement, je voulais t'en glisser un mot. Tu parles anglais ?

— *Of course !*

— Bon, évidemment, c'est pas essentiel pour embarquer dans le projet, puisqu'on va travailler avec des traducteurs, mais pour les entrevues et tout le reste, ça peut aider.

— Et… Je peux savoir de quoi il s'agit, exactement ?

La jeune femme prit un air mystérieux en observant Mylène, dont les yeux pétillaient maintenant d'intérêt. Elle se frotta le menton, fit semblant d'hésiter :

— Écoute, je veux pas trop en parler pour l'instant. Tu sais comment c'est… Tant que le projet est pas officiellement annoncé…

— Je comprends.

— Mais ça va être énorme. Mon agent…

Elle fit une pause, essayant de répéter à peu près le même nom que la dernière fois :

— Yossef Steinslovsberg est un grand amoureux du Québec, et la maison d'édition à laquelle on s'est associés aussi.

— Youssef Steinslof… Ça me dit quelque chose…

— C'est sûr. Il travaille pour l'une des plus vieilles agences littéraires de New York.

— Je connais pas beaucoup ce milieu-là…

Katia se mordit aussitôt la lèvre. Impossible que Mylène croie à quelque chose d'aussi énorme. Im-pos-si-ble. Elle aurait bien pu dire qu'elle avait passé la nuit avec Barack Obama, ç'aurait été aussi peu crédible. Pourtant, Mylène hochait la tête, l'air impressionné. Katia eut envie de lui taper dans le dos et de lui avouer :

— Ben non, je raconte n'importe quoi !

Mais elle n'en fit rien. Elle attendit et quand Mylène s'exclama «J'embarque !», elle sentit tous les muscles de son corps se détendre. Revêtue de sa nouvelle dignité de star new-yorkaise, elle leva le bras vers la serveuse et lui commanda, d'un mouvement de main qui lui sembla d'une élégance extrême, une nouvelle tournée. Elle se tourna vers Mylène et lâcha, l'air de rien, et pourtant convaincue, comme la dernière fois, que c'était la meilleure manière de propager la rumeur :

— Pas un mot à personne, hein ? Ça me rend toujours un peu mal à l'aise pour ceux qui ont pas eu autant de chance que nous…

Mylène plaça l'index devant sa bouche.

— Motus et bouche cousue. Je suis la première à comprendre ça. J'en parlerai pas, promis.

Pour être certaine qu'elle n'ait aucune façon d'investiguer, Katia ajouta avec un haussement d'épaules désintéressé :

— De toute façon, dorénavant, je prends un pseudonyme. Je préfère l'anonymat.

Mylène approuva d'un hochement de tête, en se disant qu'elle n'était pas dupe : si Katia était forcée de prendre un pseudonyme, c'était certainement à cause du plagiat et de sa mauvaise réputation. N'empêche, elle était emballée par ce projet. Enfin quelque chose d'excitant ! Elle avala les dernières gorgées de son cocktail en s'imaginant défiler sur un tapis rouge au bras d'un beau New-Yorkais. Elle allait suggérer une autre tournée, mais Katia, après avoir farfouillé un moment dans son sac, s'exclama :

— Merde ! On dirait que j'ai oublié mon portefeuille à la maison…

— Ça va, pas de problème, je t'invite.

« J'espère bien », pensa Katia.

18.

Sophie Steele n'était pas un élément obligatoire, avait d'abord songé Katia quand elle avait jonglé avec la place occupée par les personnages du drame qui se tramerait au chalet. S'il était nécessaire d'avoir un témoin, qui jouerait aussi le rôle d'alibi, Mylène pouvait sans doute suffire. Mais qu'arriverait-il si, pour une raison ou pour une autre, elle n'était pas au bon endroit au bon moment ? Et si son Yan lui écrivait soudain, alors qu'elle venait d'arriver au chalet, passionné et amoureux, plein d'une ardeur impatiente à laquelle elle serait incapable de résister ? Non. Katia ne pouvait pas courir le risque de voir son seul personnage secondaire quitter les lieux du crime pour s'envoyer en l'air avec son amant. Elle avait besoin d'un *back-up*. Sophie ferait un excellent *back-up*. La convaincre de venir au chalet serait cependant un peu plus complexe que pour Mylène. Si le glamour de New York et l'idée d'un lancement dans la métropole américaine avaient convaincu la quarantenaire, Katia avait l'intuition qu'il faudrait surtout mettre de l'avant l'argument monétaire pour attirer la jeune poulette au fond des bois.

Le plus difficile, cependant, ne fut pas tant de convaincre Sophie que de trouver un prétexte pour la rencontrer. Katia la connaissait peu, et lui donner rendez-vous dans un bar aurait paru déplacé, voire suspect. Elle décida donc de provoquer le destin. Elle retrouva une copie de l'annuaire de l'Union des artistes datant de l'époque pas si lointaine où elle s'apprêtait à voir sa série transposée à l'écran. Elle découvrit ainsi que Sophie habitait tout près de chez elle, en haut de

Sherbrooke, dans un quartier moins central mais plus huppé. Si elle n'avait pas déménagé depuis trois ans, elle serait facile à trouver. L'itinéraire des promenades de Katia changea. Tous les jours, deux fois pour la marche de Roméo et une fois pour sa demi-heure de jogging, elle passait par hasard devant l'appartement de Sophie, à des heures diverses. Au bout de quatre jours, elle sut que l'appartement était habité, comme en témoignait l'éclairage nocturne, mais elle n'avait toujours aucune idée de qui l'occupait. Au matin du cinquième jour, par contre, elle vit Sophie sortir, accompagnée d'un grand gaillard qu'elle reconnut vaguement – un acteur, mais dans quelle série l'avait-elle vu jouer, déjà? Sophie l'embrassa devant l'escalier, et ils partirent chacun de son côté. Katia nota l'heure: 10 h 30.

Le lendemain, elle passa devant l'immeuble de Sophie à la même heure, en jeans et chemise, tenue passe-partout qui lui donnerait la possibilité de pouvoir prétendre être sur le point de se rendre à un rendez-vous galant ou chez le coiffeur, d'être en train de faire une marche sans but précis ou d'aller rencontrer son éditrice. Elle sentit son cœur bondir en apercevant Sophie descendre les marches, seule cette fois. Le travail commençait. Elle accéléra le pas pour se retrouver face à elle au moment où elle rejoindrait le trottoir.

— Sophie? Sophie Steele?

— Ah, Katia! Salut!

Elles se firent une bise tout à fait mondaine, leurs lèvres claquant dans le vide, leurs joues se touchant à peine.

— Qu'est-ce que tu fais dans le coin? demanda Katia, comme s'il s'agissait de quelque chose d'absolument extraordinaire.

Sophie leva le menton vers son appartement.

— J'habite ici.

— Ah oui? Wow, quelle coïncidence: je viens de déménager juste à côté!

— Cool!

— Et… tu t'en vas où ?

— En fait, j'allais me faire faire une pédicure.

Katia agrandit les yeux et, prenant l'air le plus surpris qu'elle put, s'exclama :

— Non ? Pour vrai ? Moi aussi !

— C'est vraiment un drôle de hasard ! Où tu vas ?

Katia haussa les épaules.

— Ben… À vrai dire, j'avais aucune idée de l'endroit où aller… Je connais pas beaucoup le quartier.

— Je croyais que tu habitais dans le coin avant ton départ… ?

— Pas vraiment dans le coin. Plus à l'ouest. En plus, tout a tellement changé en deux ans !

Elle claqua des doigts :

— Mais j'ai une idée ! Je pourrais aller avec toi. Comme ça, je tomberai pas sur n'importe quel endroit minable. Et on en profitera pour jaser !

Sophie, ne voyant aucune raison de ne pas faire profiter une collègue de son expertise en matière d'ongles d'orteils, acquiesça.

— OK, pourquoi pas ?

Quelques minutes plus tard, elles étaient installées côte à côte, les pieds plongés dans un bassin. La conversation s'orienta d'elle-même vers la carrière – qu'avaient-elles d'autre en commun ? Katia se montra intéressée au petit rôle que venait de décrocher Sophie dans une nouvelle série télé après des mois sans travail.

— C'est la galère, pour les comédiennes de mon âge. À partir de vingt-cinq ans, ça dégringole. À trente ans, on te propose juste des rôles de grand-mère ou de maîtresse d'école méchante, comme si ton *range* de jeu venait de rétrécir d'un coup parce que tu as pris une ride ou deux. Ah, ou la femme d'un vieux…! Tu peux jouer la femme d'un vieux… Est-ce que je peux te dire que je commence à en avoir assez de jouer la blonde d'un homme qui a l'âge de mon père? Sérieusement.

La situation était inespérée.

— Et pourquoi tu te consacrerais pas à l'écriture?

Contrairement à ce que Katia avait pensé, Sophie grimaça.

— Bof. Écrire, ça m'intéresse pas tant que ça.

— Comment ça?

— Ça paye rien.

— OK. Mais suppose que quelqu'un te propose de participer à la création d'une nouvelle collection littéraire qui te payerait bien.

— Ça m'étonnerait que ça arrive.

— Et si, moi, je te le proposais?

Sophie eut l'air surprise.

— Toi?

Consciente d'avoir paru trop incrédule, elle se reprit:

— Je veux dire… C'est juste que… Ta carrière est pas finie? Je dis ça sans vouloir t'insulter, hein!

Katia toussota. C'est le moment où elle devait être le plus crédible.

— En fait…

Elle se força à rire pour essayer d'avoir l'air le plus décontracté possible.

— Ma carrière est loin d'être finie, c'est juste qu'elle est à New York maintenant! Mon agent new-yorkais…

Elle se tut un moment, faisant comme si elle hésitait à dévoiler une information de la plus haute importance. Comme elle l'espérait, elle avait piqué la curiosité de Sophie, qui ne put s'empêcher de demander :

— Ah ? Je savais pas que tu avais un agent à New York.

— Pas le choix. Sans agent, aux États, un auteur peut rien faire. C'est un autre monde, là-bas, tu sais.

— Ouais. J'imagine. Je connais rien de tout ça.

— T'en fais pas, c'est pas très important. Ce qui est important, c'est d'avoir de bonnes idées.

— Moi, j'ai vraiment l'imagination fertile !

Le reste allait de soi. Une fois que le poisson avait mordu, il était très simple de le pêcher. Katia insista sur le fait qu'elle admirait le travail de Sophie, lui dit qu'elle comprenait qu'elle prenne le temps de réfléchir, lui donna son numéro de téléphone en lui promettant d'attendre sa réponse avant de solliciter une autre auteure. Elle n'eut pas besoin de patienter longtemps.

— Et c'est qui, l'éditeur ?

— Écoute, pour l'instant, je peux pas donner trop de détails. Mon mandat, c'est de recruter trois bonnes auteures. L'idée, c'est de me présenter vos projets pour que je les soumette à mon agent, qui va les faire approuver par la maison d'édition. Si c'est bon, on est lancées. Et pas seulement pour un livre.

— Et le sujet, c'est quoi, déjà ?

— C'est assez libre. Il faut sentir la *french touch*. Ça doit se passer au Québec.

— Est-ce qu'on a des garanties que le projet va marcher ? Il faudrait que je voie avec mon agent, parce que…

— Écoute, si ça t'intéresse pas, je comprends, c'est pas grave. J'ai une liste de candidates qui…

— Non, non! Ça m'intéresse! C'est juste que... Il me semble que j'ai souvent entendu parler de projets comme ça qui...

— OK. Je te donne un nom. Mais dis-le surtout pas! Ça reste entre toi et moi, OK?

— Promis.

Katia se pencha vers elle et lui chuchota un nom à l'oreille, comme si la salle était remplie de journalistes susceptibles de lui voler son punch.

— Yossi Steinlersberg.

— *Qui?*

— Yossi Steinlersberg.

— C'est qui ça?

— Mon agent.

— Connais pas.

— Il travaille pour l'une des plus grandes agences littéraires de New York. Ils publient jamais d'ouvrages qui se vendent à moins de 50 000 exemplaires.

— 50 000?

— Oui.

— OK.

— OK, quoi?

— *I'm in.*

La bise qu'elles se firent en se quittant était beaucoup plus chaleureuse qu'au départ, pleine de la joie d'avoir de nouveaux projets à bâtir ensemble.

— C'est quand même formidable qu'on soit tombées l'une sur l'autre par hasard tout à l'heure !

— Y'a rien qui arrive pour rien, conclut Katia, un grand sourire au visage.

« Et de deux ! » se dit-elle en rentrant chez elle où, après être passée à la pharmacie pour acheter du dissolvant à vernis, elle s'empressa d'enlever l'épaisse couche de rouge sur ses ongles d'orteils.

Maintenant, il ne restait plus qu'à s'attaquer à la dernière et principale victime.

Laurence Turcot.

19.

Katia savait où trouver Laurence : avenue du Parc, installée à ce bar à vin qu'elle fréquentait depuis l'ouverture et où les serveurs lui faisaient du charme. Katia connaissait l'endroit ; elle y avait elle-même passé des soirées entières, à l'époque où sa cour l'entourait si bien, formant un écrin doux entre le dur monde réel et son verre de vin.

Elle se présenta sur les lieux un vendredi à vingt heures, vêtue d'une robe estivale très moulante qui avantageait son corps athlétique et ses longues jambes. Elle voulait faire fureur. Elle savait, elle aussi, mettre ses atouts de l'avant. Quand elle entra dans le bar, elle savoura le moment où les yeux se tournèrent vers elle. Quelques personnes lui sourirent, et elle reconnut les visages de sa vie passée, sans pouvoir cependant se rappeler les noms. Elle balaya la salle du regard, trouva rapidement celle qu'elle cherchait, assise à une table à l'étage supérieur, avec un groupe de jeunes gens bien habillés, bien coiffés, un blondinet barbu installé à ses côtés. Elle s'arrêta pour embrasser trois ou quatre connaissances, répondit à leur question, toujours la même – « Es-tu encore à New York ? » – par un « Je suis revenue à Montréal » auquel tout le monde fit suivre quelques réflexions, c'est vrai qu'on était tellement mieux ici, et les soins de santé gratuits, et le français, et au moins personne ne se promenait dans la rue avec un semi-automatique. Katia se dirigea ensuite vers le bar, où le patron, en la reconnaissant, s'avança vers elle.

— Katia de Luca ! *Long time no see !*

Elle lui fit la bise. Elle avait toujours aimé le milieu de la restauration où, tant qu'on avait de l'argent pour payer, on se faisait bien traiter – règle simple.

— Tu bois toujours du prosecco ?

Il lui servit un verre de vin et Katia fut soudain très émue. Elle aimait qu'on lui serve un verre dans un resto où on la connaissait. Elle aimait être au centre de l'attention. Elle voulait retrouver ces privilèges. Partout. Elle paya son verre et, d'un pas décidé, se dirigea vers celle qui avait pris sa place.

— Hé, Laurence !

— Katia ! Wow, on est dues pour se voir, ces temps-ci.

Cette fois, Katia ne se lança pas dans différentes considérations sur le hasard et le « rien n'arrive pour rien ». Inutile.

— Ouais. Ç'a toujours été ma place préférée, ici.

Sans attendre qu'on l'invite, elle prit une chaise à la table d'à côté et la plaça face à Laurence. Elle avait l'intention de regarder son ennemie en face. Laurence jouait bien son jeu. Pas du tout incommodée par la nouvelle venue, elle réussit même à faire complètement abstraction de sa présence et, bientôt, Katia se trouva prisonnière d'une conversation avec son voisin de gauche, qui voulait tout savoir sur les boîtes de nuit new-yorkaises. Malgré les réponses minimalistes que son interlocutrice donnait à ses questions, il ne semblait pas réaliser que tout ce qui l'intéressait se passait devant eux, de l'autre côté de la table. Katia avait cru entendre le mot honni, *plagiat*, et, après avoir espéré, dans un moment de grand optimisme, que sa rivale était en train d'avouer ce qu'elle avait fait, elle se rendit compte qu'au contraire, Laurence et son ami parlaient d'*elle*. Elle finit par interrompre son voisin et demanda à Laurence :

— Tu viens fumer dehors ?

Katia lui plaqua une cigarette sous le nez, qu'elle accepta en jetant un coup d'œil à son ami, espérant sans doute qu'il suggère de les accompagner. Mais le jeune homme haussa les épaules et dit, avec un petit sourire narquois :

— Je fume pas.

Elles sortirent toutes les deux sur la terrasse. «Small talk», pensa Katia, alors qu'elles parlaient de l'été à Montréal, des changements survenus dans le quartier, de la fermeture d'une boutique de vêtements. Il était temps d'en venir au vif du sujet.

— J'ai une proposition à te faire, dit-elle en écrasant son mégot. Je crois que tu pourras pas la refuser.

○

Le lendemain, Katia téléphonait à Roxanne.

— Ton chalet est toujours disponible ?

— Bien sûr !

— Je pense que je vais y aller quelques jours.

— Tu peux rester tout le temps que tu veux.

— Génial !

— Oh... Katia ?

Au bout de la ligne, Roxanne hésitait. Katia croisa les doigts – si son amie suggérait de venir la rejoindre au chalet, tout son plan tombait à l'eau.

— Quoi ?

— Ben... Tu sais, dans ton prochain livre... Est-ce que... Est-ce que tu pourrais ajouter mon nom dans les remerciements ?

— Dans les… ?

Elle faillit éclater de rire.

— Évidemment que je vais te mettre dans les remerciements !
J'allais te le proposer !

— Oh, merci ! Mon nom dans un livre ! C'est cool !

Katia raccrocha et composa le numéro de sa mère, qui accepta de
lui prêter sa voiture, une vieille Toyota qu'elle n'utilisait à peu près
plus depuis plusieurs années, mais qu'elle gardait dans l'entrée en disant que « ça pourrait toujours servir ».

— Tu viens, Roméo ? On va se promener dans le bois ! Pendant
que le loup n'y est pas.

Elle se pencha pour ramasser la laisse du chien qui traînait par
terre, et c'est seulement à ce moment que ses yeux se posèrent sur un
petit dessin gravé sur le bas de la porte d'entrée, qu'elle n'avait étrangement pas remarqué avant. Un minuscule cœur transpercé d'une
flèche. Comment ce détail avait-il pu lui échapper ?

Cette chambre où elle logeait depuis des semaines, elle la connaissait très bien.

20.

Le père de Katia aimait dire à qui voulait l'entendre qu'il avait fait fortune durant ses dix années d'absence, et il passait son temps à parler de la valeur immobilière du bloc acquis pendant cette période, sans jamais préciser de quelle façon mystérieuse il en était devenu propriétaire – il n'avait, de mémoire d'homme, jamais travaillé, à part pour faire des jobines par-ci par-là, tirer des joints, calfeutrer des fuites, réparer des trous. Cependant, pour Katia, le principal mystère à propos de son père résidait dans sa capacité à faire une association directe entre la *richesse* et son *immeuble à logements*. Dans l'imagination de la jeune fille, la fortune n'avait rien à voir avec le bâtiment miteux dont son père s'occupait, rempli de chambreurs à qui il fallait chaque mois extorquer le loyer. Mais elle le laissait parler – comment faire autrement ? Secrètement, elle rêvait que Tonio lui cache une partie de son existence, celle où il vivait dans la véritable opulence. Elle s'était même mise à imaginer que, pendant son absence, il avait rencontré une autre femme, lui avait fait des enfants et que, depuis, il menait une double vie. Dans la vie parallèle qu'aurait son père, sans doute à Laval – parce que quoi de plus éloigné de la Rive-Sud que la Rive-Nord ? –, il y aurait un garage double où attendraient deux Ferrari étincelantes. Le terrain serait grand et, en plus du BBQ gigantesque, il y aurait une immense piscine creusée dont tous les voisins seraient jaloux. La maison elle-même ferait trois étages et aurait été aménagée avec goût par un décorateur venu de Las Vegas – pour Katia, Laval était un genre de prolongement nordique de Las Vegas, un endroit où tous les excès du clinquant étaient possibles. Elle aimait croire que dans ce somptueux palais de la Rive-Nord, son père lui aurait réservé une chambre et qu'il la lui montrerait un jour, lorsqu'elle serait assez mature pour comprendre sa vie, et ne pas le juger quand il lui avouerait:

— Tu sais, mon enfant, j'aime ta mère, mais il y a trop d'amour dans mon cœur pour une seule femme. *Capisce?*

Elle comprendrait, surtout lorsqu'elle verrait la photo de Monica – l'autre femme de son père s'appellerait nécessairement Monica, comme la splendide Bellucci, à qui elle ressemblerait autant qu'une perle ressemble à une perle. Son père lui remettrait alors les clés de la maison et lui chuchoterait le code du système d'alarme à l'oreille.

Mais le rêve ne durait pas longtemps. Il suffisait que Katia regarde la vieille camisole tachée d'huile et de peinture de son père pour comprendre que jamais il ne pourrait posséder un château à Laval.

Non.

Tonio conduisait une Chrysler et aimait les vieilles bâtisses déglinguées de Montréal qu'il pouvait louer à des gens peu fréquentables. Il était un propriétaire véreux, pas un millionnaire gracieux. Monica Bellucci ne tomberait jamais amoureuse d'un homme comme lui.

Et si Katia haïssait l'immeuble de son père, elle détestait plus encore qu'il se soit mis en tête de faire d'elle, son aînée, l'héritière de ce royaume délabré qui sentait les Export A rouges noyées dans le fond d'une cannette de Budweiser. C'était un business lucratif, lui assurait-il sans cesse, en lui enseignant les rudiments du métier: comment frapper aux portes, exiger le loyer, menacer sans monter le ton, maîtriser l'art du sous-entendu qui fait peur. Et surtout, ne pas se laisser attendrir par les arguments des locataires, capables de faire preuve d'une imagination débordante, particulièrement en début de mois. Elle avait seulement quatorze ans, mais il lui avait déjà appris comment resserrer des tuyaux d'évier qui coulent, comment dissimuler des traces de pourriture avant la visite d'un nouveau locataire et comment réussir à se faire payer le loyer *cash* pour éviter de voir la moitié des profits disparaître en impôts. Les connaissances élémentaires nécessaires à tout propriétaire désireux de ne pas se soumettre aux caprices de ses locataires et de la Régie du logement.

Les fins de semaine, ils faisaient ensemble la tournée des chambres. Il y avait toujours un robinet à réparer, une prise électrique à rafistoler. Son père s'impatientait parce qu'il n'arrivait pas à comprendre les devoirs de ses filles, il trouvait que la lecture était une perte de temps, mais une perceuse en main, il devenait éternel, le maître du monde, et plus rien ne comptait. Surtout pas sa fille, qui faisait le pied de grue à ses côtés.

— J'ai juste hâte que mon père soit plus capable de s'occuper de son immeuble pour qu'on vende, répétait régulièrement Katia à Roxanne et Stéphanie.

Chaque fois qu'elle abordait le sujet, elles l'écoutaient attentivement, fascinées. Avoir un père italien propriétaire d'un immeuble à logements sur Saint-Hubert, c'était tellement plus exotique qu'avoir un père comptable ou ingénieur, comme le leur, né à Saint-Hyacinthe ou à Greenfield Park.

— Tu dois voir du monde tellement bizarre !

— Raconte-nous encore l'histoire du gars qui est pas sorti de sa chambre pendant deux ans !

Katia ne voyait pas trop l'intérêt de ces histoires, mais elle les racontait tout de même et c'est probablement à cette époque qu'elle envisagea de devenir écrivaine. Ce qu'elle ne disait pas à ses copines, par contre, c'est que la réalité était parfois bien plus glauque que ce qu'elle osait leur raconter. Ainsi, à aucun moment elle ne révéla qu'un soir d'hiver, son père reçut un appel, cria deux ou trois injures dans une langue qui n'était ni de l'italien ni du français avant d'accepter de se déplacer dans la tempête pour aller ouvrir l'une des chambres parce que les voisins se plaignaient de la mauvaise odeur qui s'en dégageait.

— Viens, Katia. Si je suis fatigué en revenant, tu me parleras pour me garder réveillé.

Son père trouvait toujours ce genre de prétexte bidon pour l'amener avec lui.

C'est ce soir-là que Katia découvrit vraiment à quoi ressemblait la mort. Ou, plus précisément, c'est ce soir-là que Katia découvrit à quoi ressemblait le corps d'un homme une semaine après sa mort. Elle le découvrit de très près, d'ailleurs, puisqu'elle était avec son père lorsqu'il ouvrit la porte de l'appartement où se trouvait un locataire qui n'avait pas payé son loyer depuis des mois et sentait fort depuis deux jours. L'odorat est un sens qui ne trompe pas et Katia apprit alors que la mort puait, ce qu'elle ne savait pas avant, n'ayant jamais été en présence que de la viande morte apprêtée par sa mère, assaisonnée et cuite longtemps à feu doux.

— Il faut vérifier s'il respire encore, avait exigé son père.

Katia avait beau n'avoir que quatorze ans, elle ne voyait vraiment pas comment un corps qui sentait autant aurait pu contenir la moindre trace de vie, mais elle était trop troublée par la vue du cadavre pour protester. Elle avait obéi à son père. Elle avait retenu son souffle, fixé son regard sur le comptoir à côté du frigo, où s'accumulait de la vaisselle sale, deux paquets de tabac et une machine à rouler. Puis, à trois, elle avait aidé son père à faire rouler le corps. Ça avait fait un drôle de bruit, comme un Velcro qu'on détache ou un pansement qu'on arrache sans crier. Katia s'était sentie mal, comme si elle venait d'apercevoir les parties intimes d'un inconnu. Mais elle n'avait pas vomi, même quand son père s'était allumé une cigarette et que l'odeur du tabac s'était mêlée à celle du corps. Elle était allée ouvrir la fenêtre, avait respiré un bon coup en regardant les flocons tomber. Elle avait essayé de les compter, mais n'y était pas arrivée. Et de toute façon, c'était un jeu de bébé.

— Il faudra refaire les joints de la fenêtre, avait noté son père.

Ils restèrent un long moment dans le couloir à attendre les ambulanciers et le coroner. La tempête avait généré son lot de problèmes et, comme l'avait bien résumé Tonio, s'occuper du cadavre n'était pas une urgence :

— Il est mort, il peut pas lui arriver grand-chose de pire.

Il avait trouvé sa remarque très drôle et avait rigolé un bon coup. Katia ne comprenait pas ce que la situation avait de drôle. S'il lui restait encore une petite trace d'Œdipe à cette époque, elle était morte ce soir-là, pas trop longtemps après le locataire.

Les ambulanciers étaient finalement arrivés vers minuit, avaient déposé le cadavre dans une grande poche avec une fermeture éclair. Katia pensait qu'elle venait de passer les pires moments de sa vie, jusqu'à ce qu'elle entende un drôle de bruit mou au moment où l'un des ambulanciers échappa sa prise. C'était comme si le corps, en heurtant les marches de l'escalier, s'était écrasé sur lui-même.

— Ça devait faire un bout qu'il était là.

Les ambulanciers étaient d'un pragmatisme impressionnant.

— Je dirais un bon dix jours.

Au retour, dans l'auto, Katia remarqua que son père fumait les rouleuses du locataire. Elle se demanda si elles goûtaient la charogne, mais ne posa pas la question. C'était le genre de questions pour lesquelles elle préférait ne pas avoir de réponse.

Le lendemain, Katia constata que des fragments de peau étaient restés accrochés à la moquette. Elle ne frémit pas ; elle enregistra plutôt cette nouvelle information et, lorsque son père lui demanda de nettoyer l'appartement, elle prit un soin particulier à décoller les petits morceaux de chair. Sûr que le prochain locataire n'aurait pas envie de savoir qu'il marchait sur les restes de son prédécesseur. Chaque fois qu'elle sentait sa tête tourner, elle levait les yeux et fixait le petit cœur que quelqu'un avait fait au bas de la grosse porte d'entrée en métal. Qui avait gravé ce cœur ? Elle se remettait à l'ouvrage en imaginant des réponses, une folle histoire d'amour entre le locataire et une inconnue qu'elle retrouverait un jour pour lui annoncer le décès. Quand elle eut presque terminé le nettoyage, son père lui demanda :

— Ça te dérange pas trop de faire ça ?

— Non, mais j'aimerais mieux être payée, répondit Katia en pensant à Roxanne, qui recevait dix dollars chaque semaine juste en faisant son lit.

— OK.

À partir de ce moment, son père lui accorda l'argent de poche hebdomadaire qu'elle réclamait depuis longtemps et Katia finit donc involontairement par associer « mort » et « argent », ce qui n'était sans doute pas une bonne idée.

Par ailleurs, cet épisode fut suivi d'une longue période de végétarisme, dont elle ne sortit que lorsque des prises de sang confirmèrent ce que sa mère craignait : elle souffrait d'anémie. Il lui fallut quelques semaines avant de réussir à mastiquer le foie aux oignons cuisiné par sa mère sans penser au visage décomposé du locataire. Mais une fois passée cette période, elle sut que, désormais, elle n'aurait plus jamais peur des cadavres, qu'ils soient d'origine animale ou humaine. Elle envisagea même, comme sa sœur, de devenir vétérinaire.

Et à dix-neuf ans, penchée sur le cercueil de son père, elle comprit qu'une personne n'est jamais aussi inoffensive que lorsqu'elle arrête de respirer.

QUATRIÈME PARTIE
Tuer la poule

21.

Le chalet, situé au sommet d'une petite butte et entouré d'immenses arbres dont Katia ne connaissait pas le nom, était vaste et éclairé, mais si humide qu'elle se prit à frissonner. Une grande porte patio ouvrait sur une terrasse surélevée, face au lac, et donnait envie d'apéros s'étirant jusqu'au coucher du soleil. Un enfant, sans doute le fils de Roxanne, avait oublié une flèche à ventouse, collée sur la vitre extérieure. Katia s'écrasa le visage contre le verre froid, comme si elle venait de se faire attaquer, et gémit :

— Oh, mon chéri, pourquoi m'as-tu fait ça ?

L'un des avantages de vivre seule au chalet pendant quelques jours, s'était-elle dit, c'est qu'elle n'aurait plus ensuite à se préoccuper des empreintes digitales, des cheveux, des bouts de peau et de toutes les traces d'ADN que son corps risquait de laisser traîner à son insu sur les lieux du crime et qui, dans un autre contexte, l'auraient inculpée en moins de deux. Elle en profiterait aussi pour faire du repérage et écrire la suite de son livre – elle espérait avoir fini les premiers chapitres avant la venue de Mylène, Sophie et Laurence. Elle avait l'intention d'y raconter comment, après des expériences blessantes causées par deux ou trois individus toxiques qu'elle aurait la gentillesse de ne pas nommer – mais que tout le monde reconnaîtrait – elle avait décidé de couper tout lien avec la société pour aller se ressourcer dans le bois. Elle parlerait de la façon généreuse dont elle avait voulu inclure ses collègues à un projet grandiose. Elle décrirait leur arrivée au chalet et...

Et le reste.

D'ici là, elle pouvait s'installer à son aise, et c'est ce qu'elle fit. Elle s'ouvrit une bouteille de blanc et, une coupe bien remplie en main, visita la maison. Elle chercha sans succès le chauffage ; par contre, elle remarqua rapidement la dizaine de couteaux, bien alignés sur un aimant accroché au mur de la cuisine, et testa leur affûtage.

— Aïe !

Très aiguisés.

Elle les remit en place. Elle espérait ne pas avoir à s'en servir autrement que pour couper du pain ou des steaks. Elle posa sa valise dans la chambre du rez-de-chaussée, dont l'entrée donnait sur le salon et la salle à manger, gardant pour ses invitées les trois chambres du bas, au niveau du lac.

Comme elle n'arrivait pas à démarrer le chauffage, elle se mit en tête d'allumer un feu. Après tout, la nature, le lac, le verre de vin au bord du feu, tout cela allait parfaitement ensemble, comme un kit vendu en modules chez IKEA. Évidemment, pour que le décor soit parfait, il aurait fallu une peau d'ours et un homme nu couché dessus, mais ça aurait pu la distraire. Elle devait se concentrer sur son objectif final. Elle attrapa un vieux journal placé à côté du foyer et tomba par hasard sur la section « Nécrologie ». Elle observa attentivement toutes les photos, à la recherche d'un signe distinctif, d'une espèce d'empreinte commune qui dirait : « Nous sommes condamnés à mourir la même semaine », mais elle ne découvrit rien de tel. Que des visages, souriants la plupart du temps, bien vivants. Elle regarda les années de naissance et constater leur écart avec la sienne la réconforta. Puis, elle fit une boulette avec le papier et la déposa dans le foyer. Elle flamba en quelques secondes, mais Katia eut beau s'acharner, jeter d'autres pages – toutes les sections culturelle et sportive y passèrent –, souffler à s'approcher dangereusement de la crise d'hyperventilation, maudire ses parents de ne l'avoir jamais inscrite chez les scouts, rien n'y fit. Le feu ne prenait pas. Elle descendit chercher du petit bois dehors, et remarqua qu'une fine couche d'humidité recouvrait le sol à cause de la pluie des derniers jours. Nul besoin d'avoir fait les scouts pour comprendre que les branches mouillées ne brûleraient pas, à moins de les asperger d'essence. Elle trouva finalement le bois de chauffage contre un mur du chalet, protégé des intempéries, près d'une barque renversée. Elle s'empara de la hache pour réduire les bûches en petits morceaux, performance qui n'eut rien de remarquable : elle passa à deux doigts de se couper la main, puis le pied, et remonta au chalet avec quelques morceaux de bois tout croches.

Quand les flammes furent assez hautes, Katia attrapa le livre de Laurence, qu'elle avait pris soin d'apporter avec elle, le plaça au milieu de son bûcher miniature et le regarda flamber avec une joie malicieuse, comme s'il s'agissait d'une poupée vaudoue. Le roman de Laurence Turcot qui brûlait, ça valait bien toutes les guimauves grillées de son enfance.

$$O$$

La première soirée fut cependant éprouvante. Katia aurait supporté le silence, bien que cela la changeât de l'apaisant murmure urbain, mais une quantité de bruits d'origine inconnue emplissaient la forêt. Le vent soufflait et provoquait un grincement qui rappelait les films d'horreur, quand la tension monte, quelques secondes avant l'apparition du meurtrier. Katia scruta longtemps l'obscurité, convaincue qu'elle allait voir surgir un visage de l'ombre, vieille poupée borgne ou zombie à la pupille dilatée, avant de se rendre compte que c'était la mangeoire à oiseaux accrochée à un poteau de métal sur la terrasse qui se balançait et provoquait le grincement lugubre. Elle voulut sortir pour immobiliser l'objet, ou l'arracher, le réduire en miettes en même temps que toutes ses peurs absurdes, mais un nouveau bruit non identifié la fit sursauter alors qu'elle mettait les pieds dehors, et elle décida qu'il serait plus sage de demeurer tranquillement à l'intérieur, de verrouiller les portes et de mettre un peu de musique pour ne plus entendre les sons provenant de l'extérieur. La musique adoucit les mœurs : à défaut de transformer en apôtre de la paix le tueur en série qui s'apprêtait à la découper en morceaux, elle lui calmerait les nerfs. Elle essaya en vain de se connecter à un réseau Wi-Fi avant de se rappeler que Roxanne l'avait avertie que la seule façon d'obtenir une connexion à peu près valable était d'aller en canot au milieu du lac. Avec un soupir, elle posa son ordinateur sur la table du salon. Elle n'avait jamais vécu un moment de sa vie adulte sans réseau Internet à disponibilité et ça avait quelque chose de très déstabilisant, un peu comme de réaliser qu'elle était la seule survivante d'une guerre nucléaire. Elle termina sa bouteille de vin en se versant un grand verre qu'elle avala cul sec et laissa jouer la musique sur son téléphone toute la nuit, ne fermant pas les lumières, s'endormant aux aguets, se réveillant à quelques reprises en sursautant, avant de finalement sombrer dans un sommeil peuplé de créatures diaboliques à talons hauts qui s'amusaient à déchirer ses livres.

Quand elle se réveilla, la musique s'était tue, les batteries de son téléphone étaient mortes et le soleil brillait.

— Ce sera une excellente journée! annonça-t-elle à voix haute.

Puis, elle lança aux sapins qui se trouvaient devant elle, comme si elle s'apprêtait à les défier en combat singulier:

— Il faut toujours se méfier des femmes qui n'ont plus rien à perdre!

Les arbres ne lui répondirent pas, heureusement, et aucune créature magique à l'apparence d'écureuil géant ne sortit de la forêt pour piquer un brin de jasette avec elle. Par contre, elle crut entendre un écho sceptique lui répondre, avec la voix de son père: «Vraiment?» Elle secoua la tête. Il lui fallait un café.

O

La première mission de Katia consista en l'achat de divers matériaux. Elle revêtit une vieille paire de jeans, un t-shirt et enfonça ses lunettes de soleil sur son nez pour protéger son anonymat. C'était, bien sûr, inutile : elle n'était pas une actrice ni une rock star, après tout, mais une romancière et, malgré sa notoriété, il y avait peu de chance qu'on la reconnaisse dans ce coin perdu. Toutefois, une femme avertie en vaut deux : elle posa aussi une casquette sur sa tête. Elle démarra la vieille Tercel de sa mère. Le moteur, après s'être étouffé à deux reprises parce qu'elle n'arrivait pas à embrayer à cause du pommeau de vitesse trop raide, vrombit finalement, et elle se dirigea vers la quincaillerie la plus proche, prenant soin de rouler lentement. Elle n'avait pas l'intention de laisser de trace dans le registre de la police locale pour un bête excès de vitesse.

Pour commettre un meurtre efficacement, rien ne vaut la quincaillerie locale, s'était dit Katia, qui avait de la difficulté à se figurer les détails concrets de la fin de Laurence et espérait que l'inspiration lui viendrait plus spontanément entourée de pioches et de pelles en métal. Coup de bol, le chalet se trouvait à proximité d'une gigantesque quincaillerie-pépinière, où un employé se précipita pour l'assister dès qu'elle entra. Elle essaya de s'en débarrasser en disant qu'elle voulait tout simplement regarder, mais cela eut l'effet inverse. Le commis redoubla d'ardeur et la bombarda de questions. Elle aurait dû y penser : quelle femme se rend dans une quincaillerie *juste pour regarder* ? Une trentenaire faisant du lèche-vitrine au Centre de la Rénovation ? Regarde-moi ce beau tournevis à embouts multiples ? Et cette splendide perceuse à percussion ? J'en veux trois ?

Non.

Selon certains, le magasinage à la quincaillerie se butait même à une barrière chromosomique, comme en témoignaient les nombreuses recommandations de l'employé qui la talonnait.

— Si vous faites des travaux, je vous suggère quand même de faire appel à un professionnel, madame. Des fois, on peut se blesser en voulant faire les choses soi-même.

Exaspérée, Katia s'arrêta au milieu de l'allée. Elle dévisagea le commis un moment – un garçon imberbe, grand et maigre, à peine sorti de l'adolescence.

— Puisque vous insistez, peut-être que vous pourriez m'aider.

— Je suis là pour ça.

— J'aurais besoin d'un robinet de vidange en laiton trois quarts de pouce et d'un clapet de non-retour un demi-pouce.

Il la fixa sans un mot, la bouche ouverte. Puis, il finit par articuler avec déférence, presque au garde-à-vous, comme s'il venait de découvrir qu'elle était l'inventrice de la vis ou du Velcro :

— Je vais voir si on a ça en stock.

— N'oubliez pas : un demi-pouce, le clapet de non-retour.

— Je reviens tout de suite.

— Prends ton temps, Johnny, lâcha-t-elle une fois qu'il se fut éloigné.

Elle le regarda disparaître au bout de la longue allée des lampes et des ampoules et remercia mentalement son père : côté amour et sentiments, il ne lui avait pas légué grand-chose, mais au moins il lui avait appris à se défendre dans une quincaillerie. D'un pas décidé, elle s'aventura dans l'allée des adhésifs. Elle prit trois rouleaux de *duct tape*, approuvant d'un hochement de tête la description des caractéristiques du ruban adhésif, qu'on disait « idéal pour tous types de travaux », « malléable », « facile à adapter à toutes les formes » et capable « d'épouser les surfaces inégales ». Elle songea qu'elle aurait bien voulu rencontrer un homme possédant ne serait-ce que la moitié de ces qualités. Elle continua ses emplettes, ajouta de la corde, une paire de pinces, une scie, une pelle en métal. Elle acheta plusieurs paires de gants : en caoutchouc, en tissu, doublés – petit format. Elle tomba sur des filets à cheveux en papier, vendus à la douzaine, et en prit un paquet. Devant les marteaux, elle hésita longtemps et opta finalement pour le rose : elle n'allait pas renier ses goûts malgré la gravité du moment. Elle tâta l'objet. Ce n'était certainement pas de la plus grande qualité, mais ça devrait convenir à toutes les éventualités. Elle ajouta un paquet de réglisse aux cerises et paya comptant.

O

Au retour, Katia s'arrêta dans un Tim Hortons où elle commanda un café au service à l'auto avant d'aller étrenner son nouveau téléphone, un appareil sans contrat acheté au centre-ville et enregistré sous un faux nom. Elle avait quelques recherches à faire, mais hésitait sur les termes adéquats à utiliser : elle ne savait pas si, malgré ses précautions, elle risquait d'être retracée. Elle finit par écrire ce qui lui venait spontanément en tête en se disant qu'elle pourrait toujours prétendre que ses recherches étaient nécessaires à la rédaction de son nouveau roman. Elle tapa :

Comment tuer quelqu...

Elle avait à peine eu le temps de terminer sa requête que le moteur de recherche prolongeait sa pensée et lui proposait une merveilleuse variété de choix, selon leur popularité :

Comment tuer quelqu'un dans un rêve

Comment tuer quelqu'un sans laisser de traces

Comment tuer quelqu'un rapidement

Comment tuer quelqu'un avec la magie noire

Comment tuer quelqu'un dans Les Sims 3

L'idée qu'elle n'était pas la seule à vouloir se débarrasser aussi drastiquement de certains irritants du quotidien l'inquiéta et la réconforta à la fois. Réconfort : elle ne risquait pas de voir un hélicoptère de la GRC apparaître au-dessus de sa tête dans les prochaines minutes puisque, dans ce monde rempli de malades et de connexions Wi-Fi, il n'était apparemment pas plus étrange de se renseigner sur les meilleures méthodes pour assassiner son prochain que sur la météo des prochains jours. Inquiétude : il y avait par ailleurs quelque chose de profondément troublant à penser qu'elle était entourée d'internautes partageant ses ambitions secrètes. Un meurtre ou deux ? En cinq étapes faciles ? Et si quelqu'un se mettait en tête de se débarrasser d'*elle* ? Elle chassa cette pensée de son esprit. Inutile de sombrer dans la paranoïa.

Alors.

Comment tuer quelqu'un, donc.

La première suggestion de site n'ayant pas plus d'intérêt que la dernière – quelle satisfaction pouvait-on éprouver à tuer quelqu'un dans un rêve ou dans un jeu vidéo ? – Katia cliqua sur la deuxième et choisit le premier lien proposé, divisé en deux parties : 1. le meurtre. 2. la destruction des preuves. Le site était bourré de fautes d'orthographe, mais comme elle n'exigeait pas d'un assassin qu'il se préoccupe de la qualité de son français, elle continua sa lecture. Elle parcourut le texte avec intérêt, sans toutefois apprendre grand-chose de nouveau. Elle avait assez de jugeote et avait vu assez de films pour savoir qu'il était a) préférable d'agir de sang-froid, b) nécessaire de penser à un alibi avant de passer à l'acte et c) plus facile de commettre un homicide dans certains pays du monde. L'auteur du site recommandait, idéale-ment, de ne pas exécuter sa victime soi-même : l'envoyer en Asie et s'en débarrasser subrepticement dans un hôtel en faisant affaire avec la petite mafia locale donnait de très bons résultats. Katia, évidem-ment, n'avait pas les moyens de se payer ce genre de luxe et trouvait cette technique à la fois trop élaborée et trop décalée. Comment convaincre Laurence d'aller faire un petit tour à Bangkok à ses frais ? Cuba, à la limite, mais même là… Elle se voyait mal trafiquer un cli-matiseur en plein milieu de la nuit et laisser sa victime s'empoisonner au monoxyde de carbone pendant qu'elle dansait la salsa avec un beau Cubain. Après, il y aurait des questions, des doutes. Elle nota tout de même une information intéressante : l'auteur du site affirmait qu'il était plus facile de dissoudre des médicaments dangereux dans une boisson gazeuse que dans l'eau. Elle retint ce détail, ça pourrait tou-jours servir, et passa au site suivant après s'être de nouveau assurée que personne dans le stationnement du fast-food ne s'intéressait à elle.

Cette fois, elle se retrouva sur un site pratique où l'on enseignait, dessins à l'appui, comment frapper quelqu'un aux endroits les plus vulnérables. Des flèches et des cibles aidaient à situer les points né-vralgiques du corps humain – tempe, mâchoire, gorge – et la façon de les attaquer efficacement. Sauf que Katia n'avait pas l'âme d'un Bruce Lee. Elle ne se sentait absolument pas prête à pratiquer l'uppercut et autres coups demandant une efficacité technique que son adolescence calme de banlieusarde ne l'avait pas amenée à développer. Elle ferma le site après avoir lu la recommandation, toute pacifique, qu'y faisait le webmestre : « Finalement, essayez de ne pas tuer quelqu'un. Vous pourriez vous faire mal. »

Elle passa ensuite à un site de discussion où les interventions oscil-laient entre le drôle et le franchement inquiétant. Elle se demanda quel zigoto était assez fou pour écrire ou consulter ce genre d'information, puis soupira : c'était exactement ce qu'elle était en train de faire. Mais là non plus, elle n'apprit rien de nouveau. Les façons d'éliminer son pro-chain avaient relativement peu changé au cours des siècles : empoison-nement, étranglement, un poignard dans le dos, un coup de fusil dans la tête, que je te pousse en bas de cette cathédrale, que je te fasse tomber de ce gratte-ciel. Elle nota que certains commentateurs plus métho-diques que d'autres précisaient qu'il valait mieux limiter le déplacement des corps, chaque action entraînant un lot de conséquences parfois dif-ficiles à évaluer. Non seulement l'assassin pouvait se faire voir mais, en plus, le corps risquait de laisser des traces, sang, cheveux ou autre marque d'ADN aisément détectée grâce à la technologie moderne. Commettre un meurtre parfait aurait été plus facile trente ans plus tôt. Katia devrait tenir compte des avancées de la science au moment d'éla-borer son plan. Elle but une gorgée de café, grimaça et ouvrit un autre site de discussion. Elle constata qu'il s'agissait des témoignages de meurtriers repentants, qui avouaient leur crime et déversaient des flots de remords. C'était larmoyant et… bien trop réel. Katia ne voulait pas penser à l'*après*. Elle éteignit son téléphone.

Toutes ces émotions lui avaient donné faim. Elle quitta sa voiture et, abandonnant ses lunettes et sa casquette, dont l'inutilité était deve-nue évidente, elle se dirigea vers le restaurant. Elle venait de faire deux pas dans le stationnement quand une jeune femme s'avança vers elle et lança, à moitié hystérique :

— *Oh my God! OH MY GOD!* Êtes-vous…? Êtes-vous…?

Katia retint un grognement. Elle aurait dû s'en douter: suffisait de baisser sa garde pour attirer l'attention. Elle jeta un coup d'œil à sa voiture, un peu plus loin, regretta ses lunettes et sa casquette. Elle se demanda si elle avait un crayon pour dédicacer un livre ou un signet – une fois repérée, valait aussi bien jouer le jeu, quitte à inventer une histoire, à raconter qu'elle s'était perdue. Mais l'inconnue ne lui laissa pas l'occasion d'expliquer quoi que ce soit. Elle continua, la voix haut perchée:

— Êtes-vous… *Are you JENNIFER ANISTON?*

Katia recula.

— Quoi?

— *Are you JENNIFER ANISTON?*

— Euh… Non.

Sans réfléchir à ce qu'elle disait, mue par un irrépressible désir d'être aussi admirée que la star américaine pour qui on venait de la prendre, elle ajouta:

— Je suis Katia de Luca.

Elle s'en voulut aussitôt. Elle qui voulait garder l'anonymat, voilà qu'elle venait d'agir de la façon la plus stupide qui soit. La jeune femme la dévisagea un moment, mais elle eut beau se creuser les méninges, elle ne trouva pas de Katia de Luca à la lettre D, entre Matt Damon et Cameron Diaz, dans son annuaire interne des stars internationales. Elle haussa les épaules, déçue.

— Désolée… Je pensais que vous étiez une vedette.

Puis, sans plus faire grand cas de cette inconnue, elle entra dans le restaurant. D'un coup de pouce sur la clé, Katia déverrouilla les portières de sa voiture et disparut dans le véhicule. Elle n'avait plus faim, mais sa soif de vengeance venait d'augmenter terriblement. Elle termina son café et jeta la tasse en carton dans le stationnement.

Bientôt, se promit-elle, on la reconnaîtrait partout, même dans les petits bleds pourris comme celui-ci.

22.

Les nouvelles recherches de Katia l'avaient laissée perplexe, particulièrement en ce qui avait trait aux statistiques. Divers organismes très sérieux et bien documentés estimaient qu'environ 1 000 meurtres étaient commis quotidiennement à travers le monde, ce qui donnait une moyenne de près de 400 000 par année. Dans une population de mammifères se targuant d'avoir mis au point des règles de savoir-vivre, des lois, des antidépresseurs ainsi que des milliers d'applications pour se défouler, s'amuser ou oublier, ça semblait plutôt élevé. Mais ces mammifères avaient aussi inventé l'arme à feu, outil de prédilection du meurtrier, responsable de 40 % des homicides. Venait ensuite l'arme blanche, plus prosaïque, dans 24 % des cas, et une dernière tranche de 26 % était réservée à certains tueurs originaux qui utilisaient des instruments variés pour parvenir à leurs fins : le marteau et la batte de baseball étaient reconnus pour leur efficacité, de même que le chandelier ou la clé anglaise, particulièrement dans la salle de bal avec le colonel Moutarde. Par ailleurs, chaque pays possédait ses spécialités locales, et si la machette était très populaire en Colombie, elle l'était un peu moins au Canada, où l'on préférait le bon vieux coup de poing ou, le cas échéant, le bâton de hockey pour finir le travail.

Bien sûr, les motifs qui poussaient un individu à en assassiner un autre étaient aussi peu variés que les armes utilisées pour y parvenir. On tuait d'abord et avant tout 1) pour la vengeance et 2) pour l'argent. Souvent pour les deux. Les crimes passionnels, bien que jouissant d'une aura romantique propice à inspirer des romans captivants ou de bons articles dans les journaux à potins, n'étaient pas si nombreux. Ils étaient, de loin, précédés par toutes sortes de petits crimes qui se donnaient des allures de Justice. Nul besoin d'être un super-héros pour vouloir rétablir l'ordre. Certains tuaient parce qu'on leur demandait de le faire et qu'on les payait pour cela, d'autres parce qu'ils avaient peur. Dans certains pays, par exemple, des dizaines d'individus avaient été lynchés parce qu'on les prenait pour des sorciers capables de rendre leurs voisins impuissants. Des hommes en colère s'étaient occupés de leur faire la peau, pensant ainsi retrouver leur érection. L'histoire ne disait pas si ces assassinats ciblés avaient été suivis d'une hausse de la natalité, mais Katia la trouvait significative : elle montrait que, tant qu'on est convaincu que quelqu'un est responsable de notre malheur, l'assassinat peut sembler justifié.

Ceci dit, même avec des raisons suffisantes pour passer à l'acte, commettre un homicide n'allait pas de soi. Des meurtriers qui étranglent leur victime comme s'ils pétrissaient du pain ? Qui appuient sur la gâchette comme s'ils s'allumaient une cigarette ? Qui fendent un crâne sans perdre leur sang-froid ? Ça n'existait que dans les films et dans quelques cas de psychopathie finalement assez rares. Passer à l'acte demandait plus d'aplomb et d'organisation qu'on aurait pu le croire, particulièrement si le meurtre était prémédité. Et pour les meurtriers amateurs qui réussissaient à fignoler un plan efficace, qui n'abandonnaient pas devant les obstacles et ne retournaient pas plutôt regarder leur télésérie au lieu de tuer leur belle-mère ou leur patron, tout n'était pas encore gagné. Étaient-ils assez forts pour vaincre l'éventuelle résistance de leur victime ? Avaient-ils le corps qu'il fallait pour y arriver ? Rien n'était moins sûr. Pour étrangler quelque chose d'un peu plus gros qu'un poulet, par exemple, il fallait de très grandes mains. Katia n'avait pas de très grandes mains.

D'ailleurs, elle espérait ne pas avoir à poser ses mains sur Laurence. Elle n'était pas certaine d'avoir le sang-froid nécessaire pour l'assommer, encore moins pour la poignarder. L'idéal aurait évidemment été d'engager un tueur à gages chargé de l'étouffer au milieu de la nuit ou de poser une bombe sous sa voiture. Mais Katia, n'ayant pas de relations dans le crime organisé malgré ses origines italiennes et les activités louches de son père, n'avait aucune idée de la façon de débusquer un expert de ce genre. Dans les *Pages Jaunes*? Sur Internet? En faisant un appel à tous sur Facebook? *Amis Facebook! Vous pouvez me recommander un tueur à gages pas trop cher dans le quartier? Réponse en privé s'il vous plaît.*

Elle imaginait les réponses:

L'année passée, j'ai fait affaire avec Viktor le nettoyeur pour ma belle-mère. Le travail a été fait avec professionnalisme, mais rien n'a été nettoyé, justement, et j'en ai eu pour des semaines à frotter les murs.

Ou

J'ai engagé Lassonde père & fils. Bon service à la clientèle et des rabais intéressants au volume, mais le service n'est pas top: dans mon cas, le travail n'a jamais été complété. Mon mari est revenu à la maison après trois mois à l'hôpital.

Ou

Je te recommande chaudement Chuck. Efficace et discret. Par contre, il n'a jamais retourné mes appels quand je lui ai demandé de me rapporter mes ciseaux. #mauvaisserviceaprèsvente. #cherchemesciseaux

D'ailleurs, combien demandait un tueur à gages? Dix mille, vingt mille dollars? Non, il valait mieux qu'elle se charge de ça personnellement. Ce serait efficace et peu coûteux, suffisait de bien organiser les choses et de faire une mise en scène digne de ce nom.

Pour y arriver, Katia pensait se tourner vers des méthodes «douces». L'empoisonnement, par exemple, avec toutes les possibilités qu'offrait la pharmacopée moderne, lui semblait une voie prometteuse. Il devait bien y avoir moyen de concocter une potion magique capable de faire passer efficacement sa victime de vie à trépas. Elle pensa à la drogue du viol, se rappela avoir lu qu'on pouvait en commander sur le web. Mais, pour une raison assez peu rationnelle, elle avait des scrupules à utiliser une drogue qui servait à abuser de l'innocence des femmes.

Elle était méchante, peut-être, mais ça ne l'empêchait pas d'être solidaire. Idéalement, elle dénicherait un poison lent, insipide, impossible à détecter à l'autopsie, qu'elle servirait en apéro. S'ensuivrait un bon repas, une discussion enflammée au cours de laquelle elle oublierait complètement qu'elle se trouvait devant une moribonde. Puis, Laurence demanderait son lit, dirait avoir trop mangé, partirait se coucher et mourrait dans son sommeil. N'était-ce pas là le souhait de tout le monde, partir en dormant ? Elle voulait se débarrasser de sa rivale, pas la faire longtemps souffrir.

Cependant, un tel poison indiscernable existait-il ? Rien n'était moins sûr. D'ailleurs, comment convaincre le procureur que Laurence était morte... Quoi ? D'une mort naturelle subite à trente ans ?

Non.

Ça n'avait pas de sens.

Il fallait trouver autre chose. Katia se creusa les méninges. Elle trouvait fâcheux qu'il ait été si facile de se débarrasser de Nadia et si compliqué de faire disparaître sa rivale. Elle aurait voulu avoir de nouveau recours à ce personnage efficace apparaissant à la page 283 d'*Adieu Nadia*, capable de frapper une femme au milieu d'une rue de banlieue et de l'envoyer croupir aux soins intensifs. Mais si cet homme existait, elle ne savait pas où le rencontrer. Et elle n'était pas assez cinglée pour faire le travail à sa place. Elle imaginait trop bien la suite, celle dont ne parlait pas son roman : enquête, suspicion, arrestation. Non. Il fallait à tout prix éviter de paraître impliquée dans le drame.

Le mieux, pensa-t-elle, serait de simuler un accident. Pourquoi pas une noyade ? Après tout, ce type d'évènements n'obtenait-il pas, année après année, la palme des morts accidentelles ? Une nouvelle recherche suffit à Katia pour le confirmer : chaque été, 36 000 personnes dans le monde se noyaient, la majorité dans des plans d'eau stables. Des lacs, des piscines, rien de menaçant en apparence – on était loin de la grosse mer agitée. Dans le cas d'une noyade, apprit-elle aussi, on pratiquait rarement une autopsie poussée pouvant mener à une analyse sanguine. En fait, si l'autopsie était faite sur un « cadavre récent » et que les policiers pouvaient déduire sans l'ombre d'un doute qu'il s'agissait bel et bien de la cause du décès, on n'investiguait pas plus loin. Il fallait cependant éviter toute autre marque suspecte, strangulation, blessure, morsure de bête sauvage, trace de torture, etc. Bref, éviter les fioritures, opter pour la simplicité et l'efficacité.

Une noyade dans un lac, c'était ce que Katia considérait comme une valeur sûre. Il fallait miser sur les valeurs sûres.

Restait à déterminer comment faire en sorte que l'accident ait lieu.

23.

En rentrant au chalet les bras chargés de tout ce qu'elle avait acheté à la quincaillerie, Katia sentit que quelque chose clochait. Elle s'immobilisa dans l'entrée, reconnut le grincement maintenant familier de la mangeoire à oiseaux. Mais mis à part ce bruit, la maison était silencieuse – trop silencieuse.

— Roméo?

Roméo n'était pas à la porte, bavant et vociférant, pour l'accueillir. Katia s'empressa d'aller à sa recherche et le trouva finalement dans son lit, sous les couvertures, grelottant, en pleine crise d'hypoglycémie. Elle s'en voulut. Depuis quelques jours, elle avait eu tendance à le négliger et oubliait parfois qu'il avait besoin de soins particuliers. Elle avait dû se tromper dans ses doses d'insuline, ou le faire courir un peu trop durant l'avant-midi... Elle lui ouvrit la gueule pour frotter un carré de glucose sur ses gencives. Tranquillement, il revint à la vie, comme en témoignait la bave qui se mit à dégouliner lentement sur la cuisse de Katia.

— Tu es une pauvre petite bête, mais tu es franchement dégoûtant, grimaça-t-elle.

Quand elle reposa le chien sur le lit, ses yeux se posèrent sur une seringue d'insuline vide qui traînait sur la table de chevet. Elle la prit délicatement, comme s'il s'agissait d'un précieux vaccin contre la bêtise humaine, quelque chose d'inespéré et de miraculeux, et observa avec intérêt les gouttes de liquide qu'elle contenait encore et qu'elle fit tomber sur sa main ouverte. L'insuline. Voilà ce qu'il lui fallait. Un poison discret, puisque sécrété naturellement par le corps, qui amollirait Laurence et la plongerait dans un état de zénitude parfait pour aller finir la soirée tout doucement au fond d'un lac.

Un excellent anesthésiant, l'arme du crime idéale.

Évidemment, le défi consisterait à l'injecter discrètement dans un bras, sur une fesse ou entre ses gigantesques seins. Mais comme le lui avait dit Valérie :

— Une piqûre d'insuline, c'est moins pire qu'une piqûre de moustique. On sent presque rien tellement l'aiguille est fine, et ça démange même pas après.

$$0$$

Pendant tout le reste de la journée, Katia travailla autour du chalet avec enthousiasme. Un passant qui l'aurait aperçue aurait cru à une scène tout à fait ordinaire : la propriétaire d'un chalet s'affairant à de menus travaux. Quelques coups de marteau, quelques planches sciées. Le décor devait être impeccable.

La barque était, évidemment, un élément primordial. Après l'avoir retirée du sous-bois où elle avait été déposée, peut-être en attendant d'être coupée en morceaux et mise au feu, Katia l'inspecta longtemps, de tous les côtés. Comme l'indiquaient les plaques de moisissures et la mousse qui poussait sur ses côtés, l'embarcation avait connu des jours meilleurs et n'avait pas dû recevoir beaucoup d'amour depuis quelques années. Katia comprenait pourquoi Roxanne lui avait suggéré d'utiliser le canot pour faire des balades sur le lac. Certains morceaux de bois étaient si abîmés qu'il lui suffit d'appuyer assez fort pour qu'ils cèdent et se détachent. D'un coup de pied, elle brisa une planche du fond à moitié pourrie. Elle se retint pour ne pas continuer. La barque devait paraître navigable et il fallait à tout prix éviter qu'on voie des traces de sabotage. Munie de son marteau rose, de quelques clous, d'un pied de biche et de gants de caoutchouc, Katia commença à la trafiquer subtilement pour la fragiliser tout en lui donnant une apparence moins délabrée. Elle imaginait mal ce qu'elle ferait si Laurence refusait de monter à bord. Elle enleva les toiles d'araignées, replaça quelques planches sur les côtés, s'assura que celles du fond se détachaient facilement. Puis elle testa elle-même l'embarcation. Après quelques coups de rame, l'eau s'infiltrait déjà abondamment par le fond. Elle revint rapidement vers le rivage et, une fois la cale vidée, elle dissimula le bateau sous un grand conifère, à l'abri des regards.

La partie la plus divertissante de sa mise en scène consista à réorganiser la petite cabane qui se trouvait un peu plus loin dans le bois. Pour ça, elle n'avait besoin d'aucun outil particulier, mais se munit tout de même d'un canif suisse. Elle partit avec Roméo, à peu près rétabli, et marcha les deux kilomètres qui séparaient le chalet de la cabane. La porte était entrouverte ; elle se faufila à l'intérieur.

Cette cabane était un don du ciel. Katia l'avait repérée la veille pendant une séance de course dans le bois. Elle avait hésité avant d'y pénétrer, mais la curiosité l'emportant sur le respect de la propriété d'autrui, elle avait fini par aller y jeter un coup d'œil. Elle ne le regrettait pas. La cabane avait tout de la maison hantée. Un vieux matelas éventré, quelques magazines à moitié mangés par les champignons empilés dans un coin, un évier sale, inutilisé depuis longtemps – on se demandait même s'il avait pu y avoir l'eau courante ici tant l'endroit paraissait délabré. Quelques mégots de cigarettes avaient été écrasés au fond, un joint ou deux, aussi. Nul doute que ce repaire avait déjà fait la joie de plusieurs adolescents. Katia ajouta au décor sa touche personnelle, quelques éléments qui, tels la paire de chaussures et l'ex-copain dans un roman de *chick lit*, lui semblaient nécessaires à tout bon récit d'horreur. Elle sacrifia ainsi un ourson en peluche trouvé dans le chalet, qu'elle éborgna d'un coup de canif, et une petite culotte rose, tirée de son propre stock de survie en nature. L'ourson se retrouva sur le matelas et la culotte, pas trop loin à côté. Katia pouvait facilement imaginer le frémissement des filles lorsqu'elles découvriraient ces objets. Il ne lui restait qu'à inventer l'histoire sordide d'un viol commis ici quelques mois plus tôt par un homme jamais identifié, et elle les aurait assez alarmées pour qu'elles regrettent leur fin de semaine dans le bois.

Quand elle leur apprendrait que la connexion Wi-Fi ne rentrait pas, elle aurait certainement droit à une première attaque de panique. Elle dirait :

— Je comprends pas, ça marchait ce matin. C'est vraiment bizarre.

Mais elles continueraient à travailler. Après tout, elles étaient venues au chalet pour s'isoler et créer, pas pour *tweeter* ou publier de nouvelles photos de leurs pieds sur Instagram toutes les deux minutes.

Selon les plans de Katia, en fin de journée, au moment où le soleil amorcerait sa descente dans le ciel, à l'heure détestable où les moustiques commençaient leur lent travail de vampires, la situation se mettrait à dégénérer. C'est à ce moment-là qu'elle sortirait son punch spécial pour l'apéro. Après quelques verres, elle prendrait un air inquiet et dirait :

— Vous avez entendu quelque chose ?

Les filles se regarderaient, pas tout à fait inquiètes, mais aux aguets.

— Non, tu as dû rêver, Katia.

Elle insisterait :

— Je suis sûre que j'ai entendu le bruit d'une voiture.

Ici, elle hésitait. Selon la situation et le niveau de nervosité ambiant, elle pourrait aussi dire :

— Je suis sûre que j'ai entendu un coup de feu.

Ou

— Je suis sûre que j'ai entendu une tronçonneuse.

Ou

— Je suis sûre que j'ai entendu une vieille berceuse chantée par un enfant.

Mylène approuverait peut-être alors :

— C'est vrai. Il me semblait aussi qu'il y avait quelque chose…

Katia ferait la brave, elle dirait :

— C'est sûrement rien, mais j'aime mieux aller voir.

Elle prendrait un de ces grands couteaux accrochés au mur et murmurerait, d'un ton anxieux :

— Et dire qu'on a même pas de réseau cellulaire si jamais il faut téléphoner… Avec ce violeur qui court toujours…

Elle ferait une pause avant d'ajouter, en levant son bras vers la porte patio et, au loin, vers l'obscurité profonde de la nature sans merci :

— À moins d'aller au milieu du lac.

Elle partirait dehors en éclaireur et reviendrait après dix minutes, paniquée et essoufflée. Elle barricaderait toutes les portes :

— J'ai vu quelqu'un, les filles ! C'est lui… ! Il se cache autour…

Il faudrait alors convaincre Laurence de monter avec elle dans la barque et profiter de ce déplacement pour lui injecter une dose d'insuline. Il y aurait toutes sortes de causes possibles au picotement qu'elle ressentirait : une mouche à chevreuil, une guêpe, une branche. Katia devrait ensuite pagayer rapidement pour s'éloigner du chalet et échapper au regard de Mylène et de Sophie. Après quelques minutes, elle risquait de se trouver avec une fille endormie – très suspect, une fille endormie.

Il suffirait ensuite de laisser les choses suivre leur cours. Un naufrage est si vite arrivé.

Ce plan était simple.

Et le chapitre s'écrivit tout seul. Katia versa même quelques larmes en écrivant la scène où elle sortait de l'eau frigorifiée et criait :

— Les filles, où êtes-vous ? Au secours ! Aidez-moi !

Elle espérait crier assez fort pour alerter les voisins. Elle rédigea un long passage où, entourée par les policiers, elle annonçait qu'elle n'avait rien pu faire pour sauver Laurence, qu'elle avait essayé de la garder hors de l'eau, mais qu'après avoir été elle-même entraînée vers le fond, elle n'avait plus eu le choix : si elle n'avait pas lâché la jeune femme inconsciente, elle serait morte aussi. Elle se mettait alors à sangloter, et un joli policier posait sa main, douce mais virile, sur son épaule et lui disait :

— Vous avez fait ce que vous pouviez. Il aurait été impossible de la sauver.

Repêcherait-on le corps de Laurence le jour même ? Plus tard ? Peu importait, en réalité. Si on pratiquait une autopsie peu de temps après le décès, on ne détecterait rien de particulier. Si on ne le retrouvait que plusieurs jours après, le corps serait gorgé d'eau et il serait difficile de déterminer quoi que ce soit à l'autopsie.

Mais il n'y aurait sans doute pas d'autopsie.

La barque était usée. Les filles, saoules.

Des histoires pareilles arrivaient tous les étés dans les lacs du Québec.

○

Le samedi matin, une semaine après son arrivée, Katia prit une longue douche, se coiffa et enfila une petite robe fleurie. Ainsi déguisée en campagnarde, elle alla faire des courses au village – en réalité une seule rue principale avec un dépanneur-SAQ, une église reconvertie en salle de spectacle estivale, une boulangerie et une clinique d'hypnose sans doute établie là pour faire oublier aux habitants qu'ils

vivaient dans un tel trou. Elle jeta un regard distrait aux champs ver-
doyants – elle n'avait pas la tête à admirer les charmes champêtres
des environs. Au dépanneur, elle acheta suffisamment d'alcool pour
saouler la région au complet, avec une préférence pour les alcools
amers, IPA, Campari, amaretto.

De retour au chalet, elle transforma la cuisine en petit laboratoire,
où elle élabora une recette de cocktail fort en alcool mais aussi très
sucré, un truc bien *girlie* qui saoulerait ses convives sans même qu'elles
s'en rendent compte. Elle mélangea diverses mixtures, testa le goût,
l'apparence, ajusta, recommença, jusqu'à trouver le cocktail parfait
de cette fin de semaine qui serait, sans aucun doute, riche en émotions. Puis, elle alla à la salle de bain chercher l'ingrédient secret. Dans
sa trousse de toilette, elle attrapa le contenant où se trouvaient les calmants pour chien. Elle les avait gardés pour les moments difficiles et
se félicitait maintenant de sa prévoyance : Valérie avait eu raison, sa
grande sœur aurait besoin, un jour ou l'autre, de somnifères efficaces.
Par contre, elle n'aurait jamais cru que Katia s'en servirait pour d'autres
personnes qu'elle-même. Est-ce que ça en ferait une complice ? Sans
doute pas. Katia les compta : il y en avait trente, elle en ajouterait cinq à
son cocktail. Ce serait certainement suffisant pour amortir ses convives,
mais pas assez pour les endormir complètement ni altérer la saveur
de son punch. Elle réduisit une demi-pilule en poudre et testa un
échantillon. C'était parfait. Le cocktail était pétillant, rafraîchissant,
un peu de grenadine, du Campari, du tonic, de la glace concassée, un
savant mélange de jus exotiques, et un tout petit arrière-goût amer –
la grande classe. Elle l'appela Chic Chick, jeta son échantillon dans
l'évier, et se fit une version sans alcool ni somnifère. Puis, elle leva son
verre vers le lac.

— À la vraie vie !

Elle but sa concoction tranquillement dans le salon en admirant le
reflet des nuages sur l'eau. C'était un bel endroit, finalement, très re-
laxant. Si elle avait exercé un autre métier, elle aurait pu prendre goût
à une vie ici, simple, paisible. Par contre, en tant qu'auteure, elle ne

voyait pas comment elle aurait pu être inspirée par un décor aussi calme, à part si elle décidait d'écrire de la poésie bucolique ou un ouvrage d'ornithologie.

Elle finit son verre et regarda l'heure. Ses convives étaient sur le point d'arriver.

$$\bigcirc$$

«Ce qui compte, se dit Katia en entendant le moteur de la première voiture, c'est que tout ait l'air normal. J'ai réuni ces filles pour un contrat de travail, il faut qu'elles croient être ici pour travailler.» Sa seule expérience professionnelle de travail en équipe remontant au temps lointain où elle était à l'emploi du festival de l'humour, Katia n'était pas certaine de la façon adéquate de s'y prendre pour donner l'illusion qu'elle savait comment diriger les opérations. Toutefois, faire semblant de développer un projet qui n'existait pas était un défi somme toute mineur. Le plus compliqué, sentit Katia dès que les filles pénétrèrent dans le chalet, ce serait de passer véritablement à l'acte. En faisant la bise à ses invitées, au contact de leur peau chaude et vivante, tellement *réelle*, elle se rendit compte d'un problème majeur, qu'elle n'avait pas considéré assez sérieusement: tuer Laurence Turcot risquait d'être beaucoup plus difficile que fantasmer sur sa mort. Et si elle n'avait pas le cran de mettre son plan à exécution?

24.

— Comment ça, il y a pas de réseau ?

Laurence se tenait dans le cadre de porte de sa chambre, les yeux exorbités, l'air aussi catastrophé que si on venait de lui annoncer qu'une météorite fonçait à vive allure vers la Terre.

— Tu aurais dû m'avertir !

Katia feignit l'innocence.

— Pourtant, il y en avait hier…

Elle leva les mains en l'air et haussa les épaules, d'une manière qui montrait qu'elle n'y pouvait rien. Laurence s'agita :

— Sans blague, les filles, moi, je peux pas me permettre de passer vingt-quatre heures déconnectée. Je dois être disponible. Non, franchement, ça me fait plaisir d'être ici, et tout, mais il faut trouver une solution. Je peux pas manquer une entrevue importante.

Elle faisait de gros yeux à Katia, qui semblaient dire : « J'ai daigné accepter de vous suivre ici, mais faudrait pas exagérer ! »

— En plus, David risque de m'appeler…

— David ?

— Mon agent.

— David Vanderman?

— Oui.

Katia ferma les yeux et inspira profondément. «Reste calme, s'ordonna-t-elle. Reste calme!»

— David est ton agent?

Laurence leva les yeux au ciel, à bout de patience, comme si Katia s'obstinait à obtenir une réponse évidente, qu'elle avait deux bras et un nez, par exemple, ou qu'elle préférait le soleil à la pluie.

— Mais oui. Regarde-moi pas comme ça. David est mon agent, David est mon agent, David est mon agent. C'est bon? Et, en passant, tu m'avais pas dit non plus qu'il y avait un chien. Je fais une intolérance aux poils de chien. Il va falloir que tu le mettes dehors.

Katia s'efforça de sourire poliment. Si Laurence continuait à se la jouer diva capricieuse, elle n'aurait finalement aucune difficulté à l'assassiner. Elle pouvait déjà facilement s'imaginer, là, saisir un couteau et lui trancher la jugulaire – les cordes vocales, c'était près de la jugulaire, non? En attendant, après avoir jeté un coup d'œil au soleil, à moitié caché par des nuages gris, mais beaucoup trop haut dans le ciel pour mettre son plan à exécution, elle dit:

— Le chien, je peux pas le laisser dehors, il est malade. Et pour le réseau… Sur le lac, on a toujours du réseau. On ira avec la barque un peu plus tard.

Sophie frissonna.

— Il y a pas de sangsues dans le lac, hein? Sinon, moi, je m'approche pas. Je me suis déjà fait sucer le sang par une dizaine de ces bêtes-là quand j'étais petite. C'était pas beau! Et c'est vraiment dur de les arracher une fois qu'elles sont accrochées.

Les deux autres filles grimacèrent. Puis, Mylène, très cheftaine scoute, demanda:

— Sérieux, qu'est-ce qu'on fait si quelque chose arrive?

— *Quelque chose…* ?

— Un accident, le feu, une crise d'appendicite, n'importe quoi. Quelque chose de grave…

Sophie approuva du chef.

— C'est vrai ça. *Oh my God!*, je me souviens de l'histoire d'une femme qui a fait une crise d'appendicite en pleine traversée de l'Atlantique. Elle est morte sur son bateau. C'est super dangereux, les crises d'appendicite…

— Il doit au moins y avoir une prise de téléphone, non ?

— Katia, pourquoi on est pas allées chez toi pour travailler ?

— Ou à l'hôtel ?

— Ou à New York, chez ton agent ?

— Ou au spa ?

— Oh, oui, au spa !

— Qui vote pour le spa ?

— Moi !

— Moi aussi !

Katia dévisagea ses invitées, interdite. Pendant un instant, elle imagina ce que deviendraient ces femmes dans quelques décennies et se dit qu'elle sauverait peut-être la santé mentale d'un futur préposé de CHSLD en les assassinant toutes les trois dès maintenant. Elle haussa les épaules.

— Sans blague, les filles. Pourquoi il arriverait quelque chose de grave ? On est toutes les quatre ici pendant vingt-quatre heures pour écrire. C'est à peu près l'activité la moins dangereuse au monde, après la peinture à numéros et le macramé.

— Le macramé, c'est dangereux. On peut se mêler dans les nœuds et s'étrangler avec la corde, nota Sophie en serrant son cou avec la main. Et on sait jamais ce qui peut arriver à un auteur dans le bois. Vous avez pas lu Stephen King ? Un personnage peut ressusciter et venir se venger, une folle peut lui couper le pied avec une hache… La vie d'un écrivain en forêt est remplie de dangers.

— OK, ben on lancera des feux d'alerte dans le ciel si jamais on se fait attaquer par des revenants ou des folles armées de hache, trancha Katia en se disant qu'elle ferait peut-être mieux de cacher ses outils pour ne pas encourager le délire de ses invitées qui, manifestement, n'avaient pas besoin d'elle pour imaginer le pire.

Laurence, qui avait pianoté sur son téléphone pendant toute la conversation dans l'espoir de voir apparaître miraculeusement un réseau, leva l'appareil dans les airs, dans une dernière tentative de capter un signal.

— Pensez-vous que je pourrais avoir une connexion Internet si je montais en haut de la falaise ?

Un instant, l'image de Laurence en haut d'une falaise, seule à s'acharner sur son téléphone, se présenta à l'esprit de Katia. Il serait si facile de surgir derrière elle, de la pousser – il suffirait de presque rien pour lui faire perdre l'équilibre et la précipiter dans le vide.

— Quelle falaise ?

— J'ai vu un gros rocher, là-bas, au bout de la côte. Au bord du lac.

Katia tâcha de ne pas montrer sa déception : tomber de la roche dont parlait Laurence aurait, dans le meilleur des cas, cassé l'écran de son téléphone. On était loin du Grand Canyon.

— Ah. Je sais pas. J'ai pas essayé.

— Je suis sûre que ça va rentrer. J'irai voir ça tout à l'heure.

— Comme tu veux.

À la perspective d'une solution à son problème, Laurence se détendit un peu. Elle enleva ses chaussures et s'installa confortablement dans le fauteuil.

— Tu as quelque chose à boire, Katia? Je meurs de soif.

Katia feignit de ne pas l'avoir entendue. Elle se tourna vers les autres filles pour faire passer la désagréable sensation de déjà-vu. Elle avait été la G.O. de Laurence à New York, elle n'allait certainement pas reprendre ce rôle au chalet. Elle s'approcha de Mylène, qui s'était installée à la grande table de la cuisine, face au lac, et avait sorti un cahier dans lequel elle griffonnait. Elle poussa un soupir satisfait en regardant autour d'elle:

— C'est un endroit parfait pour travailler, ici! Très inspirant!

Katia approuva d'un hochement de tête qu'elle essaya de rendre convaincant.

— Oui, oui, c'est sûr.

Sophie s'approcha de la porte-patio.

— Vous trouvez ça *inspirant*, vous? Une grosse mare pleine de sangsues, des sapins pis des moustiques? Wow, *girls*. Vous m'impressionnez. Moi, je vous avoue qu'un cône orange sur un nid-de-poule m'inspire plus que ça. Mais bon... Chacune ses affaires.

Katia pouffa. Malgré elle, elle trouvait Sophie, dont elle n'avait jamais suspecté les tendances hypocondriaques, assez divertissante. D'ailleurs, la blonde n'avait pas fini de l'étonner: elle plongea la main dans sa valise et, après avoir soulevé quelques robes et déplacé deux, trois bikinis, elle sortit un sac Ziploc contenant une dizaine de pilules blanches.

— Parlant d'inspiration, j'ai apporté des petits stimulants pour activer nos neurones.

— C'est quoi? demanda Mylène en haussant les sourcils.

— Du concentré d'énergie.

— De la vitamine C ?

Sophie éclata de rire.

— De la vitamine C ! C'est la première fois que je l'entends, celle-là !

Elle ouvrit la main de Mylène et y déposa une pilule.

— Du speed.

Mylène écarquilla les yeux.

— Quoi ?

Elle remit rapidement le comprimé dans le sac en plastique et s'essuya les mains sur son pantalon.

— Je prends pas de speed, moi.

Sophie fronça le nez, manifestement déçue de la réaction de Mylène.

— Je sais, c'est pas la grande classe. Je voulais de la coke, sauf que j'en ai pas trouvé. Je me suis dit que du speed, c'était mieux que rien.

— Pour... *travailler* ?

— Évidemment, pour travailler.

Sophie interrogea Katia du regard.

— On est là pour ça, non ?

Katia approuva du chef, tandis que Mylène, les yeux toujours aussi ronds, paraissait se demander ce qu'elle faisait là.

— Tu écris toujours à jeun, toi ? demanda Sophie en s'asseyant à ses côtés.

— Euh. Pas toujours... Je bois un verre de rosé une fois de temps en temps, mais... Du *speed* ?

— Ça stimule les neurones.

Katia suivait la discussion avec grand intérêt. Elle venait enfin de comprendre d'où venaient les phrases courtes de Sophie. Ce n'était pas lié à une question de style ou à une méconnaissance de la subordonnée, non. Sophie trouvait son inspiration dans les amphétamines. Un des grands mystères de la littérature populaire venait d'être élucidé. Elle se promit d'insérer cette anecdote dans son prochain livre. En attendant, elle alla chercher de la bière au frigo, tandis que Laurence se levait pour rejoindre les autres à la table.

— Moi, je vais en prendre.

Elle tendit la main en bâillant et pigea dans le sac comme dans une poche d'Halloween remplie de bonbons. D'un air gourmand, elle demanda :

— Je peux en prendre deux ?

— Si tu es capable, *go for it, girl.* C'est ma tournée.

— J'ai tellement pas dormi la nuit dernière... Mon amant et moi, on a baisé comme des petits lapins.

Elle lâcha un rire comblé au souvenir de cette folle nuit d'amour, et les deux autres filles se turent, les yeux fixés sur le lac et les arbres, songeant peut-être à leur dernière baise ou au fait qu'elles n'avaient pas baisé depuis trop longtemps, allez savoir. Katia, quant à elle, s'était soudain lancée dans de savants calculs : quelle dose d'insuline faudrait-il donner à Laurence pour qu'elle s'endorme après avoir pris du speed ? Quel effet les amphétamines, les somnifères et l'insuline combinés auraient-ils ? Elle n'en avait aucune idée. Tout à coup, son plan venait de se complexifier. Elle songea en se mordillant la lèvre qu'à partir de là, les choses ne pouvaient que dégénérer.

25.

Les nouvelles collaboratrices passèrent finalement moins d'une heure à travailler dans le chalet. Katia avait demandé à chacune d'arriver avec un projet de roman. Elle avait compté sur leur esprit créatif et espérait entamer la discussion avec leurs idées. Le résultat fut à la hauteur de ses invitées : coloré et inégal.

Sophie avait fignolé un plan à la main sur un grand carton rose pâle, qu'elle déroula sur la table. Elle avait dessiné quantité de cœurs et de flèches de toutes les couleurs, pour ce qui promettait d'être un roman sans grande originalité, mais contenant tous les ingrédients de la *chick lit*, comme elle l'expliqua fièrement aux autres : la narratrice, une femme de vingt-cinq ans travaillant dans le domaine de la mode, se faisait courtiser par son patron et ridiculiser par sa méchante collègue. Elle rencontrait un beau jeune homme lors du défilé annuel d'un grand couturier montréalais. Il l'ignorait d'abord, mais finissait par lui démontrer de l'intérêt. Arrivait alors la méchante collègue, dont on découvrait qu'elle était en réalité la fiancée du beau jeune homme. Avec l'aide de son ami gay, la narratrice faisait tout pour que le beau jeune homme découvre quelle chipie était sa fiancée et, une fois la rupture de ce couple mal assorti déclarée, elle s'envolait avec lui à Milan, capitale de la chaussure, où ils vivaient une lune de miel parfaite et dépensaient une fortune en escarpins et en gelato.

— Vous avez remarqué, hein, que j'ai mis un couturier *montréalais*. Katia, je suis certaine que ton éditeur va adorer ça ! Le monde de la mode au Québec, c'est super dynamique ! lança-t-elle avant de terminer sa présentation comme si elle se trouvait sur scène, avec une élégante révérence.

— Questions ? Commentaires ?

Laurence, à qui le speed donnait des spasmes, s'en tint à quelques rotations de la tête et des poignets ; Mylène, le regard perdu au loin, félicita Sophie, mais n'ajouta rien de plus. Pour la forme, Katia écrivit quelques notes sur son ordinateur et suggéra de passer à la présentation suivante.

— Mylène ?

Mylène, que l'idée d'un pied à terre à New York enchantait jour après jour davantage, avait conçu un projet ambitieux : elle avait l'intention d'écrire une série d'au moins cinq tomes sur une chef québécoise propriétaire d'un grand restaurant au centre-ville de Montréal, animatrice d'une émission très populaire sur la cuisine du terroir, qui partirait à la conquête des grandes capitales culinaires du monde, vivant une relation palpitante et éphémère avec un nouvel amant par capitale. Katia ne put réprimer un rictus quand Mylène fit allusion à San Francisco, mais elle la complimenta pour son bon travail. À vrai dire, si toute cette histoire n'avait pas été complètement inventée, elle aurait eu énormément de plaisir à faire une série avec Mylène. Elle se tourna ensuite vers sa principale rivale, curieuse de voir ce qu'elle avait dans le ventre maintenant qu'elle n'avait plus personne à qui piquer des idées.

— Laurence ?

Laurence s'éclaircit la gorge.

— En fait, j'ai pas eu le temps de préparer quoi que ce soit.

Elle fit craquer les jointures de ses doigts et secoua vigoureusement la tête.

— Je suis beaucoup trop occupée ces jours-ci. Quand je suis pas en entrevue, je travaille sur l'adaptation de mon livre à l'écran.

Elle roula des yeux, comme si tout cela l'embêtait énormément, puis ajouta d'un air suffisant:

— Je pense que si tu donnes mon nom, ça devrait être assez.

Katia se retint pour ne pas lui sauter à la gorge. Mylène et Sophie lâchèrent un petit bruit narquois, stupéfaites de son arrogance – elles savaient mieux que quiconque qu'il suffirait d'un imperceptible changement de vent pour que son nom disparaisse de toutes ces lèvres qui le prononçaient aujourd'hui avec délectation. Mais Laurence ne remarqua rien. Elle termina sa bière et suggéra:

— On va faire un tour dehors? J'ai vraiment besoin de bouger.

— Excellente idée! s'écria Sophie en bondissant sur ses pieds. Je pense qu'on a assez travaillé pour l'instant. Hein? Katia? On va prendre une petite pause nature! S'aérer l'esprit!

Laurence était déjà sur le pas de la porte, ses escarpins dans les pieds, ses lunettes de soleil roses sur le nez. Sophie la suivit en gougounes et alluma un petit cigare.

— Ça éloigne les moustiques.

Mylène se dirigea promptement vers le coffre de sa voiture, qu'elle ouvrit pour présenter à l'assemblée ébahie sa collection de chaussures de voyage: une douzaine de paires bien alignées, classées par hauteur de talons.

— Ma voiture, c'est ma deuxième maison, expliqua-t-elle. J'ai une paire de chaussures pour chaque occasion et comme ça, je suis jamais prise au dépourvu.

— Gé-ni-al! s'exclama Sophie, après avoir lâché un sifflement admiratif. Fascinée, elle souleva chaque paire, approuvant d'un hochement de la tête chaque fois qu'elle reconnaissait un modèle griffé. Est-ce que je peux mettre ça dans mon roman? Mon personnage rêverait d'avoir la même chose! .

— Tant que t'appelles pas ton personnage Mylène, vas-y.

Mylène sélectionna une paire de bottes en caoutchouc mauve fleuri qu'elle enfila pendant que Katia prenait son sac à dos et nouait les lacets de ses espadrilles. Laurence souleva un pied en grimaçant : ses talons pointus étaient déjà pleins de boue. Elle n'avait pas été aussi avisée que Mylène et le regrettait sans doute. Elle fit quelques pas et lâcha un petit cri en frottant sa main contre son cou.

— C'est quoi, ça ? Il y a des mouches noires, ici ?

— Évidemment, lança Katia en passant devant elle, reniflant au passage son parfum en songeant qu'avec une telle odeur, elle allait se faire manger tout rond. On est au Québec.

Sophie s'approcha de Laurence et lui tendit son cigare.

— Fume, elles vont te laisser tranquille.

Mais Laurence la toisa d'un air offusqué, comme si elle venait de l'appeler Monica Lewinsky et de lui faire une proposition indécente. Elle s'éloigna à petits pas chancelants, essayant tant bien que mal de donner une allure respectable à sa démarche, même si le sol inégal la faisait se déhancher comme une drag-queen dans un défilé de mode. Katia, qui avait follement envie d'éclater de rire, continua d'avancer, guidant les filles dans le sous-bois en faisant celle qui se laisse mener par l'inspiration du moment, même si elle savait exactement où elle allait. Elle prit un chemin à droite, puis à gauche, rejointe par Sophie, qui semblait née pour avoir des gougounes aux pieds et se déplaçait aussi aisément avec ses chaussures en caoutchouc à 10 $ que si elle avait porté le modèle le plus cher de chez Mountain Equipment Co-op, sans remarquer l'état cahoteux du sentier. L'air de la nature et le speed l'avaient survoltée, et elle s'était lancée dans une grande défense de la nudité à la télévision :

— Non mais, ils me font rire, les diffuseurs, avec leur « On peut pas montrer de fesses, les émissions sont diffusées à des heures d'écoute familiale ». Franchement ! Comme s'ils avaient pas remarqué qu'il y a quelque chose qui s'appelle Internet qui est entré dans les maisons et que les *kids* qui regardent la télé à cette heure «familiale» sont probablement déjà allés des dizaines de fois sur des sites pornos! Personnellement, je comprends pas où est le problème…

Le sentier se rétrécissait et Katia la laissa la dépasser. Elle jeta un regard à l'arrière, où Laurence luttait toujours contre la friabilité du sol en exécutant des pas qui ressemblaient de plus en plus à une séance de tango argentin avec les arbres des environs comme stoïques partenaires. Elle trébuchait régulièrement et se tapait le cou et les bras, en grognant chaque fois. Malgré cela, les amphétamines l'avaient rendue aussi loquace que Sophie et elle caquetait sans arrêt. Katia tendit l'oreille et attrapa des bribes de phrases. La conversation semblait tourner autour de ses relations sexuelles, pour faire changement. Il y était question d'un ancien amant et d'un nouveau, le premier s'éternisant dans le coin, alors que le deuxième aspirait à un statut plus officiel. Katia l'observa en l'imaginant immobile, morte dans la forêt. Elle grimaça. Non. Il valait mieux ne pas penser à ça pour le moment. C'était un facteur de démotivation inutile – un peu comme envisager une rupture alors qu'on entame une relation. Elle ne devait pas flancher. Elle pensa à Alex, à la gloire que lui avait volée Laurence, à ses cahiers de notes dans une poubelle de Manhattan, et son désir de tuer revint, fort, intact, comme neuf, une immense rage qui grondait au fond de son ventre et lui donnait envie de crier, de taper du pied, de faire savoir aux autres filles quelle trahison Laurence lui avait fait subir. Mais elle se retint. Elle ne devait pas tout gâcher maintenant. Ses problèmes allaient bientôt prendre fin – suffisait d'être patiente.

— Ouah, c'est quoi ça?

Devant elle, à quelques pas, Sophie s'était arrêtée net.

— La maison de la sorcière? Comme dans *Hansel et Gretel*?

La main en visière, elle considérait la petite cabane en bois. «Ça y est, se dit Katia. Nous avons atteint l'attraction touristique du coin.»

— Ah, oui, cette cabane… J'en ai entendu parler… On peut jeter un coup d'œil, mais vite-vite.

Sophie ne se fit pas prier. Elle poussa la porte, qui émit un grincement lugubre avant de s'ouvrir. À l'intérieur, il faisait très sombre.

— Une chance que j'ai pensé apporter une lampe de poche! s'exclama Katia.

Mais ses trois invitées avaient déjà sorti leur iPhone rose, des modèles identiques, et éclairaient les lieux avec plus d'efficacité qu'elle.

— *Oh my God!* Est-ce que vous pensez que quelqu'un vit ici?

Elles entrèrent toutes les quatre, Katia la dernière: elle voulait les laisser découvrir à leur guise le drame qu'elle avait inventé.

— Il y a plein de bouteilles vides!

— Et ce matelas. Vous pensez que quelqu'un a déjà dormi dessus?

— Eurk.

— *Oh my God!*

— Quoi?

— Regardez ça.

— C'est quoi?

— Un toutou!

— Il lui manque un œil…

— *Freaky.*

— Peut-être qu'un enfant a été enfermé ici…

— Et ça!

— C'est quoi?

— Une petite culotte!

— Ouach, des gens sont venus baiser ici?

— Il doit y avoir plein de mulots!

— Ils ont dû se faire mordre les fesses!

Katia s'approcha discrètement. Elle s'apprêtait à raconter le Terrible Drame de la Fille Violée et Torturée par un Inconnu Toujours en Fuite, quand Mylène s'exclama:

— Katia, regarde ça!

Elle fit deux pas vers elle.

— KD. C'est trop bizarre… Il y a tes initiales sur la culotte!

Katia se retint pour ne pas se frapper le front de la main. Quelle imbécile! Elle avait pris l'une des culottes achetées par Alex pour leur premier anniversaire. Brodée de ses initiales. Les deux autres filles se tournèrent vers elle et l'interrogèrent du regard, ne remarquant pas dans l'obscurité qu'elle rougissait. Elle essaya de se souvenir des nombreux films de procès regardés pendant son adolescence et, prenant le ton d'un avocat de la défense sur le point de raconter le terrible sort de sa cliente, elle dit:

— Je crois qu'elle s'appelait Karine Dallaire… On sait pas comment elle s'est retrouvée ici…

Elle avait un public captif. Ses invitées braquèrent la lumière de leur téléphone sur elle.

— Ah, les filles! *Come on!*

— Oups…

— Désolée!

— Qu'est-ce qui lui est arrivé?

L'histoire de viol fit son effet et tout le monde oublia l'étrange coïncidence des initiales. Laurence se remit fébrilement à lever son téléphone dans les airs à la recherche d'un réseau, Sophie perdit sa volubilité pendant quelques secondes et Mylène, après avoir regardé le dessous de ses bottes avec une curiosité inquiète, comme s'il risquait d'en jaillir une nouvelle sorte d'insecte venimeux, déclara :

— Je crois qu'on devrait se remettre au travail. Sinon, c'est pas des comédies romantiques qu'on va écrire, c'est des romans policiers.

« Tu ne crois pas si bien dire », pensa Katia en refermant la porte de la cabane après avoir discrètement fourré dans son sac à dos la culotte et l'ourson de peluche – pas question de laisser des traces de sa présence dans cet endroit.

O

En revenant vers le chalet, les filles gardèrent le silence. Si elles avaient été des biches, leurs oreilles auraient bougé sans arrêt, aux aguets. La forêt semblait maintenant emplie de grognements de bêtes dangereuses. Et de violeurs. Katia remarqua que seule Sophie continuait à faire du bruit, même si elle avait laissé tomber son discours sur la nudité au cinéma – après l'histoire du viol, ça ne paraissait plus si important, finalement. Elle essayait de siffler pour imiter le chant d'un oiseau ou le croassement d'un crapaud, ce qui donnait de bien piètres résultats.

— On vous apprend pas à siffler comme du monde, dans vos cours de théâtre ? demanda Laurence, agacée, en s'accrochant à un arbre – pin, érable, chêne ? Elle n'aurait pas pu le dire.

— J'ai jamais suivi de cours de théâtre.

— Il me semblait aussi.

Sophie s'arrêta en plein milieu du chemin et se retourna pour dévisager Laurence.

— Qu'est-ce que tu veux dire ?

— Je veux juste dire que tu aurais été une meilleure comédienne si tu avais pris des cours…

Elle fit un pas et ajouta :

— … et que tu aurais peut-être assez de travail aujourd'hui pour te concentrer sur ton métier d'actrice au lieu de t'improviser une carrière d'écrivaine.

Sophie ouvrit la bouche et échappa un drôle de bruit. Elle serra les poings. Ses années de bagarre après l'école, quand des filles jalouses de son succès la traitaient de blonde sans cerveau, venaient de ressurgir. Elle n'allait pas laisser cette petite prétentieuse de Laurence Turcot insulter son travail.

— C'est quoi ton problème, Laurence ?

— *Mon* problème ?

— Oui ?

— Mon problème ! Mon problème, c'est que je suis dans le milieu de la forêt en train de détruire ma plus belle paire de chaussures et que j'ai aucune idée pourquoi je suis venue ici alors que j'aurais très bien pu rester tranquille à Montréal !

— Pauvre chérie. Tu es venue ici parce que tu avais le goût de signer un contrat qui te garantirait 50 000 exemplaires vendus, c'est tout.

Cette fois, Laurence leva le menton et prit un air de grande star, ce qui jurait avec l'état lamentable de ses chaussures et les égratignures qui bariolaient ses jambes. Elle repoussa une mèche de cheveux qui lui obstruait la vue et dit d'un ton hautain :

— J'ai besoin de personne pour vendre 50 000 livres, moi !

Sophie éclata de rire :

— Ah oui ? Et qu'est-ce qui fait de toi quelqu'un de si spécial, Laurence Turcot ? Ton grand talent ? On le connaît, ton grand talent !

Sophie tendit l'index et, faisant un rond avec les doigts de son autre main, elle le passa à répétition entre le pouce et l'index dans un mouvement obscène auquel Mylène réagit par un «Oh!» offusqué. Katia intervint avant qu'elles n'en viennent aux poings – il ne fallait surtout pas abîmer sa proie maintenant, ça complexifierait beaucoup trop les choses quand viendrait le temps des explications aux policiers.

— Arrêtez ça, les filles. On rentre, sinon on va finir par attraper le virus du Nil.

L'évocation de cette maladie eut un effet immédiat sur Sophie, qui considérait sans doute qu'il ne valait pas la peine de risquer sa vie pour une fille comme Laurence. Elle se remit en marche, laissant sa nouvelle ennemie se débrouiller avec ses talons hauts, et regrettant amèrement d'avoir gâché du speed pour une fille si peu reconnaissante.

— *Bitch*, murmura-t-elle en dépassant Katia.

Le beau temps de la matinée avait fait place aux nuages, et une petite pluie fine s'était mise à tomber. Les moustiques semblaient plus nombreux que jamais. Elles pressèrent le pas.

○

Au retour, le chalet s'était rafraîchi et Katia proposa de faire un feu. L'humeur des filles étant maussade, aucune d'entre elles ne manifesta le désir de se remettre au travail. Katia n'insista pas : au fond, elle préférait terminer l'après-midi sans parler du projet d'édition, elle avait bien trop peur de faire un faux pas en se trompant dans ses mensonges. Elle mit de la musique et s'installa devant son ordinateur, pendant que chacune faisait son possible pour ignorer les autres. Mylène, inspirée par la nature ou découragée par ses semblables, s'était mise à faire des croquis du lac et des arbres. Elle dessinait comme un pied, et Katia se dit que c'était une bénédiction pour le milieu artistique qu'elle n'ait pas opté pour une carrière de peintre. Avec toutes les relations qu'elle avait, elle aurait peut-être fini par aboutir dans un musée et on se serait mis à définir les standards de l'art en fonction de ses lamentables gribouillis. Sophie, de son côté, vautrée dans le fauteuil et à moitié dissimulée par plusieurs couvertures, s'amusait à prendre des portraits d'elle et de Roméo, et éclatait de rire à chaque nouvelle photo, ce qui exaspérait particulièrement Laurence – c'était peut-être le but – comme en témoignaient ses claquements de langue impatients. Elle était revenue trempée et bredouille de son test de réception satellite sur la « falaise » et, depuis, semblait en vouloir à l'Univers en général, aux filles qui se trouvaient autour d'elle en particulier. Elle avait évoqué l'idée de rentrer à Montréal, mais Katia lui avait fait valoir qu'avec ce qu'elle avait consommé, elle risquait de rouler à 200 kilomètres/heure sans s'en rendre compte et d'aller s'écraser contre un poteau. Depuis, elle tournait en rond dans le salon en s'étirant la mâchoire comme une lionne dans une cage trop étroite.

Quand Katia mit le feu à sa petite pyramide de bouts de bois, Laurence s'installa à califourchon devant le foyer et, après quelques secondes à se frotter énergiquement les mains en regardant les flammes, elle fronça les sourcils :

— C'est pas mon livre, là, dans le feu ?

Katia s'approcha. Au fond de l'âtre, il restait en effet un morceau de la tranche du livre de Laurence, qui n'avait pas complètement brûlé lors du petit feu de joie de la semaine précédente, et dont le rose pâle ressortait étrangement bien dans les flammes orange. Elle s'empara d'un tisonnier, déplaça les bûches et recouvrit prestement le bout de livre.

— Mais non, voyons… C'est un vieux livre à moi. Il avait pris la pluie et je me suis dit… Tant qu'à le jeter, hein ?

Laurence hocha la tête avec indifférence. Elle n'avait qu'une hâte : signer le foutu contrat et partir de cet endroit misérable.

— Ton agent, il vient quand ?

— Demain. Vers midi.

Katia pensa que le lendemain, si tout se passait comme prévu, le monde serait bien différent. Étrangement, elle se sentit pleine de pitié pour Laurence.

— Tu veux quelque chose à boire ? Un petit cocktail ? lui offrit-elle comme un gardien de prison proposerait une dernière cigarette à un condamné à mort.

Au mot « cocktail », Sophie releva la tête.

— Moi, j'en prendrais bien un !

Mylène regarda l'heure et décréta :

— Passé cinq heures, je refuse jamais un drink.

Laurence leva les yeux vers la porte patio, au-delà de laquelle régnaient les mouches noires, les moustiques et la pluie. Elle poussa un long soupir et alla s'installer dans le fauteuil, le plus loin possible de Sophie et des poils de chien. Tant qu'à être prise au chalet, aussi bien se saouler.

— OK, prononça-t-elle du bout des lèvres, comme si elle faisait une grande faveur à Katia.

— Je vais vous faire quelque chose que vous allez adorer !

Katia ferma son ordinateur et le rangea hors de portée des invitées. « Voilà, pensa-t-elle. C'est le temps de passer à l'acte. » Elle inspira profondément et nota que ses mains tremblaient. Mentalement, elle se remémora toutes les étapes de son plan en allant dans la salle de bain pour se passer un peu d'eau fraîche sur le visage. Elle était nerveuse. Et si elle oubliait une étape ? Et si l'effet du speed était si fort que Laurence ne sombrait jamais dans le sommeil ? Et si… ? Elle ouvrit sa trousse de toilette et posa les calmants dans le creux de sa main.

Et si elle n'avait pas le courage de le faire ?

Elle regarda sa main trembler au-dessus de l'évier, les pilules s'agitant dans sa paume comme des fèves dans des maracas. Elle jeta un coup d'œil à son reflet dans le miroir, se trouva de vagues ressemblances avec Jennifer Aniston, mais aucune avec une meurtrière. Elle remit les comprimés dans le contenant de plastique et le referma. Impossible de faire ça à jeun. Elle avait besoin de prendre un coup avant. Elle retourna à la cuisine pour y concocter ses cocktails, doubla la dose d'alcool et se tourna vers ses convives :

— Les Chic Chick ! C'est le nom du drink.

Après quelques verres, l'ambiance s'était réchauffée. Le téléphone de Sophie contenait un nombre infini de chansons pop, et, au deuxième verre, elle se mit à danser au milieu du salon, bientôt imitée par Mylène. Au troisième verre, Laurence, ne pouvant résister, se joignit à elles et commença ses petits mouvements lents et sexy. Au quatrième verre, les quatre filles dansaient à sept heures au chalet comme à minuit dans un bar de Montréal. Roméo sautillait d'un bord et de l'autre, répandant une couche de bave glissante sur le plancher. Katia s'étourdissait. L'alcool lui avait enlevé toute inhibition. Elle se déhanchait, chantait. Elle n'était plus certaine de détester qui que ce soit, et encore moins de se rappeler toutes les étapes de son plan.

Au cinquième verre – ou était-ce le sixième ? –, elle se dit qu'elle avait besoin d'une petite pause avant de tuer Laurence. Elle s'affala dans le fauteuil.

26.

C'est un bruit de moteur qui réveilla Katia. Elle regarda autour d'elle, confuse. Dans le salon, la lumière était toujours allumée, mais la musique s'était tue et les filles avaient disparu. Quelle heure était-il? Elle tâta ses poches, à la recherche de son téléphone. Elle avait dû le mettre de côté pour danser, mais n'avait aucun souvenir de l'endroit où elle l'avait déposé. Elle se leva, la tête lourde, chancelant sous l'effet de l'alcool. Elle avait besoin de prendre l'air et ouvrit la porte patio. Dehors, il faisait aussi sombre que dans un mauvais rêve.

«Ça devait être la voiture des voisins», songea-t-elle en mettant un pied hors du chalet, manquant trébucher sur les bouteilles vides qui traînaient par terre. Elle aperçut le paquet de cigarillos de Sophie, placé à côté d'une tasse remplie de mégots et de quelques verres vides. Apparemment, elle avait manqué une bonne partie de la fête. Elle prit un cigare dans le paquet, l'alluma avec le briquet – rose – de Sophie et aspira quelques bouffées avant d'apercevoir une tache pâle près du lac.

— Les filles?

Elle descendit les marches de la terrasse prudemment.

— Roméo?

Où était son chien? Elle ne se souvenait plus si elle lui avait donné sa dose d'insuline ou pas. Une fois en bas, elle regretta de ne pas avoir apporté de lampe de poche. Elle distinguait bien quelqu'un, près du lac, mais n'arrivait pas à deviner de qui il s'agissait. Quand elle s'approcha, elle reconnut cependant le chemisier blanc de Laurence.

— Laurence?

La jeune femme semblait s'être assoupie dans la barque, à l'endroit exact où Katia voulait l'amener quelques heures plus tôt. C'était à la fois très étrange et pas si étonnant: Katia pouvait bien imaginer qu'une fois pompette, pleine de l'énergie du speed, désespérée d'être prise dans ce trou perdu, Laurence avait décidé d'aller sur le lac pour capter du réseau et se reconnecter à la vraie vie. Elle ne s'était pas rendue bien loin, puisque la barque reposait toujours sur la rive.

Katia s'avança et observa pendant un long moment le visage satiné de sa rivale, se demandant combien de couches de maquillage étaient nécessaires pour que Laurence réussisse à se composer une telle peau de pêche. Ainsi endormie, elle ressemblait à une poupée, une grosse Barbie immobile. Après avoir jonglé avec l'idée de la laisser geler toute la nuit dehors, Katia essaya de la réveiller en lui secouant les épaules. Elle éprouva une sensation désagréable à ce contact trop intime, qui n'eut d'ailleurs pas le résultat escompté: après quelques marmonnements incompréhensibles, Laurence échappa un ronflement, avant de replonger dans un sommeil profond. Elle avait visiblement bien profité de la soirée et, à moins que quelqu'un réussisse à la transporter dans le chalet, elle risquait de passer la nuit recroquevillée dans la barque. «Tant pis pour toi, princesse!», grommela Katia. Elle se releva et contempla de nouveau le tableau. N'était-ce pas ironique? Elle était là, seule avec Laurence, déjà saoule morte. Elle aurait pu mettre son plan à exécution sans plus s'embarrasser des étapes, et son souhait aurait été exaucé. Elle n'aurait rien à faire – ou presque. Une petite piqûre, une petite poussée, merci, bonsoir. Et pourtant, elle hésitait.

Le vrombissement du moteur retentit de nouveau alors qu'elle s'apprêtait à poursuivre sa réflexion dans le chalet. Elle leva les yeux vers la route, retenant son souffle, en se disant que la voiture dépasserait bien vite la maison, qu'il n'y avait là rien d'anormal. C'était sans doute un conducteur perdu, elle n'allait tout de même pas s'énerver pour si peu. Sauf que les lumières du véhicule éclairèrent l'entrée du chalet, puis le chalet, et le moteur s'éteignit. Juste à côté. Elle entendit la portière de la voiture s'ouvrir, une émission de Radio-Canada en reprise, la portière se refermer, clac. Bip bip – verrouillage des portières, même au milieu du bois, réflexe d'urbain. Ce n'était pas un voisin de la campagne.

— Allô?

Un bruit de pas sur le gravier.

— Laurence? Laurence, c'est moi. C'est Daniel.

Cette voix masculine, inconnue, n'augurait rien de bon. Sans trop réfléchir à ce qu'elle faisait, Katia esquissa quelques pas discrets vers la remise, se dissimulant à la vue de l'étranger, qui s'approchait de Laurence. Il s'immobilisa près de la barque et murmura:

— S'il te plaît, joue pas à ça...

Constatant qu'elle ne réagissait pas, il ajouta, d'un ton où perçait déjà un léger agacement:

— Je sais que tu voulais être seule mais... J'ai fait tout ce chemin pour te voir. Il faut qu'on parle.

Comme elle ne lui répondait toujours pas, il s'avança encore, après avoir jeté un coup d'œil aux alentours, réalisant peut-être soudain ce qu'il y avait d'étrange à ce que Laurence prenne l'air dans une barque humide, à une heure si tardive, seule. Un instant, Katia crut qu'il l'avait aperçue et elle s'empara spontanément de la pelle en métal appuyée contre le mur du cabanon. Elle s'imagina surgir de l'ombre en criant comme une amazone guerrière, profiter de son ahurissement pour l'assommer, le démembrer, le faire cuire à petit feu et le servir aux filles à l'heure du brunch. Mais elle ne connaissait pas cet homme – l'amant de Laurence, de toute évidence. Pourquoi lui faire du mal? Non. Elle allait plutôt lui expliquer la situation calmement, lui raconter qu'elles avaient trop fait la fête, Laurence plus que toutes les autres, et le laisser se débrouiller avec le reste. Après tout, elle avait sommeil et elle devait se reposer pour assumer sa nouvelle vie de non-meurtrière dès le lendemain matin – ce serait plus difficile que ça pouvait en avoir l'air. Elle sortit donc de sa cachette en essayant de faire du bruit pour ne pas surprendre le nouveau venu, maintenant penché sur le corps de Laurence. Mais, trop préoccupé par l'état comateux de sa maîtresse, qui ne réagissait pas même s'il la secouait avec énergie, il ne remarqua pas sa présence. Arrivée à un mètre de lui, Katia toussota. L'homme se retourna aussitôt et ce qu'il vit ne sembla pas le rassurer. Quelle allure avait Katia? Pourquoi tenait-elle toujours la pelle en métal dans ses mains? Il aurait sans doute mieux fait de lui poser la question dès le départ.

— Qu'est-ce que vous lui avez fait? demanda-t-il plutôt en se levant, d'une voix agressive.

Il était plus grand que Katia, mais avec la dénivellation du terrain, il la dépassait à peine. Elle écarquilla les yeux:

— Qu'est-ce qu'on…? Mais on lui a rien fait!

— Vous l'avez droguée!

— *Quoi?*

— Je vais appeler la police!

L'homme fit un pas vers Katia, ce qui lui fit gagner plusieurs centimètres d'un coup, et Katia se sentit soudain un peu trop vulnérable à son goût.

— Monsieur, s'il vous plaît. Calmez-vous!

— Qui êtes-vous? demanda-t-il d'un ton accusateur, comme s'il s'attendait à ce qu'elle avoue être à la tête d'un réseau de prostitution clandestin.

Elle recula, sur la défensive.

— Qui je suis? Et vous, qui êtes-*vous*?

— Vous avez aucune question à me poser, mademoiselle! C'est vous qui me devez des explications!

— Non, je crois pas.

— Eh bien, vous vous expliquerez à la police!

Il avait déjà pris son téléphone et Katia, oubliant qu'il ne pourrait rejoindre personne, se mit à respirer très rapidement. Elle resserra ses mains sur la pelle. Qu'arriverait-il si la police se présentait au chalet maintenant? Avait-elle fait quelque chose de mal? Y avait-il des traces incriminantes quelque part? La barque? Les somnifères? Les premiers chapitres de son texte sur son ordinateur? Et si on l'accusait de tentative de meurtre? Ou de complot pouvant mener à un meurtre? Ce serait ridicule, mais peut-être suffisant pour l'envoyer en prison… Sans réfléchir, elle leva la pelle un peu plus haut. Les choses ne pouvaient pas se passer ainsi. Ce serait trop bête. Il fallait à tout prix empêcher ça.

— Mais qu'est-ce que vous…?

L'amant de Laurence eut à peine le temps d'apercevoir l'éclat du métal au moment où, de toutes ses forces, Katia lui abattit la pelle sur sa tête. En heurtant son crâne, l'outil fit un drôle de son, et la jeune femme pensa au gong tibétain que son professeur de yoga aimait faire résonner dans Central Park les après-midis ensoleillés. Le bruit du corps heurtant le sol, par contre, n'évoqua rien de particulièrement apaisant. Pourquoi Katia n'était-elle pas en train de pratiquer son salut au soleil dans Central Park? C'était incompréhensible. Elle resta figée devant l'homme pendant une minute – ou peut-être une heure –, à se demander ce qu'elle faisait là, avant de le pousser délicatement du bout du pied – il lui restait assez de bon sens pour penser qu'il valait mieux garder ses mains et ses empreintes digitales sur elle.

— Monsieur…? Monsieur Daniel? C'est bon, vous pouvez vous relever. Je… Je m'excuse. J'avais pas l'intention de…

Dans sa tête, la voix de son père résonna: « Je pense que celui-là, il payera pas son loyer ce mois-ci. »

27.

Devant le corps inanimé de l'amant de Laurence, Katia se rendit compte que son plan initial comportait de nombreuses failles.

1) Elle n'avait pas prévu qu'un invité-surprise se pointerait au chalet.

2) Elle n'avait pas prévu se faire surprendre *pendant* qu'elle réfléchissait à l'exécution de son crime – après, oui; elle avait déjà formulé toutes les réponses à toutes les questions qu'on pourrait lui poser *après*. Mais pendant? Non.

3) Elle n'avait certainement jamais prévu qu'il y aurait… Quoi? Une *victime collatérale*? Un homme qu'elle ne connaissait même pas, en plus! Incroyable qu'un si grand gaillard ait pu s'effondrer d'un seul coup. C'était une aberration. Elle avait voulu le faire taire, tout simplement. L'assommer, à la limite. Mais le… tuer? Pas du tout! Elle avait agi sans réfléchir, et ce n'était pas sa faute si elle se retrouvait maintenant avec un cadavre sur les bras – parce qu'il était bien mort, elle n'avait pas le choix de se rendre à l'évidence. C'était *sa* faute à *lui*! Il était arrivé au chalet alors que personne ne l'y avait convié, enfreignant ainsi la règle de base d'une fin de semaine de *filles*, et il s'était mêlé de ce qui ne le regardait pas. Il avait semblé menaçant, Katia avait été surprise, c'est évident, le résultat le prouvait hors de tout doute. Au tribunal,

personne ne pourrait l'accuser de meurtre au premier degré. C'était toujours ça de pris. Mais penser au tribunal n'avait rien de réjouissant. Elle devait se ressaisir et réévaluer la situation. Vite.

Elle donna un coup de pied à Daniel, espérant encore qu'il lâcherait un « Ouch ! » rauque et se relèverait. Mais il ne bougea pas, confirmant ainsi son nouveau statut d'homme décédé. Elle tenta ensuite de le soulever, se rendant vite compte qu'elle aurait besoin d'aide pour y parvenir. Elle jeta un coup d'œil à Laurence, qui roupillait dans la barque. Impossible de la réveiller. D'ailleurs, que lui dirait-elle ? Bien sûr, elle pourrait prétendre qu'il avait tenté de l'agresser, qu'elle s'était défendue. Ça paraîtrait peut-être peu vraisemblable, mais qui mettrait en doute la parole d'une pauvre jeune femme perdue au fond du bois ? Elle pourrait expliquer qu'elle avait tenté de se défendre, qu'elle avait perdu la tête. Elle pourrait laisser tomber tout son plan initial, oublier qu'elle avait voulu tuer Laurence. Rentrer chez elle, se faire une soupe, allumer la télé et s'endormir en regardant une téléréalité stupide ou un reportage sur les mœurs des kangourous.

Mais il était sans doute un peu tard pour ça, désormais.

Elle donna un nouveau coup de pied à Daniel. Tout allait bien, avant son arrivée. Pourquoi avait-il roulé jusqu'ici ? Il s'était payé une crise de jalousie ? S'il ne se doutait pas que Laurence le trompait à droite et à gauche, c'est qu'il était lui-même bien innocent. Katia pourrait toujours se féliciter d'avoir gardé sa naïveté intacte. Pas qu'elle s'attendait à recevoir des félicitations pour le meurtre qu'elle venait de perpétrer, mais quand même... Toutes les raisons valaient la peine d'être explorées et elle aurait besoin d'en avoir plusieurs pour justifier pourquoi cet homme se trouvait étendu à ses pieds. Justement, Sophie sortait du chalet en se frottant les yeux.

— Qu'est-ce qui se passe, Katia ? J'ai entendu un cri.

— Il se passe rien. Je...

— *Oh my God !* C'est qui, lui ?

— Je… Je sais pas !

— Comment ça, tu sais pas ? Mais qu'est-ce qu'il fait là ?

— Je sais pas ! Je pense qu'il… Il vient de faire une crise cardiaque !

— *Oh my God !* Katia, il faut faire quelque chose ! Appelle le 9-1-1 !

— Il y a pas de téléphone, comment tu veux que j'appelle ?

— Merde ! Merde de merde de merde. Il faut… Je sais, il faut lui faire la respiration artificielle !

Elle se dirigeait déjà vers le corps, prête à le ressusciter, mais Katia lui bloqua le chemin. Sophie ne devait pas s'approcher, voir le sang, la pelle, Laurence endormie dans sa chaloupe comme une Ophélie sur le point de partir rejoindre les sirènes. Si elle se rendait compte de la situation, Dieu seul sait comment elle réagirait.

— Approche pas ! ordonna-t-elle en la repoussant.

— J'ai fait mon cours de premiers soins !

— Non, non, mais…

— Katia, laisse-moi passer !

— Attends… Tu peux pas lui faire le bouche-à-bouche.

— Hein ?

Katia tentait de trouver une excuse, mais elle avait le cerveau comme du Jell-O. Finalement, elle s'écria :

— Il… Il a… Un feu sauvage ! Un énorme feu sauvage… !

Sophie s'immobilisa aussitôt.

— *What ?*

— Vraiment gros.

— *Fuck.*

Ses narines, dilatées par l'émotion, enflèrent. Elle était en plein dilemme éthique : devait-elle sauver un homme et risquer de passer le reste de sa vie avec l'herpès buccal ou le laisser mourir sans réagir ? Elle finit par articuler en un souffle :

— Où sont les clés de ta voiture ?

— Les clés de… ?

— Les clés de ta voiture, Katia !

— Dans la cuisine. À côté des couteaux.

Sophie remonta l'escalier en s'accrochant à la rampe et faillit se tuer en manquant une marche quand elle redescendit. Elle bondit jusqu'à la voiture de Katia. Dans l'urgence, elle n'avait même pas remarqué Laurence, presque aussi immobile que son amant.

— Je vais chercher du renfort ! cria-t-elle comme si elle jouait un rôle dans une série policière américaine. Bouge pas de là !

Katia retrouva son poste de garde, près de la remise, et s'appuya contre le mur de bois, dont la fraîcheur lui fit réaliser qu'elle avait la peau brûlante. Elle se sentait vraiment très fatiguée, tout à coup. Elle aurait voulu être chez elle, devant son ordinateur, à écrire des comédies romantiques en mangeant de la réglisse aux cerises et en buvant du prosecco. Mais elle avait un cadavre sur les bras. Elle murmura :

— Je reste ici. J'ai nulle part où aller, *anyway.*

28.

La voiture, placée à côté de celle de Daniel dans l'allée qui séparait le cabanon du chalet, bondit d'abord vers l'avant, frappa le coin gauche de la remise, passant à deux doigts d'écraser Katia. Puis, un pied à fond sur l'accélérateur et l'autre sur la pédale d'embrayage, apparemment incapable de distinguer l'un de l'autre, Sophie changea les vitesses et propulsa le véhicule à toute vitesse vers l'arrière, réussissant par miracle à éviter le chalet, accrochant une grosse roche au passage, avant de s'écraser contre la barque, qui freina son élan. Le moteur s'étouffa.

— *Fuck!* beugla Sophie.

Katia ne bougeait pas, complètement dépassée par ce qui venait de se produire. Elle jeta un coup d'œil à la barque. Le choc avait-il réveillé Laurence? Pourquoi ne faisait-elle pas de bruit? Elle ne pouvait pas dormir, maintenant, pas avec tout ce brouhaha… D'ailleurs, si elle était encore endormie, les cris de Sophie allaient certainement la réveiller.

— Katiaaaaa! Je pense que je suis blessée!

— Bouge pas, j'arrive!

Katia s'approcha de la conductrice qui, les mains accrochées au volant, les yeux ronds, semblait incapable de bouger.

— J'ai mal partout! Je pense que je fais une commotion cérébrale!

Katia se pencha vers elle et constata rapidement qu'à part être très saoule, sans doute encore sous l'effet des amphétamines, Sophie n'avait pas grand-chose. Sa lèvre saignait, elle avait dû la mordre au moment du choc, mais, au-delà de ça, elle ne paraissait pas blessée. Par contre, il fallait absolument la faire taire, sans quoi elle risquait d'ameuter tous les voisins des environs.

— Calme-toi! T'as rien.

— Est-ce que je dois aller à l'hôpital?

— Mais non! Surtout pas…

Sophie passa la main sur sa bouche.

— *Oh my God!* Je saigne!

Elle leva les doigts devant son visage, terrorisée à la vue de son sang.

— *Oh my God!*

— T'inquiète pas. Les lèvres, ça saigne beaucoup, mais c'est pas grave. Est-ce que tu peux bouger?

— Tu comprends pas! Je suis hématophobe!

— Quoi? Tu es *quoi*?

— J'ai la phobie du sang. Surtout du mien!

Katia soupira. Franchement, elle commençait à avoir envie d'étriper Sophie, histoire de voir si elle était *tripophobe* aussi. Elle lui indiqua, de l'index, la boîte de Kleenex, au-dessus du coffre à gants:

— Fais une pression sur ta lèvre et le sang va arrêter de couler dans deux minutes. Tu devrais savoir ça, avec ton diplôme de premiers soins…

— Non, non. Tu comprends pas. Je peux pas toucher à… ça.

D'un geste dégoûté, elle essuya sa main sur le banc du passager, sans se préoccuper de la belle tache bourgogne qu'elle faisait sur le tissu. Katia eut une pensée pour sa mère et son soin maniaque du ménage.

— Tu peux pas toucher à ton sang?

— Il faut que tu m'aides !

— Tu veux que *quoi*? Que je t'essuie la bouche ?

Sophie hocha vivement la tête, gardant sa bouche entrouverte pour ne pas avaler le sang. Ainsi barbouillée de rouge, elle ressemblait à un vampire dans un film pour adolescents. Katia s'empara d'une poignée de Kleenex et se mit à tapoter sa lèvre, comme une mère qui essuierait le ketchup sur la bouche de son enfant à la sortie du McDo. Entre deux changements de mouchoirs, elle jeta un coup d'œil à l'arrière de la voiture. Près du lac, rien ne bougeait. Elle leva les yeux et aperçut les lueurs de l'aube. Dans quel état arriverait-elle à la fin de cette journée qui ne commençait assurément pas comme prévu? Elle préférait ne pas y réfléchir. Elle jeta les vieux Kleenex tachés à l'arrière de la voiture, en prit une poignée de nouveaux et les ficha dans la bouche de Sophie. Ça l'empêcherait peut-être de crier quand elle verrait de nouveau le corps de l'homme, qu'elle avait momentanément oublié. Sophie réussit cependant à articuler, après avoir lancé un regard inquiet à Katia :

— Est-ce que… Est-ce que j'ai… ? J'ai senti un choc en reculant. Est-ce que c'était… ?

Elle appuya ses bras contre le volant et son front contre ses mains, peinant à rassembler ses idées. Katia hésita. Quelle réponse lui donner? Devait-elle essayer de lui faire porter le blâme de la mort de l'amant de Laurence? Elle jeta un nouveau coup d'œil derrière son épaule. De l'endroit où elle se trouvait, elle n'apercevait que le bout de la barque et les pieds de l'homme. Il portait des chaussures noires, d'un modèle un peu vieillot. Sophie ferma les yeux. Elle cracha quelques morceaux de Kleenex, qui tombèrent sur ses genoux, et évita de les regarder.

— C'était quand même pas un chevreuil, j'imagine.

— Non. Non, c'était pas un chevreuil.

Katia se demanda si Sophie avait roulé sur le corps de l'homme. Sa blessure au crâne passerait peut-être ainsi inaperçue… Par contre, il faudrait tout de même expliquer pourquoi il se trouvait par terre avant l'accident. Elle inspira profondément, remarqua l'odeur de pin. Elle se sentait beaucoup moins saoule, maintenant – mais pas beaucoup mieux. La voiture avait abîmé l'arrière de la barque et l'avait poussée dans le lac, où elle avait commencé à dériver très lentement, puisqu'elle s'était déjà à moitié remplie d'eau. Tout à coup, Katia aperçut la masse sombre des cheveux de Laurence qui flottaient à la surface de l'eau. Elle lâcha un cri strident auquel Sophie répondit en criant encore plus fort.

— Katia! Qu'est-ce qui se passe?

— Sophie, arrête de crier! grogna Katia.

Elle ignora les sanglots qui suivirent sa réplique et s'empressa d'essayer de rapprocher l'embarcation pour tenter de la ramener vers la rive. L'eau la rendait trop lourde et Katia finit donc par agripper Laurence directement par la taille en tentant de lui tenir la tête hors de l'eau en revenant vers la berge. Ce n'était pas une tâche facile: Katia était immergée à mi-taille et grelottait. Laurence, étrangement, ne se réveillait pas.

Quand Katia parvint à l'allonger sur le sol, elle chercha son pouls, mais ne le trouva pas. Dans l'auto, Sophie continuait à sangloter.

— Katia, aide-moi à sortir d'ici, *please!* Il y a du sang sur la poignée! J'arrive plus à respirer…

Katia, à la fois paniquée et exaspérée, laissa Laurence sur le sol humide et retourna à la voiture. Dès que Sophie s'extirpa hors du véhicule, elle gémit:

— Il faut que j'aille prendre une douche… Me changer… Peux-tu… S'il te plaît, occupe-toi du monsieur. Tu peux lui faire le bouche-à-bouche, toi…

Elle boitilla vers le chalet et disparut à l'intérieur, laissant son hôtesse se débrouiller avec les dégâts. Katia, incapable de comprendre comment la situation avait pu échapper à son contrôle aussi rapidement et encore moins de voir comment elle pourrait s'en tirer, s'appuya contre la vieille voiture de sa mère et se passa une main lasse sur le visage. Pas très loin d'elle, face contre le sol, se trouvait le cadavre d'un homme qu'elle n'avait jamais rencontré avant ce soir. Il portait un pantalon à plis et un polo bleu marine, une tenue anodine, à la fois élégante et décontractée. À son annulaire gauche, elle avait vu briller un jonc. Un homme marié. Quel démon l'avait poussé à venir se perdre au fond des bois un samedi soir alors qu'il aurait pu rester tranquillement à la maison avec sa femme et ses enfants ? Elle ne le saurait jamais.

Elle s'approcha de Laurence et lâcha un long soupir. Était-il vraiment possible que…? Elle poussa doucement son bras du bout des doigts. Il était mou – sans vie. Katia retint un hoquet douloureux. Par un drôle d'enchaînement d'événements, le hasard s'était chargé de mettre le plan de Katia à exécution. Laurence Turcot s'était transformée en poupée de chiffon.

Elle n'avait pas aimé Laurence vivante, et il y avait peu de chance qu'elle développe de l'affection pour son cadavre. Pourtant, la vue de son corps à jamais inanimé la plongeait dans un état proche de la tristesse. Ses ongles peints, ses joues poudrées, ses cheveux teints, toutes ces heures d'entretien gaspillées… Elle s'approcha d'elle et souleva une mèche de cheveux humides, qu'elle laissa ensuite retomber. Laurence était désormais inoffensive. La tristesse fit alors place à une autre sensation, que Katia prit d'abord pour de la pitié, mais qui s'agita si fort dans son ventre qu'elle en conclut qu'il s'agissait de quelque chose de bien plus difficile à assumer, quelque chose comme de l'horreur pour la terrifiante réalité de ce qui était en train de se passer. Mais une voix, derrière elle, la sortit de cet état :

— On peut pas la laisser là. C'est pas possible.

Katia ferma les yeux et respira un bon coup avant de se retourner.

29.

Mylène, appuyée contre la rambarde de la galerie, avait visible-ment de la difficulté à se tenir debout. Elle secouait lourdement la tête, agitant devant son visage ses longs cheveux roux.

— Sans blague. Faut la bouger.

Katia se demanda si elle avait vu ce qui s'était passé et si elle avait conscience de la gravité de la situation. Laurence était morte, ce qui aurait dû susciter quelques cris, des «Oh mon Dieu!» et des «Il faut appeler le 9-1-1!». Mais non. Mylène continuait à hocher la tête en répétant «Faut la bouger» et, une fois qu'elle comprit que Katia n'al-lait pas se déplacer, elle entreprit de s'occuper de cette tâche elle-même. Elle lâcha la rambarde pour s'approcher du corps, ce qui se solda par une chute assez grotesque. Elle rigola en se rendant compte de la difficulté de réaliser un projet pourtant si simple, et s'assit en indien, croisant ses jambes avec effort, comme si elle s'apprêtait à com-mencer une leçon de yoga. Quand elle parvint à une approximative position du lotus, elle devint très sérieuse.

— C'est pas nécessairement le bon moment pour dire ça, mais… Je l'ai toujours haïe, cette fille-là.

Elle promena son regard aux alentours, s'attarda un moment aux grands pieds d'homme qui dépassaient à côté de la barque. Elle ne parut pas se demander ce qu'ils faisaient là, et si un corps leur était rattaché. Lentement, elle tourna la tête vers Katia.

— Tu crois que c'est vrai ?

Katia haussa les sourcils. Elle n'avait aucune idée de ce à quoi Mylène faisait allusion. Croyait-elle que Laurence s'amusait à faire la morte ?

— Que *quoi* est vrai ?

— Ben… Ton histoire… Le violeur…

— Le violeur dans les bois ?

— Il faut bien que quelqu'un soit responsable.

— Mylène, comment tu veux que… ?

Mylène posa l'index sur sa bouche et souffla « Chhhhhht ». Puis, elle secoua son doigt d'un bord à l'autre, comme un métronome. Elle avait les yeux vitreux et articula avec peine, en insistant lourdement sur chaque mot :

— Parce que, moi, je pense pas qu'on est responsables de ce qui vient de se passer ici.

Un grognement rauque retentit derrière elle et les deux femmes tournèrent la tête vers le chalet. Sophie venait d'en sortir, vêtue d'une tenue sport, comme si elle s'apprêtait à aller faire un petit jogging, et contemplait la scène, le visage rouge, les yeux bouffis, deux bouts de Kleenex dépassant de sa bouche comme du persil dans la gueule d'un cochon rôti :

— *Oh my God !* Qu'est-ce qui… ? Qu'est-ce qui lui est arrivé ?

Elle se mordilla la lèvre du bas, et le sang recommença à couler mais, cette fois-ci, elle ne le remarqua pas.

— Elle est… Qu'est-ce qu'elle a… ?

Mylène et Katia la fixaient, l'air sinistre, en hochant la tête.

— Quoi, c'est un jeu questionnaire ? Vous allez pas me répondre ? *Fuck*, les filles, il faut faire quelque chose !

Elle fit un pas vers le corps de Laurence, puis son regard se posa sur celui de Daniel et, un plus un donnant deux, elle dut réaliser que Laurence risquait sans doute d'avoir elle aussi un feu sauvage qu'elle attraperait en lui faisant la respiration artificielle. Elle s'immobilisa.

— Ça fait combien de temps qu'elle est comme ça ?

— Un bon bout.

— *Fuck !*

Cette dernière information lui ayant enlevé tout ce qui lui restait de son élan de secouriste, Sophie alla s'asseoir à côté de Mylène et entoura ses jambes avec ses bras. Katia remarqua qu'elle tremblait légèrement.

— C'est ma faute… J'ai jamais passé mon permis de conduire… Puis… Je sais pas conduire manuelle.

Elle se mit à se balancer nerveusement d'avant en arrière.

— *Oh boy. Oh boy.* Qu'est-ce qu'on a fait ?

Mylène la reprit :

— Non, non, non. Ce qu'il faut se demander, c'est : « Qu'est-ce qu'on *va faire* ? »

— Qu'est-ce qu'on va faire ?

Elles se retournèrent toutes les deux vers leur hôtesse, comme si, en tant qu'organisatrice de cette belle fin de semaine de créativité, elle devait prendre les choses en main.

— Pourquoi vous me regardez comme ça ?

— On peut pas appeler la police.

Katia était tout à fait du même avis que Mylène, mais feignit tout de même de ne pas comprendre :

— Pourquoi pas ?

— Parce que quelqu'un va finir en prison.

À ces mots, Sophie serra les mains sur son visage, terrifiée :

— Je veux pas aller en prison, moi !

— Tu iras pas en prison, assura Mylène. Personne ici va aller en prison, OK ?

Katia se demanda si Mylène l'avait vue lever la pelle et frapper l'homme. Elle pourrait plaider l'homicide involontaire... Mais pour Laurence... ? Gagnée par un début de panique, elle se passa la langue sur les lèvres. « Réfléchis, Katia. Réfléchis. Qu'est-ce qu'il faut faire, maintenant ? » Et soudain, elle sentit, presque comme si elle se trouvait à ses côtés, la présence de Nadia. Son personnage. Cette super hôtesse de l'air qui savait se tirer de toutes les embrouilles. Dans une telle situation, comment agirait Nadia ?

Nadia serait efficace et trouverait la façon, quelle qu'elle soit, de parvenir à ses fins.

— Il faut se débarrasser des corps, prononça Katia d'une voix ferme.

— *Oh my God !* gémit Sophie.

— Est-ce qu'il reste quelque chose à boire ? demanda Mylène.

— *Oh my God !* répéta Sophie, dont le visage avait pris une inquiétante teinte blanche qui accentuait son apparence de vampire.

Elle se mit à sangloter.

— Arrête ça ! ordonna Mylène. C'est pas le temps de piquer une crise.

— Je fais pas une crise ! Je... Je... Je suis juste...

Elle laissa la phrase en suspens, incapable de détacher les yeux du corps de Laurence. Mylène secoua la tête.

— OK, calme-toi, Sophie. Tout va bien se passer.

Sophie ouvrit la bouche mais aucune parole n'en sortit cette fois, ce qui permit à Mylène d'ajouter:

— Il faut se calmer... Et réfléchir. Sinon, on trouvera jamais le moyen de s'occuper de ces deux-là.

Les lèvres de Sophie se remirent à trembler.

— De s'en *occuper*? Mais comment on peut s'en *occuper*...? Ils sont...

Mylène échappa un rire nerveux et jeta un coup d'œil à Katia.

— S'en occuper, répéta Sophie, complètement hébétée, son regard errant autour des corps immobiles, comme si un thanatologue risquait de surgir des environs pour les initier à l'art de la momification.

Katia s'approcha d'elle et lui posa délicatement la main sur l'épaule. Comme un petit animal effrayé, Sophie sursauta à ce contact. Puis, constatant qu'il ne s'agissait que de Katia, elle se détendit. «Je pourrais la tuer, elle ne verrait absolument rien venir», songea Katia. Finalement, devenir tueur en série ne demandait ni grand talent, ni grande planification. Par contre, étant donné la direction qu'avait prise cette nuit chaotique, elle n'avait nulle intention de s'en prendre à Sophie ou à Mylène. Elle voulait désormais sauver sa peau. Et il lui semblait que, pour atteindre ce but, il était plus simple de garder les filles du côté des alliées, et donc des vivantes, que du côté des morts, dont la présence silencieuse aurait plutôt tendance à l'incriminer.

30.

Assises autour de la table face à leurs feuilles blanches, un café dans une main, un crayon dans l'autre, l'air sérieux, les trois auteures paraissaient sur le point de commencer une réunion importante, sur cette fameuse nouvelle collection que devait diriger Katia de Luca, par exemple. Assise au bout de la table, présidant la petite assemblée, Katia semblait très fatiguée. Ses cheveux, d'habitude si bien coiffés, étaient plats et collaient à son visage. Elle s'éclaircit la gorge.

— OK, les filles, c'est pas compliqué. Il faut recréer la scène.

Sophie caressa la tête de Roméo, assis sur ses genoux. Depuis qu'elle avait appris qu'il était diabétique, elle se sentait responsable de sa protection et veillait sur lui comme une mère, ce qui, d'une certaine manière, la déculpabilisait un peu de sa possible – probable ? – implication dans la mort de Laurence. Au souvenir du choc de la voiture contre la barque, elle se remit à trembler. Katia s'interrompit et la dévisagea, les yeux plissés, l'air grave. Si Sophie flanchait, elles étaient bonnes pour le pénitencier.

— OK, Sophie, écoute-moi bien. Quand les policiers arriveront ici et se mettront à nous poser des questions, il faudra qu'on ait exactement les mêmes réponses. Sinon, ils vont nous poser plus de questions. Et s'ils nous posent plus de questions, qu'est-ce qui va se passer ?

— On... On va aller en prison ?

— Exactement ! Donc, ce qu'on veut, c'est qu'ils nous posent le moins de questions possible. Et pour ça, on doit avoir la même version des faits.

— Mais on l'a !

— Ce que t'as dans la tête quand tu regardes par là-bas, c'est pas la bonne version.

— *Fuck. Fuck. Fuck.* Qu'est-ce que j'ai fait… ?

Sophie se mit à triturer son téléphone inactif comme si Siri pouvait s'activer et lui donner une réponse satisfaisante.

— Tu as découvert l'accident tragique de Laurence et de Daniel. C'est tout.

— *Oh my God !*

— Tu pourrais jouer la scène ?

— Quelle scène ?

— La scène où tu découvres l'accident.

— Oui… Oui, évidemment que je peux.

— Mais avant… On est des auteures, on va écrire une histoire.

— On est des auteures de *chick lit* ! s'insurgea Mylène. Moi, dans mes livres, il y a cinq affaires : une fille névrosée, un gars immature, des amies qui boivent beaucoup, du sexe et une fin heureuse. Pas des morts tragiques !

— Garde la fille névrosée, les amies qui boivent et le sexe, et change le reste. Ça devrait pas être trop compliqué.

Mylène regarda l'heure et soupira.

— Je pense que, dans les circonstances, j'ai le droit de boire avant cinq heures.

— Il est cinq heures et vingt, précisa Sophie.

— Du matin. Qui veut une bière?

— Je prendrais plutôt de l'amaretto dans mon café.

— Bonne idée.

Katia remarqua quand elle se leva que Mylène portait un pyjama avec un imprimé de petits chats. À un autre moment, ça l'aurait fait sourire. Mais pas maintenant. Elle observa son visage posé, ses cheveux auburn sagement tressés sur le côté. Elle lui envia son sang-froid. Depuis le début de cette débandade, une fosis passés les premiers moments d'émoi, elle agissait avec un calme impressionnant. C'est même elle qui avait suggéré de dissimuler le corps de Daniel sous le canot, constatant au passage :

— C'est lui, l'amant torride de Laurence? Il doit avoir au moins deux cents ans. Pas étonnant qu'il se soit écroulé après un petit coup de pelle.

Que Mylène l'ait vue n'étonnait pas tellement Katia; qu'elle n'en ait pas parlé plus tôt, par contre, la surprenait. N'aurait-elle pas dû l'accuser? Allait-elle le faire plus tard? Pour le moment, elle préparait du café à l'amaretto et semblait solidaire.

— Il faut penser qu'on écrit une tragédie, insista Katia. Que se disent deux amants dans les minutes qui précèdent leur mort?

Sophie mâchouilla nerveusement le bout de son crayon.

— Déjà, ça prendrait un motif, pour leur mort.

Elle grimaça et, après avoir tâté le bout de sa lèvre enflée, observa attentivement ses doigts. Ne pas y trouver de sang la soulagea.

— Elle veut plus le voir, il veut la revoir?

— Il a des remords parce qu'il l'a laissée, suggéra Mylène.

— Parfait, dit Katia. Il veut la revoir parce qu'il se sent coupable de l'avoir quittée. Et depuis, elle a rencontré quelqu'un d'autre.

— Un beau jeune homme, proposa Mylène.

— Peu importe qui. Il le prend pas.

— Il lui fait une crise de jalousie.

— Il la menace.

— Elle dit qu'elle va le dénoncer.

— Il lui dit que si elle fait ça, il la tue.

— Elle menace de mettre des photos compromettantes de lui sur Internet.

— Des photos compromettantes ?

— Orgies ?

— À son âge ? Tu crois que c'est crédible ?

— Pourquoi pas ?

— Les filles. Focus. On a deux cadavres sur les bras, au cas où vous l'auriez oublié. Je suggère d'opter pour la simplicité. Le moins de détails possible.

— Mais… Pourquoi on doit inventer cette histoire, au fait ?

Katia leva son téléphone dans les airs, dans un geste qui n'était pas sans rappeler celui qu'avait fait Laurence à répétition la veille.

— On écrit un roman épistolaire.

— Hein ?

— Des textos. Un échange de textos.

— *What* ?

— On va récupérer leurs téléphones.

Katia alla dans l'atelier et prit le paquet de gants de vaisselle turquoise et les bonnets de protection en papier. Elle les tendit à Mylène et Sophie :

— Il faut pas laisser de trace. Pas de cheveux, pas d'empreintes digitales.

Sophie la fixa, l'air perplexe, sans bouger.

— Je veux pas me mettre ça sur la tête, c'est ridicule.

Katia leva les yeux au ciel.

— Personne va te voir, Sophie. Mais on peut aussi laisser faire. Ou appeler le 9-1-1. Par contre, compte pas sur moi pour expliquer pourquoi il y a deux corps morts sur le terrain.

— Non, non. Je disais ça… C'est bon. Et après, on rentre à Montréal, hein ?

— Évidemment.

Elles descendirent l'escalier sans un mot. De loin, avec leurs gants de vaisselle qui leur montaient jusqu'aux coudes et leur bonnet blanc, elles ressemblaient à une équipe de ménage particulièrement zélée en train de terminer un quart de nuit. Ou à une équipe de la morgue, se dit Katia lorsqu'elles se trouvèrent au pied des cadavres.

— Je vais prendre le téléphone de Laurence, annonça-t-elle.

— Je vais trouver celui de Daniel, dit Mylène.

Katia eut de la difficulté à récupérer le téléphone de Laurence, enfoncé dans la poche arrière de ses jeans mouillés. De son côté, Mylène semblait n'avoir aucune réticence à fouiller dans les poches de Daniel. Elle retira son portefeuille de sa poche gauche, résistant difficilement à la tentation de l'ouvrir pour voir s'il contenait un ou deux billets qu'il ne pourrait plus dépenser, mais dont elle pourrait, elle, profiter. Le trio s'apprêtait à remonter au chalet avec son butin quand Katia se frappa le front.

— Merde ! Comment on va faire pour envoyer des textos avec leurs téléphones ? On connaît même pas leurs codes d'accès !

— Zut ! C'est vrai, ça ! grommela Mylène.

Sophie tendit la main.

— Je peux voir les téléphones ?

— Tu connais quand même pas leurs mots de passe ?

Elle secoua la tête puis, d'un coup de menton, évitant de regarder de ce côté, elle indiqua l'endroit où se trouvaient les corps.

— Touch ID.

— Quoi, Touch ID ?

— Il faudrait voir s'ils ont Touch ID… Avec leurs empreintes digitales, on devrait réussir à déverrouiller les téléphones.

— Sophie, tu es un génie !

Elle ébaucha un pâle sourire et haussa les épaules.

— Si tu le dis.

Mylène s'empara des téléphones et retourna près des corps. Deux minutes plus tard, elle était de retour, victorieuse.

— Ça marche, souffla-t-elle. Reste juste à inventer le scénario.

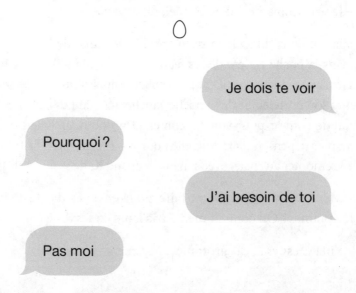

Une dernière fois

Trouve quelqu'un d'autre.
Ta dernière fois, tu l'as eue

Juste une fois.
Comme avant

Non. Suis ailleurs,
maintenant

Moi, je suis ici

Quoi ?

Au chalet

? ? ?

J'arrive

Qu'est-ce que tu fais ici ?

J'arrive

NO WAY

Daniel ?

C'était une blague?

Allô?

Je suis là

Où?

Sur le lac

Quoi?

J'ai besoin de te parler

Pourquoi tu réponds pas?

Va-t'en

Tu dois m'écouter

J'appelle la police

Juste 5 minutes

Va-t'en

Les filles hésitèrent. Devaient-elles ajouter : « Je voudrais que tu sois mort ! » ? Était-ce nécessaire ? Sophie considérait que ça permettrait de clarifier les choses, au cas où la police douterait que Laurence soit assez agressive pour frapper son ancien amant. Mylène trouvait que trop souligner une action lui enlevait de la force et de la crédibilité. Finalement, elles décidèrent de finir avec les trois points d'exclamation.

— C'est nul, comme histoire, remarqua Sophie en replaçant son bonnet.

— Sophie. On s'en fout. Ça va pas être publié, ça. C'est fait pour nous sauver la peau.

— Je sais, mais…

— Mais quoi ?

— Mais rien. C'est nul, c'est tout. Moi, j'aurais… J'aurais mis plus d'adjectifs.

— Il y a personne qui écrit des adjectifs dans une situation d'urgence.

— Non, mais…

— Non mais rien.

— Et… On fait quoi, maintenant ?

Mylène et Sophie dévisagèrent Katia.

— Maintenant, je vais aller sur le lac.

31.

À l'aube, un épais brouillard avait recouvert le lac, comme si un réalisateur avait ouvert en même temps des dizaines de canons à fumée. La scène était surréaliste, presque trop appropriée à la situation, et Katia avait mal à la tête. Où était le gars des vues? Elle avait quelques questions à lui poser sur la suite de son scénario. En pagayant vers le milieu du lac dans le canot, traînant derrière elle la barque qui prenait l'eau et dans laquelle les deux cadavres trempaient, elle essaya de se rejouer le film des dernières heures. Une conversation avec Laurence lui revenait en tête, et elle ne savait plus trop si elle l'avait rêvée ou si elle avait vraiment eu lieu.

— Franchement, disait Laurence, l'air outré. Tu crois vraiment que je t'ai volé ton idée? Voyons! C'est quoi, une idée? J'ai passé huit mois complets à écrire mon roman. Et j'ai écrit un bon roman! Je m'excuse, mais je mérite mon succès! Je t'ai volé ton roman? De quoi tu parles? Il est où, ce roman?

— J'étais en train de l'écrire, tu le sais!

— Je le *sais*?

— On en a parlé durant toute une soirée! Je t'ai tout raconté! Je pensais jamais que…

— Wow! Vérifie tes souvenirs, cocotte. Moi, je me rappelle juste qu'on a pris une grosse brosse ensemble pis qu'on a parlé de plein d'affaires.

— De mon histoire !

— Non. On s'est amusées à essayer de trouver des histoires qui marcheraient mais… *That's it.*

— Comment ça, *that's it* ? *That's not it !* Tu as volé mon histoire !

— Ah, *come on*, Katia ! Arrête. L'as-tu écrit, ton roman ?

— Non. Enfin, oui…

— Oui. Ou. Non ?

— Je te l'ai dit ! J'étais en train de l'écrire… !

— Ben moi, j'ai un livre écrit et publié. Tes paroles, c'est du vent, Katia. Juste du vent.

— C'était mon histoire…

— Ben, poursuis-moi !

Elle voyait Laurence soufflant un petit rond de fumée en sa direction, un rond de fumée semblable à cette vapeur qui couvrait le lac où Katia s'immobilisait maintenant. Et ensuite ? L'avait-elle rouée de coups ? L'avait-elle étranglée ? Non. Elle en était certaine. Elle ne l'avait pas touchée.

Katia serra les dents et, après avoir jeté par-dessus bord la pelle en métal, qu'elle avait eu la présence d'esprit d'apporter, elle prit une longue inspiration et attrapa le pouce de sa rivale pour déverrouiller son téléphone. Elle frissonna : la peau de Laurence était glaciale, et celle de Daniel tout autant. Elle essaya de ne pas y penser pendant que, la main droite recouverte d'un gant de latex turquoise, elle composait l'histoire tragique des derniers moments du couple. Une fois les derniers points d'exclamation tapés, elle envoya l'ultime texto et remit les téléphones à leur place, bien au fond de la poche de chacune des victimes, pour s'assurer qu'on les retrouverait en même temps que les cadavres. Ses mots seraient les derniers de Laurence Turcot. Tandis qu'elle poussait le corps de sa rivale dans l'eau, Katia la revit très clairement, qui prononçait d'autres mots, des mots méchants, en se moquant d'elle :

— La gloire, Katia, c'est pas juste une question de talent ou de travail. C'est une question de personnalité. Toi, t'as jamais eu ce qu'il fallait. Et tu l'auras jamais.

Elle observa les longs cheveux bruns, qui flottèrent un instant à la surface, puis s'enfoncèrent dans l'eau. Elle fit basculer le corps de Daniel et prit ensuite une longue inspiration. Elle écouta le silence de cette aube estivale. Un oiseau chantait, pas très loin, elle ne savait pas de quelle espèce il s'agissait et n'avait pas l'intention de l'apprendre – elle n'écrirait jamais de livre d'ornithologie. Le décor était calme, propice à la méditation et au repos. Un petit coin de paradis. Katia détacha la chaloupe. Puis, elle glissa dans l'eau. Renverser le canot fut facile, ces embarcations étaient si instables.

L'eau était glaciale. Elle nagea rapidement. Elle avait toujours préféré la course à la natation, mais éprouvait maintenant un soulagement intense à fendre l'eau de ses bras, en d'agiles mouvements de crawl, s'éloignant du canot et de la barque. Derrière elle, au fond du lac, se trouvaient les corps de Laurence et de son amant. Combien de temps faudrait-il pour les récupérer ? Quelques heures, certainement. Le lac était profond, et le canot dériverait bientôt, effaçant les points de repères possibles. La barque risquait d'orienter les recherches si elle ne coulait pas complètement – mais qui sait où elle aboutirait ?

Dès que Katia arriva sur la rive, elle dit à Mylène, qui l'attendait avec une serviette :

— C'est bon. On peut se reposer un peu.

De retour au chalet, Katia prit une longue douche chaude et se changea, choisissant un t-shirt et un pantalon confortable. Elle fit ensuite le tour des lieux pour s'assurer qu'aucun élément suspect ne capterait l'attention d'un policier ou d'un inspecteur alerte. C'est ainsi qu'elle découvrit sur la terrasse, au pied d'une chaise longue, le verre barbouillé de rouge à lèvres de Laurence. Son regard fut attiré par des taches de couleurs, comme une poignée de bonbons qu'elle n'aurait pas terminés. Elle prit le verre. Quatre calmants à moitié fondus étaient collés contre la paroi du fond.

— Mais qu'est-ce que… ? grommela-t-elle avant de tourner la tête en entendant le bruit de la moustiquaire qu'on ouvrait.

Mylène venait d'apparaître à côté d'elle.

— Ça traînait dans les toilettes, lança-t-elle en un souffle, comme si c'était suffisant pour justifier quoi que ce soit.

Constatant que Katia attendait des explications plus détaillées, Mylène haussa les épaules avec agacement.

— Je voulais pas lui faire mal. Je… Je voulais juste qu'elle se taise deux minutes.

Sa voix se cassa.

— Deux minutes de silence, est-ce que c'est trop demander, dans la vie ? Juste deux minutes…

Elle se ressaisit et respira profondément, les mains jointes sur son cœur, le regard fixé sur la forêt, le lac.

— C'est tellement calme, ici. Ça fait du bien, un peu de calme de temps en temps. Tu trouves pas ?

Puis, elle resta silencieuse à contempler le lac, où le brouillard commençait tout doucement à se dissiper.

Deux heures plus tard, Sophie Steele mettait les pieds dehors.

Elle n'avait jamais pris de cours de théâtre, c'est vrai, mais elle avait un talent inné pour le jeu. Ses cris retentirent si fort au-dessus du lac qu'ils ameutèrent la voisine la plus proche, qui venait tout juste de se lever, une vieille dame pourtant légèrement sourde. Elle ouvrait la porte de son chalet pour voir qui faisait tout ce boucan quand une voiture passa en trombe devant elle. Le véhicule freina brusquement et une femme aux cheveux roux, vêtue d'un pyjama avec des petits chats, en jaillit:

— Le 9-1-1! Il faut appeler le 9-1-1! Quelque chose de grave vient d'arriver...

32.

Le décès de Laurence Turcot bouleversa le monde culturel. Qu'une femme si jeune, au début de ce qui semblait annoncer une carrière littéraire prometteuse, meure à la suite d'un drame passionnel tragique, était horrible. Les journaux, évidemment, s'emparèrent de l'affaire et en firent leur une pendant plusieurs jours. De nombreuses photos de Laurence circulèrent sur les médias sociaux, plusieurs personnalités plus ou moins publiques firent des témoignages émouvants, certains en profitèrent discrètement pour faire allusion à leur propre œuvre, des rumeurs circulèrent sur la relation malsaine qui unissait Daniel et Laurence. L'opinion générale se rangea du côté de Laurence, qui avait apparemment été victime de cet homme, dont on apprit qu'il était riche et marié, et que ses pratiques sexuelles incluaient des jeux bizarres et violents. *Le Journal de Montréal* en fit un portrait dévastateur et on finit par conclure que si Laurence n'était pas morte cette nuit-là, il aurait fini par l'assassiner de toute façon.

Mylène, Sophie et Katia apparurent à de nombreuses reprises à l'écran, des lunettes fumées cachant leurs yeux bouffis. On écouta leur témoignage la larme à l'œil, on se demanda comment elles feraient pour passer à travers cette terrible épreuve. Katia de Luca retrouva sa place dans le panthéon des stars de la littérature, même si, annonça-t-elle, elle avait besoin d'un peu de temps de silence avant de se remettre à l'écriture. La Maison, qui avait eu vent d'un gros contrat qu'elle s'apprêtait à signer avec un éditeur américain, lui avait proposé de diriger sa propre collection, ce qu'elle accepta, après avoir affirmé publiquement qu'elle préférait, de loin, travailler au Québec. Elle se consacrerait désormais à découvrir de nouvelles plumes, déclara-t-elle avec ferveur, et comptait sur l'aide de sa collaboratrice Mylène Royer, maintenant installée à New York, dont les nouvelles toiles étaient exposées dans une galerie chic du Greenwich Village tenue par un jeune commissaire très prisé qui était aussi, selon les rumeurs circulant dans le milieu, son amant.

Quand, six mois plus tard, Katia de Luca annonça la publication d'un livre où elle relatait en détail les évènements de cette nuit-là, une façon de rendre un dernier hommage à Laurence, les curieux, nombreux, s'empressèrent de réserver leur copie. Le livre n'était pas sitôt paru qu'il était réimprimé. Un réalisateur en vue annonça son adaptation imminente à l'écran. Sophie Steele jouerait le rôle de Laurence.

Peu de temps après, au début du tournage du film, un animateur qui interviewait la jeune actrice lui demanda si elle ne trouvait pas difficile de jouer le rôle de son amie décédée. Katia, assise à ses côtés, frémit ; Sophie, non. Elle répondit du tac au tac, sans sourciller :

— Laurence était malheureusement plutôt une connaissance qu'une amie. Maintenant qu'elle est morte, je regrette de pas l'avoir mieux connue et, quelque part, j'ai l'impression qu'en jouant son rôle, je me rapproche un peu d'elle. C'est une expérience... presque mystique.

L'animateur garda le silence pendant deux secondes – une éternité, en radio – béat d'admiration devant la profondeur des réflexions de Sophie, puis il fit jouer le nouveau tube de l'année, une chanson insipide mais rythmée sur le désir amoureux – encore. Katia sourit à Sophie. Elle n'avait aucun doute : cette fille-là serait parfaite pour le rôle. Ne l'avait-elle pas elle-même en partie créé ?

Les deux auteures se firent une longue accolade en sortant de la station de radio, mais se séparèrent sans promettre de se revoir. Depuis les évènements, Mylène, Sophie et Katia évitaient de se croiser trop souvent.

Évidemment, il arrivait encore parfois, pendant les nuits d'insomnie, que l'image de deux corps immobiles près du lac surgisse du néant et revienne à la mémoire de Katia, dans les moindres détails. Mais elle allumait la lumière, et le souvenir disparaissait aussi rapidement qu'il était arrivé, pas plus tangible et persistant que n'importe quel autre cauchemar. Katia se rendormait rapidement, collée contre le torse chaud de Loïc, avec qui elle entretenait ce qui était désormais considéré comme une relation officielle. Après tout, elle était auteure de *chick lit*. Elle avait choisi le *happy ending*.

CHIC CHICK

le cocktail parfait pour vous débarrasser des petits irritants du quotidien (le stress, la fatigue, une collègue embêtante, un ex encombrant)

1 oz de campari
2 oz de vodka
3 oz de jus de canneberges
3 oz de jus tropical
5 oz de tonic

Ajoutez, au choix, selon le nombre d'invités et l'objectif de votre soirée :

- un peu de tout,
surtout de la vodka
- quelques somnifères écrasés
- des paroles assassines
- des révélations inattendues
- une touche de musique

À consommer sans modération.

MARQUIS

Québec, Canada